석굴암을
꽃피우다

도상으로 읽은 문화유산 2

석굴암을 꽃피우다

2023년 2월 17일 초판 1쇄 발행

지은이 　손봉출
펴낸이 　권이지
편　집 　권이지·이정아

인　쇄 　성광인쇄
펴낸곳 　홀리데이북스
등　록 　2014년 11월 20일 제2014-000092호
주　소 　서울시 금천구 가산디지털1로 16 가산2차 SKV1AP타워 1415호

전　화 　02-6223-2302
팩　스 　02-6223-2303
E-mail 　editor@holidaybooks.co.kr

ISBN 　979-11-91381-11-5 03910

석굴암을
꽃피우다

손봉출 지음

HOLIDAYBOOKS

우리에겐 석굴암이 있습니다

이십 대 후반부터 유홍준 교수가 쓴 『나의 문화유산답사기』를 손에 들고 답사를 겸한 여행을 다녔습니다. 덕분에 우리 문화유산에 대한 관심과 사랑이 싹트기 시작했으니 시작은 늦었지만 나는 '유홍준 키즈'였던 셈입니다.

이 책 속에는 아는 만큼 보인다는 말보다 더 나를 자극하는 글이 있었습니다.

팔만대장경으로 설명한 장엄하고 오묘한 불법이 이 하나의 석굴 안에 요약되어 있다. 그 절묘한 만다라를 모두 해석해낼 학자는 아직 없다.

『나의 문화유산답사기』 2권의 「토함산 석불사」 편에 나오는 내용입니다. 세상에는 아직 석굴암을 풀어낼 학자가 없다는 이야기입니다.

3권의 「경주 불국사」 편에는 다음과 같은 글이 실려 있습니다.

지금 이 자리에서는 그것을 얘기할 여유가 없지만 도상학(圖像學, iconography)으로서 미술사를 주창한 에르빈 파노프스키(Erwin Panofsky) 같은 분은 그런 것을 귀신같이 읽어내는 미술사가였는데 우리의 미술사학계에도 그런 귀신이 빨리 나오기를 고대하면서 불국사 건축에 나타난 교리적 상징체계의 기본을 소개해두고자 한다.

석굴암과 불국사를 풀어낼 학자가 나오기를 기대하는 유홍준 교수의 바람이 담긴 글인데 반복해서 읽다 보니 묘한 도전 의식이 싹틉니다. 그러면서 내심 서운하기도 했습니다. 석굴암은 그 안에 구현된 만다라가 너무나 절묘해서 아무도 풀 수 없고 불국사의 도상을 읽어낼 사람은 미술사학계에서 나와야 하는 것처럼 비췄기 때문입니다.

이런 와중에 내세울 것 하나 없으면서 감히 석굴암과 불국사를 풀어보겠다고 나서게 되었습니다. 1권에서 소개했던 합천 영암사지를 통해 우리 문화유산 속에 담긴 비밀을 먼저 찾아보았기 때문에 가능한 일이었습니다. 이렇게 영암사지에서 시작된 글쓰기가 석굴암으로 이어지더니 불국사의 비밀까지 보이기 시작했습니다. 석굴암과 불국사가 같은 시대, 같은 인물에 의해 조성되었으니 어쩌면 당연한 결과였습니다.

문제는 두 사찰을 한 권의 책에 담을 것인지 따로 써야 할지 고민이 되었습니다. 한 권에 다 담자니 책이 너무 두꺼워지고 두 권으로 나누자니 두 사찰이 하나의 절이라는 의미가 희미해지는 듯하였습니다. 갈등을 거듭하다가 두 권으로 나누어 각기 따로 담기로 마음먹었습니다. 그래야 석굴암과 불국사라는 위대한 문화유산의 진면목을 제대로 전할 수 있으리라 판단했기 때문입니다. 대신 둘이지만 하나라는 의미가 잊히지 않게 제목은 엇비슷하게 정했습니다. 이 책의 제목이『석굴암을 꽃피우다』이니 다음에 이어질 불국사의 책 제목은 말하지 않아도 짐작이 되리라 봅니다.

　도상으로 읽은 문화유산 시리즈의 첫 번째 책인『잠자는 문화유산을 깨우다』를 읽은 독자들의 반응은 조금씩 달랐습니다. 문화유산을 보는 시각이 독특해서 끌린다는 쪽이 대부분이었으나 상상이 지나친 감이 없잖아 있다는 반응도 있었습니다. 경어체로 쓴 문제가 좋다는 사람이 있는가 하면 상대적으로 주장이 약해 보인다는 견해도 있었습니다.

　앞서 경어체로 우리 문화유산의 내면에는 사람에 대한 사랑으로 가득하다는 점을 알렸다면 이번에는 간결하면서 진실이 담보된 글을 쓰고자 평어체를 사용하였습니다. 맛보기 같은 글로 잠자는 문화유산을 깨웠으니 지금부터는 하나씩 꽃을 피우고자 합니다. 그 첫 번째 문화유산이 지금 소개하는 석굴암입니다.

　현재 석굴암은 쟁점마다 두 가지의 주장이 맞서고 있습니다. 광창의 존재 여부, 전실이 절곡형인지 전개형인지, 전실에 목조전각이 있었는지 없었는지, 샘물은 결로현상을 막는 역할을 했는지 아닌지, 본존불이 바라보는 곳이 대왕암인지 동짓날 해 뜨는 지점인지 등 대체로 둘 중 하나를 선택하려는 경향을 보이고 있습니다. 이러다 보니 두 가지 외에 다른 측면에 대한 관심이 상대적으로 약했습니다. 일례로 광창에 대해선 존재 유무에 대한 관심은 높지만 그 역할에 대한 고민은 덜 하는 분위기입니다. 으레 빛을 끌어들여 어두운 석굴을 밝히는 역할이라 여기는 것입니다.

　나도 처음엔 둘 중 하나를 고르기 위해 애를 썼습니다. 그런데 하나가 밝혀지자 그보다 더 중한 사실이 숨어있음을 발견하게 되었습니다. 때론 두 가지 다 사실이 아닌 경우도 있었습니다. 정답이라 철석같이 믿었던 학설도 사실이 아닐 여지가 커 보였습니다. 석굴암은 그동안 내가 알던 석굴암이 아니었습니다. 그리고 마침내 여태껏 찾고자 했던 석굴암의 원형을 밝혔다고 판단하여 글을 썼습니다. 석굴암이라는 커다란 꽃과 그 속에 깃든 수많은 꽃망울을 제법 피웠다고 생각되어 세상에 내어놓습니다.

　책은 크게 3부로 구성되어 있습니다. 1부는 지금껏 논란이 계속되고 있는 부분들을 살피면서 석굴암을 알아가는 단계입니다. 2부는 석굴암의 원형을 밝히기 위해 인도와 중국, 그리고 우리나라의 석굴을 찾아 나섰던 답사기입니다. 이를 통해 세상의 석굴은 커다란 공통분모가 있다는 사실을 알 수 있었습니다. 3부는 석굴암의 비밀을 밝혀 꽃을 피우는 이야기입니다. 석굴암의 진면목을 느낄 수 있는 가장 핵심적인 부분입니다.

이번엔 처음부터 순서대로 읽어보실 것을 권합니다. 읽다 보면 어느새 석굴암에 빠지고 이어지는 황홀한 장면에 나처럼 감탄사를 연발하리라 봅니다. 세상에 내세울 만한 우리 문화유산이 마땅치 않아 움츠러들었다면 석굴암이 있다는 사실에 어깨를 펴게 될 것입니다. 우현 고유섭 선생의 말씀처럼 우리에겐 석굴암이 있노라고 넌지시 자랑하게 될 것입니다.

끝으로 1권의 판매량이 미진함에도 선뜻 2권을 출간해 주신 권이지 홀리데이북스 사장님, 변함없이 응원해준 아내와 두 딸에게 고마움을 전합니다.

2023년 2월

손봉출

차례

1부

위대한 석굴암
어색한 석굴암

천고의 수수께끼

돈황학과 석굴학

중국에 돈황석굴을 연구하는 '돈황학'이 있다면 한국엔 석굴암을 연구하는 '석굴학'이 있다. 돈황에 있는 막고굴은 굴이 492개나 되는데 1900년경에 장경동이라 불리는 17번 굴에서 5만여 점에 달하는 고문헌이 발견되었다. 이 문헌들은 강대국의 약탈로 인해 여러 나라로 뿔뿔이 흩어져 세계적인 관심사로 떠오르며 돈황학을 낳는 계기가 되었다. 반면에 석굴암은 발견된 문서는 하나도 없지만 석굴 속에 구현된 만다라를 풀기 위한 노력들이 지금껏 이어져 석굴학이라 불리게 되었다. 돈황학이 글자를 연구하는 학문이라면 석굴학은 도상을 연구하는 학문인 셈이다.

아름다운 그림이 그려진 벽화석굴이 많아서 더욱 사랑받는 막고굴은 우리와 알게 모르게 인연이 닿아있다. 한국인으로 추정되는 인물이 그려진 벽화가 있는가 하면 17번 굴에서는 혜초의 왕오천축국전往五天竺國傳까지 발견이 되었다. 이것이 없었다면 신라의 승려 혜초가 인도까지 답사를 다녀온 사실을 입증할 수 없었을 뿐만 아니라 8세기 무렵의 인도와 중앙아시아의 실상도 알 수가 없었을 것이다.

그런데 이처럼 귀한 문서가 발견된 17번 석굴을 당시의 사람들은 무슨 이유에서인지 아무도 들어갈 수 없게끔 입구를 막아버렸다. 문서들을 침략과 약탈로부터 보존하기 위해서라는 피난설과 불필요한 문서들을 공손하게 버렸다는 폐기설이 유력하지만 반론도 만만치 않아 어느 주장도 정설로 인정받지 못하고 있다. 그 명확한 이유를 여태껏 찾지 못해 천고의 수수께끼로 남아있다.

석굴암은 굴의 수가 하나밖에 없음에도 그 안에 담긴 의미를 다 헤아릴 수가 없어 한국판 천고의 수수께끼 같다. 그나마 석굴암이 조성된 후 몇백 년 뒤에 쓴 일연의 『삼국유사』를 통해 석굴을 조성한 이유 정도만 알려져 있을 뿐이다. 돈황학이 장경동의 비밀을 풀지 못해 미궁에 빠져 있듯이 석굴학은 석굴암 속에 구현된 절묘한 만다라를 풀지 못해 베일에 싸여있다.

이처럼 둘을 비교해보니 돈황의 막고굴과 경주의 석굴암은 규모의 차이는 있지만 공통점이 제법 많다. 막고굴과 석굴암은 수천 킬로미터나 떨어져 있음에도 묘하게 둘을 이어주는 연결고리가 있는 듯하다. 하나를 알면 다른 하나가 보여 어쩌면 두 가지 수수께끼를 한꺼번에 풀어보는 기회가 될 것 같아 설레기 시작한다.

돌이켜보니 이 같은 기회는 석굴암에서 당한 행운의 감금에서부터 시작된 것 같다.

행운의 감금

"너무 기대하지 마라."

석굴암에 처음 간다고 들떠있는 나를 향해 친구가 조언하듯 말한다.

"왜, 별로 볼 게 없나?"

내가 이렇게 물으니 난감해한다.

"멋있긴 한데 안으로 들어가 볼 수가 없다."

"굴이 작은가 보네?"

"우리가 다 들어갈 수 있을 만큼 큰데 못 들어가게 막아놓았다."

친구는 말로 설명이 어렵다며 일단 한번 가보자고 한다. 수학여행 때에도 못 가본 석굴암을 새내기 교사가 되어서 친구들과 함께 가보게 된 것이다.

뒤늦게 찾아간 석굴암은 두 눈으로 직접 보고서야 친구가 왜 난감해했는지 이해할 수 있었다. 석굴암은 아주 크거나 작지 않았고 그리 깊거나 얕지 않았다. 하지만 그저 유리장 밖에서 본존불을 바라보기만 했을 뿐인데 그 위용에 압도되었다. 너무 기대하지 말라는 친구의 조언 덕분이었는지 몰라도 기대 그 이상이었다. 그렇지만 아쉬움도 함께 남았다. 멀찍이 떨어져서 본존불만 바라보다 돌아서려니 쉽사리 발길이 떨어지지 않았다. 보이지 않는 조각상들이 궁금해서 석굴 안으로 들어가고 싶은 마음이 굴뚝같았다.

그 후 10년이라는 세월이 흘렀다. 문화유산답사 열풍이 불어 나도 전국을 돌아다녔으나 석굴암엔 가질 않았다. 여전히 유리장으로 막혀 있는 석굴암은 나의 관심 밖이었다. 다시 찾아가 본들 아쉬움만 커질 뿐이란 생각에 첫 만남의 감동이나마 간직하고 싶었다.

그렇게 기억에서 가물가물해질 무렵 반가운 사실을 알게 되었다. 일 년에 딱 한 번 석굴암을 개방한다는 것이다. 부처님오신날에는 본존불이 있는 주실 안까지 들어가 볼 수 있다고 한다. 기대감으로 잔뜩 부푼 나는 손꼽아 기다리던 부처님오신날에 가족과 함께 서둘러 경주로 출발했다.

일주문 앞의 주차장은 벌써 차들로 가득하다. 어렵사리 주차하고 일주문을 지나 석굴암 앞에 당도하니 먼저 온 사람들이 길게 줄을 서 있다. 전각 앞에는 사람들이 벗어놓은 신발들이 즐비하다. 우리 가족도 신발을 벗고 석굴암 안으로 들어갔다. 한 걸음씩 발걸음을 옮길 때마다 마중을 나오듯 조각상들이 등장한다. 딴 세상에 온 듯 홀려 나도 모르게 발이 움직여졌다. 그런데 이런 감동도 잠시뿐 정신을 차리고 보니 인파에 떠밀려 줄지어 석굴을 돌고 있었다. 걸음을 멈추려는 찰나에 주변을 관리하는 안내원이 관람을 종용하고 뒤이어 청천벽력 같은 안내방송이 나온다.

"지금부터 예불을 드릴 시간이니 석굴 관람을 잠시 중단해 주시기 바랍니다."

'맙소사, 벌써 나가라고?'

얼마나 고대하고 들어온 석굴암인데 이렇게 허무할 때가 있나 싶다. 우리 가족은 어찌할 바를 모르고 허둥대는데 다른 사람들은 안내방송이 나오자 예상이나 했다는 듯이 일제히 걸음을 멈추고 자세를 고쳐잡는다. 이어 스님과 신도로 보이는 사람들이 전실로 들어와 예불을 드린다. 그러는 동안 우리는 석굴암의 가장 안쪽이자 본존불의 뒤편인 십일면관음보살 바로 앞에서 오가도 못하는 신세가 되고 말았다.

금방 끝날 줄 알았던 예불은 생각보다 길게 이어졌다. 덕분에 그토록 보고 싶었던 십일면관음보살을 오랫동안 대면할 수 있었다. 본존불의 등판이 엄청 넓고 크다는 사실도 그때 처음 알았다. 주변으론 코가 길고 눈이 깊어 이국적으로 보이는 제자들이 에워싸듯 둘러서 있는데 차렷 자세를 한 듯한 발 모양이 무척 인상적이었다. 높다란 받침돌 위에 올라서 있어 유독 더 눈에 띄었다. 본존불의 등에 가려 잘 보이지 않는 조각상들은 두 딸과 자리를 바꿔가며 살폈다. 입구 쪽에 서 있는 조각상들은 마치 나를 바라보는 듯하여 희한하다는 생각이 들었다. 그들은 십일면관음보살만큼이나 아름답게 보였는데 못생긴 제자들과는 사뭇 달랐다. 하지만 위쪽의 비어있는 감실에 설치된 조명 탓에 눈이 부셔 자세히 살피기는 어려웠다. 고개를 들어보니 자그마한 감실에는 보살들이 다소곳이 앉아 있고 동그랗게 생긴 천장 가운데에는 커다란 연꽃이 피어있다. 연화문이 새겨진 덮개돌인데 듣던 대로 세 조각으로 갈라져 있다. 그 주변으론 동틀돌이라 불리는 돌들이 울퉁불퉁 튀어나와 있다. 본의 아니게 석굴암의 주실에 한참 동안 갇히는 바람에 놓치지 않고 찾아볼 수 있었던 장면들이다.

예불이 끝나고 석굴 밖으로 나오니 점심시간은 아직 일러 불국사로 내려갔다. 점심 공양을 하면서도 이야기의 대상은 내내 석굴암이었다.

"본존불의 등판이 그렇게 넓고 큰 줄 몰랐다."

내가 한마디 던지자 초등학생이던 막내딸이 기다렸다는 듯이 말한다.

"맨 뒤에 있는 부처님은 립스틱을 발랐어요."

채색의 흔적이 남아있는 십일면관음보살의 붉은 입술을 두고 한 말이다. 그날 이후 십일면관음보살은 우리 가족 사이에선 한동안 '립스틱 부처'로 불렸다.

이때만 해도 나는 전혀 예상치 못했다. 행운의 감금을 시작으로 석굴암과 인연을 이어가게 될 줄은.

흔들리는 석굴암

석굴암은 대한민국 최고의 문화유산으로 손꼽힌다. 그런 만큼 찬사 또한 뒤따른다. 한 치의 오차도 없다거나 종교와 과학과 예술의 결정체라 한다. 수학적 비례미가 있으며 영원의 걸작이라고도 한다.

그래서 석굴암은 완벽한 줄 알았다. 컴퍼스와 자 등을 이용해 그린 실측도나 평면도처럼 수치가 딱딱 맞아떨어지고 형태도 정확하다고 믿었다. 정확하고 완벽해서 위대한 유산인 줄로만 알았던 석굴암에서 어색한 장면들이 눈에 띄었다. 심지어 그 위치가 현재까지도 논란이 많은 전실이 아닌 주실이어서 더 충격적이었다.

석굴암의 내부공간은 크게 세 부분으로 구분된다. 맨 앞쪽 공간으로 팔부신중과 금강역사상이 있는 전실前室, 석실 안으로 들어가는 통로이자 사천왕이 지키고 있는 비도扉道, 그리고 본존불이 모셔져 있는 주실主室로 구성되어 있다. 네모난 전실과 동그란 주실이 비도로 연결되어있는 구조이다.

안상문이 새겨진 면석 / 영암사지 금당의 면석에는 안상문이라 불리는 문양이 새겨져 있다.

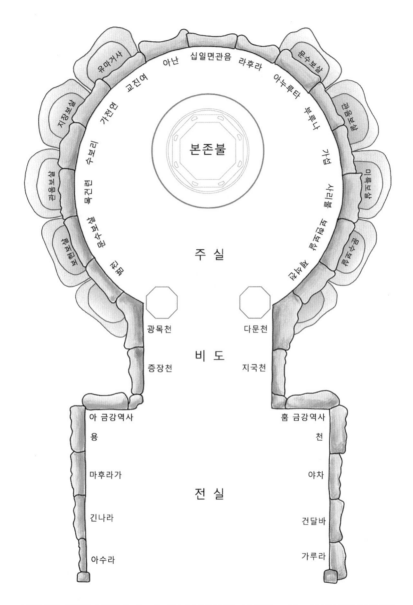

석굴암의 배치도 / 앞쪽의 네모난 전실과 뒤쪽의 동그란 주실, 그리고 이 두 공간을 이어주는 비도로 구성되어 있다. 주실 벽면 위에는 감실이 따로 마련되어 있다.

그동안 석굴암 원형논쟁의 대부분은 전실의 문제이지 주실 만큼은 본래의 모습을 잘 유지해 왔다는 게 일반적인 견해였다. 그런데 나의 눈에 띈 어색함은 원형논쟁의 진원지인 전실이 아닌 믿었던 주실에 있었다. 그것도 관심을 끄는 조각상들이 아니라 눈에 잘 띄지도 않는 받침돌이었다.

주실의 중앙에는 본존불이 있고 주변을 둘러싼 판석에는 천부와 보살, 십대제자상 등이 새겨져 있다. 등판이 넓은 본존불은 석굴암의 주인공이라 크게 만든 줄 알겠으나 주변에 있는 조각상들의 키가 생각보다 커서 의외였다. 그들의 키는 대략 200~220cm쯤 된다는데 이보다 훨씬 커 보였다. 모두 1m쯤 되어 보이는 받침돌 위에 올라서 있었기 때문이다. 신발까지 벗고 들어간 나는 더 작아지고 키 큰 조각상들은 받침돌 위에 올라서서 더 커 보인 것이다. 이런 받침돌에는 안상이라 불리는 문양이 새겨져 있었다.

이후 잊고 지낸 안상문에 대해 관심을 불러일으킨 것은 합천의 영암사지였다. 나무로 지은 전각은 모두 불에 타고 석물만 남은 영암사지는 희한한 절터였다. 남아있는 기록이 없어 창건의 시기나 목적을 알 수 없는 영암사지에는 쌍사자석등을 비롯하여 통돌로 만든 돌계단, 용과 가릉빈가가 새겨진 소맷돌, 삼중 기단의 삼층석탑 등 어느 하나 평범한 게 없었다. 일반적으로 하나뿐인 금당도 두 곳이다. 그중 쌍사자석등이 있는 금당의 면석에는 모두 안상문이 새겨져 있었다. 이 또한 다른 절에선 쉬이 찾아볼 수 없는 특이한 경우였다. 안상문 안에 사자를 새겨놓은 면석도 있어 나의 호기심을 자극했다. 비슷한 예를 찾던 중에 떠오른 것이 행운의 감금으로 보게 되었던 석굴암의 받

주실의 받침돌(신라역사과학관) / 주실의 조각상들은 안상문과 안상문 사이에 올라서 있다.

비도와 전실의 받침돌(신라역사과학관) / 하나의 안상문 폭에 맞추어 한 기의 조각상이 올려져 있다.

침돌이었다. 석굴암의 받침돌에는 사자가 새겨져 있지는 않지만 커다란 안상문이 새겨져 있다는 공통점이 있었기 때문이다. 고향에 있는 영암사지의 비밀을 내 손으로 풀어보겠다는 각오로 시작된 연구가 석굴암으로 이어진 것이다.

받침돌의 생김새를 자세히 살피러 석굴암에 가보고 싶었으나 평소엔 들어갈 수가 없다. 그래서 석굴암의 모형을 볼 수 있는 신라역사과학관으로 갔다. 이곳에는 다양한 크기와 형태의 모형이 전시되어 있어 석굴암을 이해하는 데 큰 도움이 된다. 책이나 인터넷으로는 보기 힘든 받침돌의 모습까지 상세히 살필 수 있었다.

'이상하네.'

안상문이 새겨진 받침돌은 예상한 대로였는데 그 위에 올라선 조각상들의 위치가 이상하다. 어쩐 일인지 주실에선 안상문과 안상문 사이에 조각상을 배치해 놓았다. 헤아려보면 안상문의 개수와 조각상의 개수가 똑같다. 안상문에 맞추어 조각상을 올려세우면 딱 맞아떨어지는데도 불구하고 엇갈리게 배치해 놓은 것이다.

혹시 신라역사과학관에서 모형을 잘못 만들었나 싶어서 알아보니 실제로 석굴암의 주실이 이렇게 배치되어 있다. 살펴보니 비도와 전실은 하나의 안상문 받침돌 위에 하나의 조각상을 올려놓았다. 하물며 뒤늦게 발견되어 전실 끝에 배치한 팔부신중 두 기도 하나의 안상문 위에 각기 하나씩 올려져 있다. 상대적으로 급이 낮은 사천왕, 금강역사, 팔부신중들은 안상문의 형태에 맞추어 배치되었고 급이 높은 십일면관음보살을 비롯한 천부와 보살, 제자상들은 어긋나 있다.

주실의 배치 방법이 옳은가 싶어서 다른 경우를 찾아보니 그렇지도

방형대좌금동반가사유상(왼쪽)과 태안사 적인선사탑(오른쪽) / 보살과 사자가 두 안상문 위에 있다. 대좌의 생김새가 가늘고 길어서 두 개의 안상문을 새긴 듯하다.

감산사 석조보살입상(왼쪽)과 석조여래입상(오른쪽) / 국립중앙박물관에 있는 감산사 석조 보살입상과 석조여래입상은 안상문의 형태에 맞추어 모셔져 있다.

않다. 국보로 지정된 감산사 석조보살입상과 석조여래입상 역시 안상문의 형태에 맞게 배치되어 있다. 금동보살입상(전 국보 128호)과 금동여래입상(전 보물 284호) 등 안상문이 새겨진 대좌 위에 모셔진 불상들은 하나같이 안상문의 형태에 맞추어져 있다. 석굴암의 주실처럼 안상문과 조각상이 어긋나게 배치된 경우는 찾아보기 어렵다.

석굴암을 소개하는 영상 중에는 주실의 조각상들이 하나의 안상문 받침돌 위에 맞춰 배치되는 것도 있다. 영상을 만든 사람이 현재의 석굴암 모습을 잘 살피지 않아서 생긴 일이긴 하겠지만 나처럼 당연히 안상문 하나에 조각상 하나가 배치되는 것이 자연스럽다고 여긴 결과로 보인다.

간혹 방형대좌금동반가사유상(전 보물 331호)처럼 하나의 안상문에 하나의 조각상이 모셔지지 않는 경우가 있지만 이는 석굴암의 주실과는 다른 배치법이다. 불상 하나가 안상문 두 개를 다 차지한 모습이니 결국 안상문의 형태에 맞추어 배치된 것이다. 태안사에 있는 적인선사탑의 안상문도 마찬가지이다. 사자가 두 안상문 위에 올라선 모습인데 이 역시 안상문의 형태에 맞추어 새긴 것이다. 안상문을 하나만 새기기엔 가로의 공간이 너무 길어서 두 개를 새겼다고 볼 수 있다.

결과적으로 안상문 위에 조각상을 배치할 때는 전실의 경우처럼 안상문의 크기나 모양에 맞춘다는 사실을 알 수 있다. 주실처럼 안상문과 안상문 사이에 배치하는 경우는 매우 희귀한 사례이다.

처음부터 저랬을까?

이런 의문이 드는 것은 석굴암만의 특별한 건축방법 때문이다. 석굴암은 돌을 쌓아서 만든 인공석굴이다. 굴을 파서 바위에 직접 조각을 한 다른 나라의 석굴과 달라서 전면적인 수리를 하게 되면 배치방법이 달라질 수도 있다. 주실도 원래는 안상문의 형태에 맞게 조각상을 배치했으나 후에 지금처럼 바뀌었을 가능성을 배제할 순 없는 것이다.

생각이 여기까지 미치자 아찔해진다. 지붕도 아닌 받침돌의 배치가 달라졌다면 상황이 심각해진다. 석굴암이 뿌리째 흔들린다.

어색한 석굴암

위쪽에 있는 지붕이야 지붕만 수리하면 되겠지만 아래쪽에 있는 받침돌은 그게 불가능하다. 받침돌의 배치를 바꾸려면 그 위에 있는 모두를 들어내야 한다. 전실은 몰라도 주실만큼은 원형을 잘 유지하고 있다는 기존의 생각이 뒤바뀐다. 혹시 일제강점기에 복원을 잘못했나 싶어서 당시의 사진을 찾아보니 그때도 지금과 같은 모습이다.

드물긴 해도 주실의 조각상이 바뀌었다는 학설을 꾸준히 제기하고 있는 학자가 있다. 최완수 간송미술관 연구실장은 2001년에 석굴암 주실의 천부상과 보살상의 좌우위치가 바뀌었다는 학설을 내놓는다. 하지만 주실만큼은 원형이 잘 유지되었다고 생각하는 사람들의 반론에 부딪혀 정설로 인정받지 못한다. 이에 굴하지 않고 그는 2007년에 『한국불상의 원류를 찾아서』3편에 다시 글을 싣고 재차 다음과 같이 주장한다.

범왕과 제석은 석가세존을 호위하는 수호대중이니 밖을 경계하는 자세로 서 있어야 하는데 지금은 거꾸로 내면을 향해 시선을 주고 있으니 밀착호위 임무와는 상반된 자세이다. 부처님의 왼편이 윗자리이니 범천은 좌측, 제석천은 우측에 시립해야 한다. 뿐만 아니라 범왕과 제석이 위치가 뒤바뀔 때 함께 움직인 문수보살과 보현보살도 그 위치가 서로 맞바뀌고 말았다. 문수보살을 상징하는 확실한 지물인 경권의 표현에도 불구하고 보현을 문수보살, 문수보살을 보현보살이라고 부르고 있다.

보살들의 이름은 본존불을 기준으로 붙여진다. 본존불을 기점으로 불보살들이 왼쪽에 있으면 좌협시左脇侍 보살, 오른쪽이면 우협시右脇侍 보살이라고 한다. 본존불을 바라보는 사람의 입장에선 좌협시는 본존불의 오른쪽, 우협시는 본존불의 왼쪽에 있는 보살을 의미한다. 현재 석실의 제일 앞쪽에 있는 범천은 정병을 들고 본존불의 우측에, 제석천은 금강저를 들고 본존불의 좌측에 시립해 있다. 이들의 자리를 바꾸어야 하고 두 번째에 배치되어 있는 보현보살과 문수보살의 좌우 위치도 맞바꾸어야 한다는 것이다.

나는 최완수 간송실장의 이와 같은 주장을 비교적 쉽게 공감할 수 있었다. 왜냐하면 부처님오신날에 석굴암의 주실에서 마주친 보살과 천부의 시선은 왠지 어색하다는 느낌이 들었기 때문이다. 그때 본 천부와 보살들의 모습은 아름다웠지만 그들의 시선은 어딘가 이상해 보였다. 천부와 보살이 돌아서서 부처의 제자인 나한과 마치 잡담이라도 하려는 듯 바라보고 있었다. 교사인 내 눈에 비친 이들의 모습은 수업시간에 칠판을 보는 대신 뒤돌아서 친구와 딴짓하는 학생들 같았다.

이를 두고 최완수 간송실장은 수리하던 중에 실수를 한 것으로 추정했다. 반면에 성낙주 석굴암미학소장은 수리를 했던 우리 조상들이 이 정도를 몰라 실수를 했을 리 없다며 조상에게 누를 끼치는 일은 하지 말아야 한다고 주장했다. 누구의 판단이 옳은지 헷갈리지만 조각상의 배치가 상식을 벗어난 것만은 확실하다.

조각상의 위치가 처음부터 지금의 모습과 같았을까? 아니면 실수로 바뀐 것일까?

이를 확인하기 쉽게 조각상들을 두 가지 방법으로 배치해 보았다. ①번은 현재의 모습이고 ②번은 천부와 보살의 자리를 맞바꾼 모습이

①현재 주실 모습 / 천부와 보살이 뒤돌아서서 나한과 얼굴을 마주하고 있다.

②자리를 바꾼 주실 모습 / 자리를 바꾸면 천부와 보살, 나한이 나란히 입구 쪽을 향하게 된다.

다. 납작한 지면에 배치하여 실감이 덜하지만 현재 모습은 뭔가 어색해 보인다. 반면에 ②번처럼 자리를 바꾼 모습은 자연스러워 보인다. 자리가 바뀌었을 것이란 주장에 힘이 실린다.

입장을 바꾸어 생각해보면 더 그렇다. 최완수 간송실장의 주장처럼 주실의 조각상이 처음부터 모두 ②번처럼 입구 쪽을 향해 시립해 있었다고 가정해보자. 그런데 누군가 이들의 위치가 뒤바뀌었다면서 지금의 ①번처럼 돌려세워야 한다고 주장하면 우리는 과연 수긍할 수 있을까?

한국미술사를 쓰겠다는 포부를 안고 석굴암을 찾은 청년 박종홍이 석굴암을 설명할 수 없어 좌절한 것도 이와 무관치 않아 보인다. 주실의 조각상이 뒤바뀌었다는 사실을 모르고선 석굴암을 설명하기 곤란했을 것이다. 유홍준 교수가 쓴 『나의 문화유산답사기』 2권에 따르면 그는 야나기 무네요시가 쓴 석불사에 관한 글을 읽고 큰 감명을 받아 그때 그만두기를 잘했다고 생각했다 한다.

그래서 야나기가 쓴 『조선과 그 예술』의 「석불사 조각에 대하여」를 찾아보았다. 38쪽 분량의 비교적 짧은 글이었으나 듣던 대로 미문美文이었다. 그중 가장 관심이 가는 대목은 조각상들의 시선 처리로 석굴암을 풀어간다는 점이었다. 석굴암의 평면도 위에 조각상들의 시선을 화살표로 그려가며 푸는 방식이 독특해 보였다. 한국인도 아닌 일본인이 우리 석굴암을 이토록 눈여겨 관찰해서 기록했다는 사실이 놀라웠다. 호기심에 나도 한번 조각상들의 시선도를 그려보았다.

'어, 다르네.'

석굴암의 시선도를 직접 그려보니 야나기가 그린 시선도가 이상했

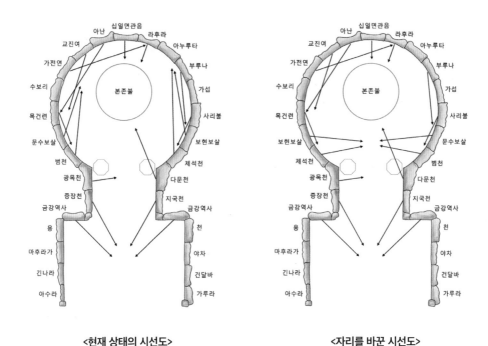

<현재 상태의 시선도>	<자리를 바꾼 시선도>

두 종류의 시선도 / 현재의 모습대로 그린 시선도(왼쪽)는 혼란스럽다. 보현보살과 제석천을 문수보살과 범천의 자리로 바꾼 시선도(오른쪽)가 훨씬 자연스럽다.

다. 석굴암을 치밀하게 관찰해서 정확하게 그린 줄 알았더니 실제와 다른 점이 많다. 팔부신중은 제각기 정면을 응시하고 있는데 모두 같은 지점을 향하고 있는 것처럼 그려놓았다. 사천왕과 십대제자들의 시선도 잘못 그려진 것이 군데군데 보였다. 또한 주실에 있는 천부와 보살의 좌우 위치가 바뀌었다는 사실은 전혀 염두에 두지 않고 그렸다. 오히려 그들의 시선에 심오한 뜻이 있는 것처럼 설명한다. 따라서 야나기 역시 석굴암을 제대로 풀었다고 인정받긴 어려울 듯하다.

현재 상태의 시선도는 아무리 봐도 뭔가 어색하다. 통일성도 안 보이고 조각상들이 뒤돌아선 이유도 모호하다. 그래서 보현보살과 제석천을 문수보살과 범천의 자리로 바꾸었다고 가정하여 시선도를 다시 그렸다. 그랬더니 조각상들의 시선이 대체로 참배객을 향하게 되어 깔끔해진다. 현재의 모습보다 훨씬 자연스러운 시선도가 그려진 것이다. 조각상의 시선으로 석굴암을 풀어보려던 야나기의 시도는 참신했으나 결과는 실패할 수밖에 없었지 싶다.

석굴암의 내력을 따라가다 보면 좋든 싫든 일본인과 조우하게 된다. 일본인 집배원이 우편물을 배달하다가 석굴암을 처음 발견했다고 하며, 요네다가 측량한 석굴암의 도면자료는 지금까지도 언급된다. 소네 통감은 십일면관음보살 앞에 있던 소탑을 훔쳤고 감실의 보살 2기가 사라진 것도 일본인의 소행이라고 알려져 있다. 테라우찌 총독은 보수공사를 지시하여 석굴암을 망쳐놓은 인물로 지목된다. 발견자, 해설자, 측량자, 도굴자, 수리자 등 발견에서 수리까지 일본인의 공과功過가 이어진다. 어디까지가 진실인지 헷갈리는 데다 나라 잃은 대가를 석굴암이 치른 듯하여 씁쓸하다.

뒤이어 우리나라의 학자들도 석굴암을 연구하기 시작했다. 후발주자로 나설 수밖에 없었으나 나름의 성과도 거둔 것으로 보인다. 그렇다고 일본인의 연구 결과를 뛰어넘은 것 같지는 않다. 일본인의 학설을 받아들이기 어려웠듯이 우리나라 학자의 주장들도 믿기 어려운 측면이 많기 때문이다.

나의 석굴암 연구는 석굴암이 도상으로 보여주는 어색한 모습에서 시작되었다. 어색한 받침돌처럼 석굴암은 알아갈수록 어색한 면이 더 눈에 들어왔다. 위대한 석굴암은 어색함이 많은 석굴암이었다.

햇살 신화는 허구인가

석굴암의 최대 관심사

석굴암엔 여태껏 풀리지 않은 비밀이 많다. 그중에서 최대의 관심
사로 손꼽히는 것은 햇살 신화이다. 아침 햇살이 본존불의 이마에 있

햇빛의 효과 / 왼쪽은 흐린 날에 찍은 사진이고 오른쪽은 햇빛이 비쳤을 때 찍은 사진이다. 빛
은 유물을 도드라지게 만들 뿐만 아니라 생기를 불어넣는다.

는 백호에 닿으면 빛을 되쏘아 석굴을 밝혔다는 것이다. 백호白毫는 부처의 두 눈썹 사이에 난 하얀 털인데 귀한 보석으로 장식된다. 아침 햇살을 받아 이런 백호가 번쩍인다면 신화라는 표현도 아깝지 않을 만큼 신비로울 듯하다.

신화라는 말속에는 신비로우나 사실이 아니라는 뉘앙스가 짙게 깔려있다. 햇살 신화라는 용어는 햇빛을 끌어들여 석굴을 조명했다는 학설을 부정하는 사람들이 주로 사용하는 표현인 것이다. 반대로 햇살 신화가 사실이라면 석굴암은 그만큼 더 신비로운 존재가 된다는 역설이기도 하다. 석굴암에 관심이 있는 사람이라면 누구나 한 번쯤은 들어보았을 이 이야기는 관심이 큰 만큼 논란도 크다.

석굴암은 굴이라서 어둡다. 어두우면 밝게 만들고 싶은 게 인간의 본능이다. 오늘날처럼 전깃불이 있다면 쉽게 해결될 일이지만 옛날에는 그리 만만한 일이 아니었을 것이다. 당시엔 촛불이나 횃불 등을 사용했을 것이라 예상하지만 좀 이상하다는 생각이 든다. 촛불이나 횃불은 구하기가 어렵고 밝기도 만족할 만한 수준이 못 된다. 굴밖에는 매일같이 빛나는 태양이 떠오르는데 이를 이용하지 않았을까?

풍경 사진을 즐겨 찍는 사람들은 주로 이른 아침이나 해질녘에 움직인다. 태양이 뜨고 질 무렵이면 색이 아름답고 풍광이 잘 드러나기 때문이다. 문화유산도 마찬가지이다. 햇빛은 대상을 선명하게 드러낼 뿐만 아니라 생기가 돌게 만든다. 내 경험으론 흐린 날에 보는 유물과 맑은 날에 보는 유물은 정도의 차이가 컸다. 무심코 지나쳤던 유물도 빛을 받으니 전혀 다른 느낌으로 다가왔다. 햇살을 받은 유물은 선명하기도 하지만 따뜻한 기운까지 받아 생동감이 넘치는 모습이었다. 빛은 딱딱한 유물에 생명력을 부여하고 있었다. 돌에 붙어 꼼짝달싹 못 할 줄 알았던 조각상들이 살아 움직이는 듯한 착각을 불러일으켰다.

이후로 답사를 떠나기 전에 날씨를 확인하는 습관이 생겼다. 이왕이면 빛이 좋은 날을 골라 답사를 다니려고 지금도 일기예보를 챙겨본다. 오전에 흐렸다가 오후에 맑아진다거나 반대로 오전에 맑았다가 오후에 흐려진다는 일기예보를 들으면 답사 장소를 바꾼다. 오전에 빛이 잘 드는 곳이 있는가 하면 오후가 되어야 빛이 들어오는 곳도 있기 때문이다. 맑은 날이라도 무조건 괜찮은 것은 아니다. 계절에 따라서도 달라진다. 영암사지의 금당을 지키며 웃고 있는 돌사자는 이른 아침에만 잠시 빛을 받는다. 겨울엔 이마저 볼 수가 없는 것이다.

신라의 석공들도 이를 모를 리 없다. 경주 남산의 석불과 마애불을 비롯하여 석굴암보다 앞서 만들어진 불상들이 아침 햇살에 빛나는 모습을 수없이 보았을 것이기 때문이다. 멀리 갈 것 없이 토함산에서 석굴암의 조각상들을 새기는 과정에서도 보고 또 보았을 일이다.

야외에 있는 유물조차 빛에 따라 느낌이 확연히 달라지는데 하물며 어두운 석굴이라면 두말할 필요조차 없다. 이를 입증이라도 하듯이 현재 석굴암 앞에는 광창의 부재로 알려진 석물이 있다. 증거물까지 있으니 광창으로 햇빛을 끌어들여 석굴을 조명한 것으로 결론이 날 법한데 실상은 그렇지가 않다.

'광창光窓'은 빛이 들어오는 창을 일컫는 말이다. 창이라고 하니 으레 오늘날의 창문처럼 얇을 것이란 생각이 든다. 흙덩이, 돌덩이로 덮인 석굴암은 토목 구조상 이와 같은 광창은 설치가 불가능하다. 또한 광창의 위치는 본존불보다 높아서 광창으로 들어온 빛이 본존불의 이

광창의 부재 / 광창으로 사용되었을 것이라 판단되는 석물이다. 창살을 꽂기 위한 구멍이 다섯 개 뚫려 있다.

마에 닿을 수가 없다. 광창은 설치가 불가할 뿐만 아니라 어렵게 설치를 한들 기대하는 조명효과는 얻을 수 없는 것이다.

광창설을 주장하는 사람들은 어찌된 일인지 이런 문제 제기에 대해 아무런 답이 없다. 희한한 것은 오히려 광창설을 반대하는 사람들이 답을 준다. 설치가 불가능한 광창을 억지로 설치하면 토굴 같아진다고.

석굴암의 조명 방법

광창은 설치가 어렵고 있다고 한들 본존불의 백호에 빛을 닿게 할 수 없으니 다른 방법들이 모색된다. 그중 바닥에 반사경을 깔아 그 빛으로 내부를 밝혔다는 주장이 유력한 학설로 인정받기 시작했다. 석굴암의 조명 방법이 밝혀졌다며 TV로 방영되기도 했다. 화강암을 반질반질하게 다듬어 석굴을 밝히는 실험까지 해 보이며 신빙성까지 높였다.

이는 그럴싸해 보이지만 이해하기 어려운 몇 가지 문제점이 있다.

전실에 목조건물이 있으면 이 방법은 불가능해진다. 목조건물이 없었다는 전제하에 성립될 수 있는 방법이다. 그래서인지 광창설이나 반사경설을 주장하는 사람들은 하나같이 석굴암은 개방구조였다고 말한다.

이들의 주장처럼 개방구조였다 하더라도 의문점은 계속 남는다. 아침에 해가 뜨면 비도를 통해서 빛이 석굴 안으로 들어올 텐데 구태여 반사경을 이용할 필요가 없다. 더구나 반사경을 이용하려면 해가 중천에 떠올라야 한다. 붉은 기운이 감도는 아침 햇살을 두고 따가운

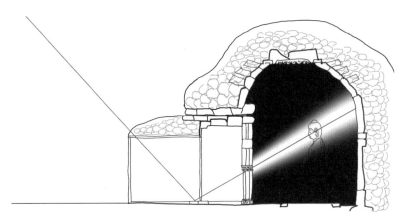

반사경을 이용한 조명 방법 / 반사경을 이용하여 석굴을 조명했을 것으로 추정한 장면이다. 한낮이 되어야 가능한 조명이며 그림과 달리 반사경의 효과도 미미할 것이다.

광창으로 들여다본 두광(신라역사과학관) / 수평으로 광창을 들여다보면 두광의 모습이 보인다. 본존불의 머리보다 광창과 두광이 더 높은 위치에 있기 때문이다.

한낮의 태양빛을 선택할 이유가 없다.

실험의 조건도 현실과 맞지 않다. TV에 방영된 실험은 화강암의 반사력을 돋보이게 하려고 칠흑 같은 어둠 속에서 진행된다. 화강암으로 만든 반사경이 조명빛을 반사시켜 본존불을 밝히는데 이마저 흐릿해서 겨우 형체를 알아볼 수 있는 수준이다. 개방된 석굴암이면 대낮에도 이보다는 밝아서 반사율이 낮은 반사경은 있으나 마나 할 것이다. 바닥에 반사경을 깔아두면 지나다니는 사람들에게 밟히는 문제점도 있다.

미적으로도 좋지 않다. 본존불의 얼굴은 사람의 얼굴이다. 사람의 얼굴은 밑에서 위로 빛을 비추면 무섭게 보인다. 무섭게 보이려고 손전등을 턱밑에 갖다 대는 행위와 유사해진다. 가끔 아름다운 십일면

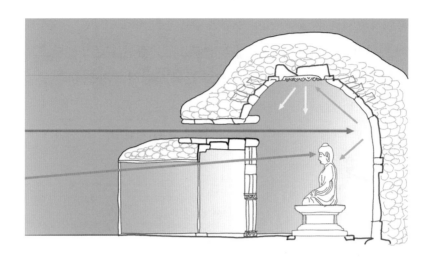

석굴암의 조명방법 / 동해에서 떠오른 아침 햇살은 본존불의 백호와 두광에 닿아 반사된다.

관음보살의 얼굴이 날카로워 보이는 사진을 볼 수 있는데 이는 밑에서 빛을 비추었기 때문이다.

따라서 반사경으로 석굴을 조명했을 것이란 주장은 사실이 아니라는 결론을 얻게 된다. 결국 다시 광창으로 되돌아와 고민하게 만든다. 반사경도 아니라면 답은 광창에 있지 싶다. 이후 고민되던 광창의 설치 문제는 의외로 쉽게 풀렸다.

석굴암 모형이 전시된 신라역사과학관으로 가서 광창을 들여다보니 본존불의 두광이 눈에 들어왔다. 광창으로 들어온 햇빛은 본존불의 백호가 아닌 두광을 비추게끔 설계되어 있었던 것이다. 빛이 닿는 곳이 두광이라면 광창은 토굴 같아도 상관이 없게 된다. 빛은 직진하니 토굴처럼 길어도 얼마든지 두광에 닿을 수 있는 것이다.

그렇다. 동해에서 해가 떠오르면 태양과 광창, 두광이 일직선상에 놓이게 된다. 석굴암의 조명 방법은 본존불을 바로 겨냥한 직접조명이 아니라 두광을 비추는 간접조명이었다. 그동안 본존불의 백호로 아침햇살이 비친다는 이야기를 하도 많이 들어서 두광을 비출 줄은 생각지 못한 것이다.

나는 광창의 비밀을 풀었다는 기쁨에 들떠 석굴암의 조명 방법을 다음과 같이 상상해 보았다.

붉은 기운이 하늘로 치솟더니 수평선 너머로 해가 떠오른다.

아침 햇살이 석실로 들어오자 본존불의 백호가 번쩍이고 불보살들이 하나 둘 잠에서 깨어난다. 해가 조금 더 높이 오르자 이번에는 광창으로 빛이 들어온다. 광창으로 들어온 빛은 본존불의 두광을 향해 쏟아진다. 생기가 도는 본존불 뒤로 눈부신 후광이 만들어진다. 두광에 쏟아진 빛은 반사되어 본존불의 넓은 등짝에 닿고 다시 십일면관음보살의 얼굴을 밝힌다. 은은하게 간접조명을 받은 십일면관음보살은 형언할 수 없는 모습으로 빛난다. 두광에서 반사된 또 다른 빛은 천장을 밝혀 하늘에서 꽃비를 내리게 한다.

석실 안은 두광으로 쏟아진 강렬한 빛과 반사를 거듭한 은은한 빛이 어울려 황홀한 빛잔치를 연출한다.

광창을 통과한 빛은 본존불의 백호가 아니라 두광을 비춘다. 광창의 생김새가 유리창처럼 얇은 게 아니라 토굴처럼 두터워 본존불의 백호에는 닿을 수가 없다. 석굴암은 직접조명보다 수준이 높은 간접조명으로 어두운 석굴을 밝혔던 것이다.

그동안 광창설은 두 가지 이유로 풀기가 어려웠던 것 같다. 광창설을 인정하는 사람들은 빛을 백호에만 겨냥하고 부정하는 사람들은 토목구조상 광창을 설치할 수 없다고 여긴 것이다. 토굴 같은 광창이면 말끔히 해결되는데 말이다.

"아침 햇살은 백호와 두광을 비춘다."

지워지지 않는 그림자

나는 석굴암의 최대 관심사를 풀었다는 생각에 한껏 고무되어 있었다. 광창이 토굴 같은 형태로 존재한다는 사실뿐만 아니라 두광이 본존불과 떨어진 이유까지 밝혔다며 흥분했다. 두광은 오롯이 석굴의 조명을 위해 본존불과 떨어져 있다고 판단한 것이다. 그래서 '두광이 본존불과 떨어진 진짜 이유'라는 표현까지 써가며 글을 썼다. 이는 틀린 생각은 아니었지만 그렇다고 올바른 판단도 아니었다.

이번에 나를 고민스럽게 만든 것은 그림자였다. 빛이 본존불을 피해 두광을 비춘다고 했으나 창살의 그림자는 그대로였다. 내가 한 것이라곤 기껏해야 창살의 그림자를 본존불의 얼굴에서 두광으로 옮긴 것에 불과했다.

신라역사과학관에서 빛이 본존불의 백호가 아닌 두광을 비춘다는 사실은 확인했지만 창살의 그림자는 지울 수가 없었다. 간접조명을 하니 창살의 그림자는 본존불의 얼굴 대신 두광에 나타났다. 얼굴에 생기는 그림자에 비할 바는 아니지만 두광에 그림자가 만들어지는 것도 그리 달갑지만은 않았다. 손전등을 이리저리 움직여 보아도 창살의 그림자는 사라지지 않았다.

'혹시 창살을 수직으로 꽂지 않고 가운데로 모아서 백호에 닿도록 하지는 않았을까?'

그래서 창살의 그림자를 본존불의 백호에 닿게끔 비추어보아도 결과는 좋지 않았다. 본존불의 머리 위쪽만 밝아서 어색한 데다 그림자가 두꺼워 광명을 발산하는 효과는 기대할 수 없었다. 옥에 티 같은 창살의 그림자는 어떻게든 지우고 싶었다.

'신라인들은 창살의 그림자를 어떻게 지웠을까?'

석굴암 근처에 모아 놓은 광창의 부재를 보면 삼각형처럼 생긴 구멍이 파여 있다. 그렇다면 창살의 생김새도 삼각기둥처럼 생겼을 것이다. 도화지를 접어서 길쭉한 삼각기둥처럼 만들고선 밖으로 나가

두광에 생긴 창살의 그림자(신라역사과학관) / 광창이 토굴처럼 길쭉해지면 두광에 창살의 그림자가 생긴다.

햇빛이 잘 드는 곳에 놓아 보았다. 역시나 그림자는 생겼다.

결과가 뻔한 실험이었지만 답답한 마음에 이렇게라도 한 것인데 도화지가 아닌 나무막대기라면 그림자가 더 짙어질 것만 같았다. 어떻게든 그림자를 지워보려고 애를 써보았지만 아무런 소용이 없었다. 빛이 있으면 그림자가 생기게 마련이라는 거스를 수 없는 자연의 법칙만 확인한 셈이었다.

유리로 창살을 만들어 끼우면 그림자가 옅어질 수는 있겠지만 그랬을 가능성은 낮다. 당시 유리는 금보다 귀해서 사리병으로 쓰였는데 창살의 재료로 사용했을 리 만무하다. 유리는 본존불의 이마에 있는 백호의 재료가 될 수는 있을지언정 창살의 재료로는 어울리지 않는 것이다. 귀한 재료일수록 핵심에만 부분적으로 사용했기 때문이다. 상식적으로 생각해보자면 창살의 재료는 나무나 돌, 금속이었을 가능성이 높다. 그렇다면 그림자는 당연히 생길 수밖에 없는 노릇이니 고민만 깊어진다. 지워지지 않는 창살의 그림자는 오랫동안 미완의 과제로 남게 되었다.

이후로 하나의 과제를 풀면 이어서 새로운 미스터리가 생기는 일이 반복되었다. 그렇게 나도 몰래 석굴암에 점점 빠져들었다.

석굴암 해설서

꽃비 내리는 하늘

뜻밖의 행운으로 주실에 머물며 한참을 올려다본 것 중의 하나가 석굴암의 천장이다. 생김새가 동그랗다고 궁륭천장이라 불리는데 고개를 뒤로 젖혀야 비로소 눈에 들어온다. 발걸음을 멈추지 못하고 관람객의 행렬에 끼여 바삐 돌아나갔으면 눈에 잘 들어오지도 않았을 위치이다.

그때 보았던 천장은 마냥 멋져 보이지만은 않았다. 천장 가운데에 있는 커다란 연화문 덮개돌은 세 부분으로 갈라져 옥에 티처럼 눈에 거슬렸다. 『삼국유사』에는 세 토막으로 갈라진 덮개돌을 김대성이 조는 사이에 천신이 내려와 맞추었다는데 사실 여부를 떠나 깨진 자국이 선명하여 안타까움을 자아냈다.

주변으로는 듣던 대로 동틀돌이 천장에 박혀있다. 끝이 불룩 튀어나와 천장이 울퉁불퉁해 보인다. 천장을 둥근 하늘이라 여겼으면 매끈하게 만들었을 법한데 상식을 벗어난 수법이다. 평소 매끈한 천장에 익숙하여 불룩하게 튀어나온 동틀돌이 어색하게 보였다. 크기도 일정치 않아 처음엔 석공의 정성이 의심되기도 했다.

석굴암의 천장 모형(신라역사과학관) / 면석과 동틀돌로 둥근 천장을 만들고 가운데를 연화
문 덮개돌로 덮어 완성했다. 깊숙이 박힌 동틀돌은 보이지 않는 뒷부분이 더 굵다.

　동틀돌은 천장의 안전을 위해 꼭 필요한 장치이다. 천장의 내부로
깊숙이 박혀 있는 동틀돌은 보이지 않는 뒤쪽이 더 길고 두툼하다. 그
래서 쉽게 빠지지 않는다. 석실로 떨어지려는 면석들을 꽉 붙잡아 매
는 역할을 하는 것이다. 그 결과 동틀돌과 면석으로 이루어진 석굴암
의 천장은 천년을 넘게 버티며 그 아래의 본존불을 지켜냈다. 천장의
안전을 지켜낸 일등공신이다.

　궁륭천장의 안전을 책임지고 있는 동틀돌은 하늘의 별을 상징한다
고 한다. 유홍준 교수가 『나의 문화유산답사기』 2권에서 소개한 요네
다의 「석굴암 석굴의 천체(天體)표현 사고(私考)」라는 논문에 이러한 주
장이 실려 있다.

석굴구성의 기본은 반지름을 12자(지름 24자는 1일 24시간에 일치)로 하는 원(360도는 1년 360일에 일치)이다. 석굴 출구의 12자는 1일(12刻)에 해당하고 궁륭천장(천체 우주)은 같은 원둘레에 구축하여 유구한 세계를 표현하고 그 중심(천장덮개돌)에는 원형(태양)으로 큼직하게 연꽃덮개돌을 만들고 구면 각 판석의 사이에 팔뚝돌이 비어져나와 별자리를 만든 것으로 보인다.

요네다는 메소포타미아 천문역술의 기본인 천문수학을 상기시키면서 "억측"일지 모르지만 일단 제기해본다며 그 수리관계를 위와 같이 풀었다고 한다. 억측이란 말을 전제로 한 것을 보면 요네다 자신도 확신하긴 좀 어려웠던 모양이다. 어쨌든 일본의 측량기사 요네다는 연화문 덮개돌을 태양으로, 동틀돌은 별자리로 보았다. 우리나라 최초의 미술사학자인 우현 고유섭 선생은 연화문 덮개돌을 광배의 이동으로 보았다고 한다.

성낙주 소장은『석굴암 그 이념과 미학』에서 이를 다음과 같이 설명한다.

돌옷을 걸치고 우리 앞에 환생한 하늘. 그렇다. 그들은 하나의 태양(천개석)과 하나의 달(광배), 서른 개의 별(동틀돌)들을 가지고, 그밖에 무한한 허공을 뜻하는 면석들을 여러 층으로, 방사진(放射陣)으로 펼쳐 놓음으로써 불교적 우주관에 입각한 완미한 천체도를 구현해놓은 것이다.

요네다의 주장을 시작으로 성낙주 소장처럼 다수의 사람들이 천개석은 태양, 광배는 달, 동틀돌은 별이라고 여긴다. 하늘 가운데에 가

장 큰 태양이 자리를 잡고 그 주변으로 별들이 빛나는 모습이라는 것
이다.

들고 보니 정말 그럴싸하다. 본존불의 광배는 보름달같이 동그랗고
매끈하다. 태양과 달, 별이 모두 있으니 궁륭천장에 낮과 밤의 하늘을
함께 담은 듯하다. 튀어나온 동틀돌은 처음엔 어색해 보이더니 별이
라 생각하고 바라보니 멋스럽다.

그래서 한참을 들여다보니 이번엔 다른 존재들로 보인다. 마침 옆
에 큰딸이 있기에 석굴암의 천장 사진을 보여주며 물어보았다.

"천장에서 튀어나온 돌들이 무엇으로 보이니?"

30개의 동틀돌 / 울퉁불퉁한 동틀돌은 석굴의 파수꾼이자 하늘에서 내려오는 꽃비이다. 자세
히 보면 두 번째 단의 동틀돌이 다른 동틀돌보다 크다.

잠시 생각해보더니 기대 이상의 답변을 한다.

"물방울로 보여요, 아니 빗방울인 거 같아요."

그럴싸한 답변에 내심 놀랐지만 원하는 답을 듣고 싶어서 되물었다.

"어! 그래, 가운데 있는 덮개돌이 연꽃인데 그렇게 보이니?"

이렇게 살짝 힌트를 주자 기대한 답이 나온다.

"아! 꽃잎으로 보여요."

듣는 순간 박수를 쳤다. 답을 유도한 측면이 없잖아 있지만 내 생각과 같았기 때문이다. 그동안 별이라 여겼던 동틀돌은 꽃비이다. 부처님이 깨달음을 얻은 순간에 하늘에서 쏟아지는 찬탄의 꽃물결이다. 우산살 모양으로 펼쳐진 동틀돌은 연화문 덮개돌에서 시작되어 하늘에서 내려오는 중이다.

우리가 절간에 가면 볼 수 있는 우화루雨花樓도 부처님이 설법할 때 하늘에서 쏟아졌다는 꽃비에서 이름을 딴 건물이다. 동틀돌은 둥근 천장을 튼튼하게 하려는 목적도 있겠지만 아래로 내려오는 느낌이 나도록 세로로 길쭉하게 만들었다. 하늘 가운데에서 축하의 폭죽이 터져 비처럼 쏟아지는 느낌이 난다.

그동안 우리는 꽃을 표현한 이 돌을 동틀돌, 쐐기돌, 팔뚝돌 등 참으로 다양한 이름으로 불렀다. 모두 쓰임새 위주의 이름인데 팔뚝돌이라고 하면 본존불을 향해 주먹질을 하는 느낌마저 든다. 따라서 동틀돌은 둥근 천장을 지탱해 주는 역할에다 하늘에서 내려오는 꽃이라는 사실까지 함께 기억했으면 좋겠다. 돌로 만들었으니 시들지 않는 꽃이자 석굴을 장엄하는 어여쁜 꽃이다.

탁월한 원근법

석굴의 안전을 책임지고 있는 동틀돌은 3단으로 이루어져 있다. 단마다 10개가 있으니 동틀돌은 모두 합쳐 30개이다. 꽃비를 표현한 동틀돌은 하늘에서 내려오니 위에서부터 차례대로 첫째 단, 둘째 단, 셋째 단으로 부르고자 한다.

이렇게 순서를 정해서 동틀돌을 살펴보니 이해하기 어려운 모습이 눈에 들어온다. 꽃을 표현한 동틀돌의 크기가 단마다 다르다. 꽃이 떨어지는 효과를 내려면 아래로 내려올수록 동틀돌을 크게 만들어야 할 텐데 어쩐 일인지 둘째 단의 동틀돌이 가장 크다. 상식과 달리 떨어지는 꽃의 크기가 커졌다가 다시 작아지는 진풍경을 연출한다. 원근법을 모르면 크기를 모두 같게 해버리면 될 일을 어쩌자고 중간에 있는 두 번째 단의 돌을 더 크게 만들었는지 모르겠다. 온종일 들여다보아도 답이 보이지 않는다.

별이라고 주장하는 사람들은 크기나 밝기가 다른 별이라는 그럴싸한 답을 제시하니 조바심이 난다. 자정이 지나도록 진척이 없다. 마지막으로 딱 한 번만 더 보려고 누워서 사진을 들고 보니 돌들이 내 얼굴을 덮친다.

'바로 이거다.'

답을 찾았다는 생각에 잠이 싹 달아난다. 만약 내려올수록 동틀돌의 크기가 순차대로 커졌다면 꽃이 옆으로 퍼져나가는 것처럼 보였을 것이다. 그러면 둥근 벽을 타고 내려오는 물방울이나 빗물 같은 느낌이 난다. 석공은 두 번째 단의 돌들을 가장 크게 만들어 꽃들이 석실의

면석을 지운 상태의 동틀돌 / 면석을 없애고 동틀돌에 주목하면 사방으로 뿌려지는 느낌이 더 두드러진다.

가운데에 있는 본존불을 향하도록 유도한 것이다. 하늘에서 떨어지는 꽃이 벽면을 타고 미끄러지듯 내려오는 게 아니라 석실 가득 뿌려지고 있는 모습을 실감나게 연출하고 있다. 동틀돌이 내 얼굴을 덮친 것은 잠결에 착각한 게 아니라 하늘에서 꽃들이 사방으로 고루 뿌려지는 효과를 너무나 자연스럽게 표현한 결과였다.

어쩌면 두 번째 단의 꽃들이 먼저 땅에 닿을 수도 있겠다. 크기가 다른 동틀돌은 떨어지는 순서도 다르다고 일러주는 듯하다. 신라인들은 원근법을 몰랐던 게 아니라 차원이 다른 원근법을 구사하고 있다. 천장에 찰싹 달라붙은 돌인 줄 알았더니 속도감과 깊이감이 느껴진다.

동틀돌은 꽃 모양으로 새기지 않고 길쭉하게 만들어 하늘에서 뿌려지는 효과를 더한다. 연화문 덮개돌처럼 꽃 모양을 그대로 새겼다면 꽃이 내려오는 효과는 사라지고 천장에 달라붙은 느낌이 들었을 것이다. 돌을 다루는 실력이 출중함에도 동틀돌을 단순하게 처리한 이유이다. 이를 확인해 보려 면석을 지우고 동틀돌만 그려보았다. 그러자 동틀돌이 한층 자유로워져서 하늘에서 꽃들이 고루 뿌려지는 효과가 더 도드라져 보인다.

이제 3단까지만 동틀돌을 끼워놓은 이유도 보인다. 4단과 5단은 장식 없이 그냥 면석으로만 구성했는데 이렇게 함으로써 이제 막 하늘에서 꽃이 쏟아지는 효과를 얻게 되었다. 만약 욕심을 내어 4단과 5단까지 동틀돌을 만들어 올렸다면 꽃비가 벽체를 타고 흐르는 느낌이 났을 것이다. 지금처럼 3단까지만 표현한 것이 최선의 선택이라 판단된다.

그동안은 동틀돌의 가장 큰 매력이 둥근 천장을 만들어 주고 지켜주는 역할이라 여겼는데 그 생각이 바뀌기 시작한다. 안전장치로서의 역할이 중요하겠으나 하늘에서 꽃이 고르게 뿌려지는 효과를 절묘하게 구현한 발상에 더 눈길이 간다. 시공간의 한계를 뛰어넘은 탁월한 원근법이다.

대승경전의 꽃

예나 지금이나 특별한 날이면 빠지지 않고 등장하는 것이 꽃이다. 잔칫날이나 장례식엔 어김없이 꽃을 볼 수 있다. 꽃은 기쁨은 키워주고 슬픔은 줄여주기 때문이다. 불자들은 부처님이 계시는 곳이라면 세상에서 가장 아름다운 꽃으로 장식하고 싶었을 것인데 궁륭천장의 안전을 도맡은 동틀돌들이 다름 아닌 꽃이었다.

『묘법연화경』에는 석가모니 부처가 영취산에서 설법할 때 하늘에서 꽃비가 내렸다는 이야기가 나온다.

세존께서는 사부대중에게 둘러싸여 온갖 공양과 존중과 찬탄을 받으셨습니다. 그 여러 보살들을 위하여 대승경전을 설하시니 이름은 무량의경이었습니다. 이 경전을 다 설하시고 가부좌를 맺고 앉으시어 무량의처라는 삼매에 들어가시어 몸도 마음도 조용히 움직이지 않으시었습니다. 그때에 하늘에서 만다라꽃과 큰 만다라꽃과 만수사꽃과 큰 만수사꽃을 비 오듯 내리어 부처님과 여러 대중들에게 뿌렸습니다.

위와 같이 『묘법연화경』에 나오는 법회의 상서로운 징조들은 석굴암에 고스란히 들어있다. 신라인들은 경전에 나오는 내용의 핵심들을 석굴 속에 담은 것이다.

세존을 둘러싸고 있는 사부대중은 판석에 새겨진 조각상들이 되고 가부좌를 맺고 미동도 없는 부처님은 석굴암의 본존불이다. 하늘에서 꽃들이 비 오듯 내리니 궁륭천장은 하늘이 되고 덮개돌과 동틀돌은 꽃비가 된다.

그렇다. 석굴암의 모습은 『묘법연화경』의 「서품」에 나오는 상서의 장면과 같다고 할 만큼 닮았다. 『묘법연화경』을 『화엄경』과 더불어 '대승경전의 꽃'이라고 일컫는데 하늘에서 꽃비가 내리는 장면과 딱 들어

맞는다.

꽃비를 표현한 동틀돌은 합천의 영암사지를 풀기 위해 애쓰던 나를 석굴암에 빠져들게 만들었다. 동틀돌은 꽃비와, 꽃비는『묘법연화경』과 연결되어 비로소 석굴암은『묘법연화경』을 근거로 지은 절이라는 결론에 이르렀다. 불교의 교리에 대해선 아는 바가 많지 않아 단순하게 접근했더니 운 좋게 맞아떨어진 것이다.

이때부터 두 가지를 병행하게 되었다. 하나는 지금까지 해오던 유물의 도상을 살피는 일이고 다른 하나는『묘법연화경』을 읽는 것이었다. 무비 스님이 쓴『법화경 강의』라는 상, 하로 구성된 두 권의 책은 불교 경전은 어렵고 딱딱할 것이라는 선입관을 깨뜨려 주었다. 이렇게 멋모르고 읽은『묘법연화경』은 석굴암을 풀어보겠다고 뛰어든 나에게 날개를 달아주는 듯했다.『묘법연화경』은 석굴암 해설서 같았다.

『묘법연화경妙法蓮華經』은 줄여서『법화경』이라 부른다. 지금은 석굴암의 원형을 찾고자 하는 만큼 경전의 이름도 원형대로『묘법연화경』으로 쓰고자 한다. 여기에는 묘법을 부린 듯한 석굴암을 묘법이 담긴 경전으로 풀어낸다는 나름의 의미도 담은 것이다.

"석굴암은『묘법연화경』을 근거로 지었다."

석굴의 신비를 더하는 샘물

음지마을의 큰새미

하늘에서 꽃비가 내리는 석굴암은 천상의 세계에서나 볼 수 있을 듯한 모습들로 가득하여 환상적이다. 바닥에는 샘물이 흘러 조각상에 이슬이 맺히는 결로현상까지 방지해준다고 하니 신비롭기까지 하다. 이처럼 환상적인 석굴암에 신비감마저 들게 만드는 것이 석실 바닥에 샘물이 흘렀다는 샘물설이다.

하지만 반론도 만만치 않다. 집과 물은 상극이라 전혀 어울리지 않는다며 샘물은 석굴암의 외부로 빼서 배수처리를 했을 뿐이라고 한다. 듣고 보니 일리가 있는 듯하여 어느 주장이 옳은지 헷갈린다.

삼촌이 보내온 문자 / 샘물같이 맑고 담백한 글이 나오길 바라는 마음이 담겼다.

샘물설의 진실이 무엇인지 고민하던 차에 함께 영암사지를 답사했던 삼촌으로부터 문자 한 통을 받았다. 처음 썼던 『잠자는 문화유산을 깨우다』를 읽고 격려와 당부의 글을 써서 휴대폰으로 찍어 보내준 것이다. 삼촌의 손편지를 문자로 받으니 가슴이 뭉클해지는데 덕분에 샘물에 대한 추억까지 되살아났다.

내가 살던 동네의 집은 북향이어서 겨울이면 마당에 햇빛이 잘 들지 않았다. 그래서 음지마을이라 부른다. 유난히 추위를 많이 타는 어머니는 왜 하필 이런 땅에 집을 짓고 살았는지 모르겠다며 푸념을 늘어놓곤 하셨다. 그러면서도 동네 끝에 있는 우물은 마를 날이 없고 물맛도 좋다며 흡족해했다. 마을 사람들은 이 우물을 '큰새미'라고 불렀다. 깊이는 엎드려서 손을 뻗으면 바닥에 닿을 정도이니 우물이라기보다 샘에 가까웠다. 많은 양의 샘물이 마르지 않고 솟아나서 '큰샘'이라는 뜻의 이름이 붙은 것이다.

어머니는 설날을 하루 앞둔 그믐날 저녁이면 어김없이 나를 큰새미로 데리고 갔다. 큰새미의 물을 바가지로 모두 퍼내고 주변을 말끔히 청소했다. 동네 사람들이 함께 사용하는 큰새미를 왜 우리만 청소하냐며 짜증을 내는 나에게 다음에 복을 받는다며 타일렀다. 청소가 끝나면 들기름을 담은 종지의 심지에 불을 붙여서 바가지 안에 넣은 후 갓 솟아난 샘물 위에 띄웠다. 샘물 위를 떠다니는 불을 보며 소원을 빌었는데 물을 퍼내고 청소하는 건 싫었지만 이 순간만은 재미있고 신기했다. 큰새미는 마을에서 공동으로 사용하는 샘물이지만 이후론 내 것이란 생각이 들었다. 동네에 수도시설이 들어서면서 찾는 사람도 줄어들어 이제는 유명무실한 존재가 되었지만 큰새미의 추억만은 잊을 수가 없다.

이런 경험 때문인지 석굴암에 샘물이 흐른다는 이야기를 들었을 때 처음 떠오르는 샘물의 이미지는 마실 물이자 공양물이었다. 샘물을 대하는 신라인들의 생각도 마찬가지였을 것이다. 샘물을 냉각수라 여기기 전에 정화수이자 성수라는 생각을 먼저 했으리라 판단된다.

『묘법연화경』으로 풀어본 샘물설

석굴암은 광창이 있었다고는 하나 궁륭천장으로 막힌 구조라 내부에 결로현상이 발생하기 쉽다. 결로현상은 기온 차이로 인해 물체의 표면에 물방울이 생기는 것을 말한다. 얼음물이 담긴 컵을 방안에 두면 공기 중의 수증기가 차가워진 컵 표면에 달라붙어 물방울이 맺히는 것도 결로현상 때문이다.

석굴암 밑으로 차가운 샘물이 흐르면 내부의 수증기는 차가워진 바닥에만 맺히게 되므로 위쪽에 있는 돌조각들을 물기로부터 보호할 수 있다는 것이 일종의 '샘물설'이다. 하지만 지금의 석굴암에서는 샘물의 모습을 볼 수가 없어 시작부터 난관에 부딪힌다. 샘물을 찾아 석굴암 뒤로 가보면 철창으로 막혀있고 답답한 심정을 아는지 모르는지 에어컨 돌아가는 소리만 들려온다.

샘물의 용도를 전혀 몰랐던 일제는 샘물을 밖으로 빼내어 모두 배수처리하고 말았다. 샘물을 단지 거추장스러운 존재로만 여긴 것이다. 이후 석굴암엔 결로현상이 발생하게 되었다고 한다.

여기서 한 가지 미심쩍은 의문이 생긴다. 결로현상이 샘물을 배수

처리한 결과로 생긴 것이 정말 맞을까?

생각해보니 전실이 개방되어 있고 지붕을 덮은 시멘트 콘크리트가 없다면 결로현상도 일어나지 않을 것 같다. 옛날 사진 속에는 석굴암을 덮은 흙더미 속에 기와가 두 겹으로 끼워져 있다. 이것도 모자라 지붕을 아예 기와로 덮은 사진도 보인다. 정교한 석굴암과 어울리지 않는 허술한 구석이 있어 원래부터 사용한 방법인지는 모호하지만 누수를 막기 위해 애를 썼다는 사실만큼은 확인해 볼 수 있다. 설마하니 빗물이 새는데 그대로 두지는 않았을 것이다. 흙과 돌, 기와 등으로 누수를 막고 광창을 통해 햇빛이 주실의 뒷벽까지 깊숙이 와닿으며, 전실이 개방되어 공기가 자유롭게 드나들었다면 결로현상은 일어나지 않았을 것이다. 빛이 잘 들고 공기가 잘 통하면 장마철의 습기도 날이 개면 금방 해결된다.

일제가 석굴암을 수리하고 찍은 사진을 보면 전실 앞의 시멘트 옹벽에 배수구가 동틀돌처럼 박혀있다. 지금은 광창의 부재와 함께 수광전 옆에 있는 뜰에 전시되어 있다. 그동안 광창의 부재에 비해 상대적으로 관심이 덜했던 배수구를 보기 위해 다시 석굴암으로 갔다.

배수구의 뒤쪽은 두껍고 뭉툭한데 앞쪽은 가늘고 정교해서 딱 봐도 정성이 많이 들어갔음을 알 수 있다. 단순히 샘물을 흘려보내기 위해 만든 것으로 보이지 않는다. 영암사지에서 본 두 얼굴의 석축처럼 사람의 눈에 잘 띄는 부분은 정교한데 땅에 박혀 안 보일 부분은 허술하게 만든 것 같기도 하다. 예전 같았으면 또 석공의 마음을 의심했을지도 모르겠으나 이제는 좀 달라졌다. 석공은 새김의 정도를 달리하여 샘물이 배수구를 다듬도록 만들어 놓은 것임을 어렵지 않게 유추해볼

석굴암의 배수구 / 눈에 안 띄게 되는 뒤쪽은 크고 뭉툭한데 노출되는 앞쪽은 가늘고 정교하다. 배수구 위쪽에 살짝 보이는 것은 광창의 부재이다.

수 있다. 샘물은 단순히 바위에서 솟은 물이 아니라 본존불의 은덕을 입은 감로수임을 두 얼굴의 배수구에서 보게 된다.

기록으로 보나 배수구의 존재로 보나 석굴암은 처음부터 샘물이 흐르는 곳에 자리를 잡았다고 판단된다. 샘물이 거추장스러운 존재였다면 굳이 이 자리에 석굴암을 짓지 않았을 것이다. 토함산에는 동해가 보이면서 샘물이 나오지 않는 곳도 쉽게 찾을 수 있으니 일부러 샘물이 나오는 곳을 선택했다고 볼 수밖에 없다.

꽃이 아름다움의 대명사라면 샘물은 깨끗함의 대명사이다. 그래서 사람들은 '꽃처럼 아름답다'라거나 '샘물처럼 맑다'라는 비유적 표현을 즐겨 사용한다. 그런데 언제부터인가 석굴암의 샘물은 맑고 깨끗한 이미지 대신 돌바닥을 식히는 존재로만 인식되고 있다. 이는 신라과

학의 우수성을 입증하기 위해 샘물이 결로현상을 막는 용도로 사용되었다는 사실에만 너무 관심이 쏠린 결과로 보인다.

동틀돌이나 두광 등에서 알 수 있듯이 신라인들은 건축의 부재 하나에도 여러 가지 역할을 고려하여 만들었다는 점에 주목할 필요가 있다. 안전을 위해 꼭 필요한 존재라 여긴 돌조차도 또 다른 조성목적이 있었던 것이다. 그것은 바로 부처님의 말씀이 담긴 경전의 내용을 충실히 재현하는 것이다.

『묘법연화경』에는 부처님 이마의 백호에서 나온 빛이 세상을 비추어 영산회상에 참여한 사람들이 그 모습을 보게 된다는 내용이 있다. 그렇게 해서 보게 되는 세상의 여러 모습 중에는 샘물을 보시하는 장면도 포함되어 있다.

또 어떤 보살은 맛있는 반찬과 좋은 음식과
백 가지 탕약으로 부처님과 스님들에게 보시하며,
그 값이 천만 금 나가는 옷이나
값을 매길 수도 없는 훌륭한 옷을
부처님과 스님들에게 보시합니다.
또 천 만 억 가지의 전단향나무로 만든 값진 집과
아름다운 이부자리를 부처님과 스님들에게 보시하며,
또 아름다운 동산에 꽃과 과일이 풍성한 숲과
흐르는 샘물과 목욕할 연못들을 부처님과 스님들에게 보시합니다.

좋은 음식과 옷, 집 외에 샘물과 목욕할 연못도 부처님께 보시한다는 것을 알 수 있다. 건조한 지역이 많은 인도에서는 샘물이 값진 공양물이었을 것이다. 더운 날에는 몸을 식혀주고 건조한 날엔 목을 축여주는 생명수이기 때문이다.

하늘에서 내리는 꽃비와 땅속에서 솟아나는 샘물로 인해 석굴암은 꽃처럼 아름답고 샘물처럼 맑은 존재가 된다. 이 모두가 석굴암의 본존불께 드리는 공양물이다. 사랑하는 이에게 꽃을 선물하고 목마른 이에게 한 모금의 샘물을 주듯 부처님께 바치는 것이다.

경전에서도 샘물은 결로현상을 막는 역할보다 공양물로서의 가치가 더 부각되어 있다. 그렇긴 하지만 결로현상을 막는 역할도 있을 듯한 내용이 『묘법연화경』의 「수기품」에 나온다.

위대하시고 훌륭하시고 용맹하신 석가 세존 법왕께서
저희들을 어여삐 여기시어 말씀을 일러주십시오.
만약 우리의 마음을 살피시고 수기를 주신다면
마치 감로수(甘露水)를 뿌려 열을 식히고
서늘하게 하시는 것과 같을 것입니다.

목건련과 수보리 그리고 마하가전연이 함께 부처님께 수기를 청하는 대목이다. 수기를 주는 일은 감로수를 뿌려 열을 식히고 서늘하게 해주는 것과 같다고 한다. 이는 감로수에 해당하는 샘물이 무더운 석실 안의 온도를 식히고 서늘하게 만드는 역할과 흡사하다. 여름에 집을 시원하게 하려고 마당에 물을 뿌리는 경우와 비슷하다고 하겠다.

이처럼 『묘법연화경』에는 샘물을 부처님께 보시하는 이야기가 있는

가 하면 감로수를 뿌려 열을 식히고 시원하게 해준다는 이야기도 있다. 석굴 안을 시원하게 함과 동시에 부처님께 드리는 공양물로 샘물을 석실 바닥으로 흐르게 했으리라 판단해 볼 수 있다. 샘물은 기계가 없던 시절, 자연의 힘을 십분 활용한 신라인들의 지혜가 낳은 결과물이었던 것이다.

물은 만물을 소생시키는 근원이다. 한 송이 커다란 연꽃 같은 석굴암은 샘물로 인해 생기를 얻고 각각의 연꽃에서는 불보살들이 탄생한다. 샘물은 습기나 더위로부터 불보살들을 보호할 뿐만 아니라 연꽃을 키워내며 부처님께 공양할 감로수의 역할까지 겸하고 있다.

그 옛날 석실 안은 가뭄을 모르는 샘물이 쉼 없이 흐르며 청아한 물소리를 들려주었을 것이다. 샘물의 맑은 이미지에 청아한 소리까지 더해지니 드디어 신비로운 석굴암이 완성된다.

"하늘에서 꽃비가 내리고 땅에선 샘물이 흐르며 본존불의 백호와 두광이 번쩍이는 장면을 '석굴암의 3대 신비'라 부르고 싶다."

석굴 속으로

셀프 감금

해마다 부처님오신날이 다가오면 어디로 갈지 잠시 고민하는데 올해는 일찌감치 석굴암으로 정했다. 석굴암의 주실로 다시 들어가 보고 싶었기 때문이다. 석굴 속에 갇혀 행복한 시간을 보냈던 날도 벌써 7년 전의 일이다. 그동안은 사진이나 동영상에 의존하며 석굴암을 풀어보았다면 이제는 실물을 보며 확인해야 할 시점이 온 것이다.

새벽같이 출발해서 석굴암주차장에 도착하니 벌써 사람들이 많이 와서 기다리고 있다. 오전 6시가 가까워지자 줄을 서기 시작한다. 평소엔 오전 6시 30분에 문을 열지만 오늘은 특별히 30분을 앞당겨 개방한다고 한다. 순간 마음이 급해진다. 줄을 서려고 하는 찰나 일주문 앞을 막아놓은 출입구가 열린다. 부처님오신날이라 입장료를 받지 않으니 줄을 섰던 사람들이 한꺼번에 몰려 들어간다. 어림잡아 몇백 명은 되어 보인다. 급한 마음에 체면은 접어두고 냅다 달렸다. 인파에 밀려 석실로 들어가면 제대로 못 보고 지나쳐야 할 것 같아 이것저것 생각할 새도 없다. 다행히 대다수의 사람들은 여유롭게 걸어간다. 그들을 추월하며 달리니 참 민망하다. 나를 무례한 사람으로 여겼을지 모르지만 뛰지 않고 걷는 사람들이 오히려 고맙다.

우현 고유섭 선생의 비가 있는 곳에 이르자 나보다 앞선 사람은 고작 세 명 정도밖에 보이지 않는다. 그들은 뒤따라오는 나를 보고 마음이 급했는지 더 빨리 달린다. 나는 이 정도 인원이면 괜찮겠다 싶어 그제야 천천히 걷기 시작했다. 자꾸만 뒤돌아보는 젊은이 셋은 아무래도 등위에 신경을 쓰는 듯했다. 이렇게 메달은 모두 그들 몫이 되었지만 일주문에서 석굴암까지 가장 빨리 도달한 하루였다.

신발을 벗고 전실로 들어가서 본존불을 향해 합장한 후 곧장 주실로 갔다. 전실과 비도는 아쉬운 대로 유리벽 밖에서도 볼 수 있으니 사람들이 밀려오기 전에 석굴 안을 돌아보고 싶었다. 열심히 달린 덕에 한적한 주실을 관람하니 감회가 새롭다. 오랜 기다림 끝에 만나는 조각상들이라 더 반갑다. 한껏 들뜬 마음으로 주실 안을 돌아보는데 예상 밖의 사람들이 보인다. 안내를 맡은 두 사람이 협시불처럼 본존불의 좌우에 서서 관람객들을 예의주시하고 있다.

여유롭게 주실을 한 바퀴 돌고 나니 그제야 뒤처졌던 아내가 전실로 들어온다. 실은 함께 왔었는데 나는 일주문 앞에서 아내를 두고 냅다 뛰었던 것이다. 인파에 밀려 제대로 보지 못할 것을 염려한 아내의 배려였다.

이번엔 함께 주실을 돌아보는데 아니나 다를까 예전처럼 인파에 떠밀려 발걸음이 절로 빨라진다. 사람들은 자꾸만 늘어나고 안내원들은 관람을 빨리 해 달라며 재촉한다. 밖으로 나오니 의외로 줄을 서 있는 사람이 몇 없다. 그래서 다시 맨 뒤로 가서 줄을 섰다. 세 번째로 주실을 도는 것이니 예법대로 우요삼잡을 행한 셈이다.

이제 석굴암을 떠나려는데 아내가 대뜸 한마디 한다.

"오전 10시까지만 기다려봅시다."

항상 먼저 가자고 하면서 오늘은 웬일인가 싶어 물어보니 지난번처럼 예불시간에 맞춰 들어가 보고 싶단다. 그땐 얻어걸린 행운이지만 오늘은 행운을 만들어 보자고 제안한다. 시간만 낭비할지 모른다고 말려도 시도라도 해 보잖다. 그러면서 집에 가서 후회할지 모른다는 엄포까지 놓는다. 나중에 물어보니 수험생인 두 딸을 위해 주실에 오랫동안 머물고 싶었다고 한다. 석굴암의 기운을 아이들에게 전해주려는 것이었다.

아직 시간이 많이 남아 뭘 할까 고민하는데 석굴암의 안마당에 당도하기 직전에 왼편으로 나 있는 길이 눈에 들어온다. 향령으로 가는 길이다. 석굴암을 만들었다는 김대성이 향을 피워 천신에게 공양을 올린 곳이니 한 번 다녀오자며 출발하려는 순간 어디에선가 들어가지 말라고 소리친다. 이번엔 석굴암 마당을 지키는 관리인이다. 석굴암 이야기를 완성하려면 한 번은 가 봐야 할 것 같은 책임감에 나서려다 딱 걸리고 말았다. 아쉬운 마음을 커피 한 잔으로 달래며 기다리니 안내방송이 나온다. 역시나 예불을 드리기 위해 잠시 관람을 중단한다는 이야기이다. 운명의 시간이 온 것이다. 짧은 순간에 기회를 잡지 못하면 계획이 물거품이 될 것 같아 다급해진다. 그런데 오늘은 전혀 예기치 못한 일이 벌어진다. 석실 안에 있는 관람객들은 모두 밖으로 나오고 예불 드릴 사람만 입장하라는 것이다. 모른 채 들어가려고 하니 카드가 없으면 안 된다고 한다.

'웬 카드?'

답답한 마음에 석굴 안에 등도 달았으니 들어가게 해달라고 졸라보았더니 예불을 예약한 사람이 아니면 안 된다는 답만 돌아온다. 그 와중에 예약하고 온 것으로 보이는 한 무리의 사람들이 석굴 안으로 들어가기 시작하고 관리인도 바쁘게 움직인다. 우리는 얼떨결에 그들과 뒤섞여 주실까지 따라 들어갔다.

안으로 들어서자 금방 예불이 시작된다. 행여나 나가랄까봐 급한 대로 남들 따라 세 번 절을 올렸다. 감실과 천장을 바라보다 남들이 절하면 따라 절하고 본존불을 우러러보며 감격해서 절했다. 그렇게 천금 같은 시간이 흘러갔다.

이렇게 석굴암에서 두 번째 경험한 행운의 감금은 스스로 선택한 '셀프 감금'이었다.

헷갈리는 시선도

석굴암의 자랑거리는 뭐니 뭐니 해도 돌을 조각한 솜씨가 빼어나다는 점이다. 종이에 그리기조차 어려운 불보살들을 돌에 새겼음에도 아름답기 그지없다. 사용된 돌도 단단하기로 소문난 화강암이다. 화강암은 단단한 것으로 그치는 게 아니라 입자까지 고르지 않아 석공의 수고로움은 배가 된다. 비누나 석고, 대리석이 화강암보다 조각하기 쉬운 까닭은 재료가 무르면서 입자까지 고르기 때문이다.

신라의 석공들은 이처럼 조각이 까다로운 화강암으로 보고도 믿기지 않을 빼어난 조각상들을 만들었다. 그중 처음 만나게 되는 게 전실에 있는 팔부신중들이다. 이름에서 알 수 있듯이 팔부신중은 여덟 구

<목건련의 발>　　　　　　**<가전연의 발>**

제자상의 발 모양 / 목건련은 발의 모양대로 왼쪽을 보고 있지만 가전연은 정면이 아닌 오른쪽을 보고 있다. 원래의 시선도는 눈의 방향보다 발의 모양에 주목해서 그려야 한다.

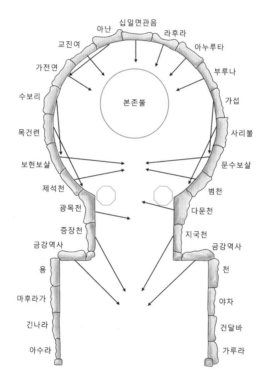

몸의 방향대로 그린 석굴암 시선도 / 조각상들의 위치를 바로잡은 후 몸의 방향에 따라 시선도를 그렸더니 질서정연한 모습이 되었다.

의 조각상인데 이들은 주실의 조각상에 비해 완성도가 떨어져 처음부터 있던 존재로 보이진 않는다. 모두가 지니고 있는 두광이 팔부신중들만 없으며 판석의 테두리도 없다. 이들은 배치방법에서도 미숙한 점이 보여 나중에 추가된 것으로 판단된다.

팔부신중이 있는 전실을 생략하고 바라보면 석굴암은 주실과 비도 그리고 이를 지키는 금강역사로 구성된다. 그래서 금강역사부터 살피려는데 한 가지 더 유의할 점이 남아있다. 주실에 있는 범천은 제석천과, 문수보살은 보현보살과 자리를 바꾸어야 한다. 이는 1장에서 자리를 맞바꾼 시선도까지 그려가며 확인한 사항인데 약간의 수정이 필요했다.

이를 가르쳐준 것은 합천 영암사지에 있는 뒤돌아보는 돌사자였다. 오랫동안 쳐다봐도 말이 없던 돌사자는 뒤돌아보는 이유를 몸으로 알려주었다. 돌에 새겨져 있어 계속 고개를 돌리고 있지만 머지않아 제자리로 돌아온다고 말이다.

그렇다. 사자든 사람이든 온종일 고개를 돌리고 있을 순 없다. 신라의 석공은 다양한 이야기를 전하기 위해 가장 극적인 순간을 정지시켜 돌에다 새겨놓았다. 시간이 지나면 시선을 따라 몸이 움직이든지 아니면 머리가 원래의 위치로 되돌아와야 한다. 질서정연한 주실의 특징을 고려하면 뒤돌아보고 있는 조각상의 시선은 잠시 후면 제자리로 돌아온다고 보는 것이 타당하다. 따라서 조각상들의 시선도는 눈의 방향이 아닌 몸의 방향에 맞추어 그려야 한다. 사람은 발 모양을 보면 원래 몸의 방향도 짐작이 가능해진다. 이처럼 몸의 방향에 주목하면 눈을 감고 있는 제자의 시선도 표시할 수 있게 된다.

그래서 또다시 석굴암의 시선도를 그렸다. 뒤를 돌아보는 제자상은 발의 방향대로 정면을 향하게 하고 눈을 감고 있는 듯한 제자상들의 시선도 새로 그려 넣었다. 몇 번의 시행착오 끝에 완성된 시선도를 보니 석굴암이 깔끔하게 정돈된 느낌이 난다.

다시 강조하지만 석굴암은 범천과 제석천, 문수보살과 보현보살의 위치를 맞바꾸고 그들의 몸이나 발의 모양에 따라 시선도를 그려야 한다. 그래야 헷갈리던 시선도가 바로잡히고 석굴암을 조성한 신라인들의 의중을 읽을 수 있다.

후대에 보수한 우리 조상들은 이런 사실을 알았을까? 몰랐을까? 실수로 바꾸었다고 판단하기엔 배치가 너무 어색하고 알면서 바꾸었다고 보기엔 그 이유가 너무 난해하다. 지금은 해답을 알 길이 없어 조각상들이 제자리로 돌아간 상태를 기준으로 삼아 석굴 속으로 들어가 본다. 팔부신중은 후대에 추가된 것으로 판단되어 나중에 다루도록 하고 우선은 금강역사부터 만나본다.

금강역사의 숨겨진 역할

금강역사는 인왕상이라고도 불린다. 그리스 신화에 등장하는 힘의 상징인 헤라클레스에서 따온 도상이다. 석굴암을 지키겠다는 의지를 강하게 드러내기 위하여 투각의 기법까지 사용하여 높은 돋을새김으로 만들어졌다. 이들은 주실로 들어가는 통로인 비도의 양옆에 나란히 서 있다. 침입자를 향해 멈추라고 소리치며 반항하면 내리치겠다는 듯 위협적인 자세로 주먹을 높이 치켜들었다. 이들의 몸은 판석

<우협시 금강역사>　　　　　　<좌협시 금강역사>

금강역사 / 입을 벌린 우협시 금강역사는 주먹을 불끈 쥐고 있고 입을 다문 좌협시 금강역사는
오른 손가락을 펼친 모습이다. 장딴지 옆에는 동그란 형태의 특이한 문양이 새겨져 있다.

에서 밖으로 빠져나오기 직전이고 주먹은 완전히 뚫고 나와 언제든지
휘두를 태세이다. 도깨비 같은 얼굴에 울퉁불퉁한 근육을 드러내며
범접을 불허한다. 맨발인 채로 웃통마저 벗고 있어 마치 격투기선수
들 같다. 마땅한 적수를 찾기 힘든 고수들일 것이니 둘을 서로 맞붙여

겨루게 하고 싶다.

'누가 이길까?'

덩치도 생김새도 비슷하니 막상막하의 대결이 예상된다. 신라인들은 이런 나의 속내를 읽었던 것일까? 은근슬쩍 한쪽 금강역사의 손을 들어주고 있다.

본존불을 기준으로 입구의 오른쪽을 지키는 금강역사상은 입을 벌린 '아'상이고 왼쪽을 지키는 금강역사상은 입을 다문 '훔'상이다. 아 금강역사의 오른손은 주먹을 불끈 쥔 모습이고 왼손도 손가락을 오므리고 있다. 반면에 훔 금강역사는 왼손이 떨어져 나가 형태를 알 수 없지만 오른 손가락은 펼친 모습이다. 따라서 손가락을 펼쳐서 방어하고 급소만을 찌를 듯한 '훔'상이 '아'상보다 더 고수로 판단된다. 훔 금강역사의 승리가 점쳐지고 그만큼 서열도 더 높게 책정되어 있다는 사실을 알 수 있다.

이렇게 재미 삼아 두 금강역사가 겨루는 모습을 상상해 보니 미세한 차이가 느껴진다. 이들의 자세나 생김새를 보면 거울을 마주한 듯 좌우대칭인데 손가락을 접고 펼치는 작은 차이로 좌우대칭을 깨고 있다. 대칭이되 대칭이 아닌 것처럼 비대칭의 대칭을 이루고 있다. 공들여 대칭으로 만들어 세우고는 일부러 비대칭으로 흩트려 놓았다.

왜 그랬을까?

이유를 속속들이 다 알긴 어렵지만 한 가지 사실만은 명확해 보인다. 금강역사는 단순히 비도의 좌우에서 석굴을 지키는 보초병이 아니란 사실이다. 자세히 비교하려고 두 장의 사진을 붙여놓았지만 둘 사이엔 비도만큼의 공간이 존재한다. 그 공간엔 석굴암에서 가장 소중한 본존불이 자리하고 있다. 보초병인 줄 알았던 금강역사는 보살들처럼 부처를 좌우에서 모시는 협시보살이자 미래의 부처인 것이다.

따라서 금강역사를 입 모양보다는 좌우의 위치에 따라 구분하는 것이 숨은 뜻을 되살리는 길이라 여겨진다. 본존불을 기준으로 오른쪽에 있으면 우협시 금강역사, 왼쪽에 있으면 좌협시 금강역사가 된다. 이렇게 특별히 좌우를 구분하고자 하는 것은 금강역사뿐만 아니라 다른 조각상들도 하나같이 좌우대칭 구조를 하고 있기 때문이다.

그렇다고 보초병의 역할을 완전히 배제할 순 없다. 미래엔 부처가 될 존재이지만 아직은 석굴암을 지키는 역할에 충실한 모습이다. 그렇다면 방문객은 지위가 낮은 우협시 금강역사의 검문을 먼저 받아야 한다. '아'는 시작, '훔'은 끝을 의미한다고 하니 이래저래 시작은 입을 벌리고 있는 우협시 금강역사부터이다.

그런데 석굴암의 금강역사들은 세상의 어떤 금강역사에서도 볼 수 없는 특이한 것을 지니고 있다. 허리 아래로 늘어진 띠의 끝에 동그란 형태를 한 무언가가 달려있다. 저 도상의 의미를 여기서 풀 수 있다면 더 이상의 검열은 없을 듯하다. 금강역사들은 쥐었던 주먹을 풀고 주인을 맞이하듯 공손한 자세로 본존불을 알현할 수 있도록 길을 열어줄 것 같다. 이 도상은 얼핏 보면 금관에 붙어 있는 곡옥처럼 보인다. 석굴암의 비밀을 풀어 줄 열쇠인데 아직은 설명이 어렵다. 블랙박스 같은 도상이니 그 존재만은 꼭 기억하고 넘어가자.

아쉽게도 우린 아직 석굴암의 금강역사상에 새겨진 도상의 의미를 모르니 통행권을 받지 못하고 계속 검문을 받게 된다.

서열이 분명한 사천왕

금강역사의 검문을 무사히 통과하면 사천왕이 지키는 길목에 들어서게 된다. 주실과 전실 사이에 있는 비도라 부르는 공간이다. 눈을 부릅뜬 금강역사의 검문을 통과했다고 방심은 금물이다. 사천왕이야말로 힘과 무술이 뛰어나고 그 수도 넷이나 되기 때문이다.

사천왕은 본래 수미산 중턱에서 동서남북으로 네 방향의 하늘을 다스리던 신들이었는데 부처의 설법에 감동하여 절의 수문장이 되었다. 동쪽은 지국천왕, 남쪽은 증장천왕, 서쪽은 광목천왕, 북쪽은 다문천왕이 지킨다. 부처를 호위하느라 비록 몸은 주실에 들어가지 못하고 비도에 머물러 있지만 새겨진 조각 솜씨만큼은 주실의 여타 조각상들에 결코 뒤지지 않는다. 발밑에는 악귀들이 고통스러운 표정을 짓고 있다. 사천왕 못지않게 정교한데 손발의 모양과 표정이 압권이다. 악귀임에도 목걸이와 팔찌를 착용하고 있어 인상적이다.

잘 보면 사천왕들도 금강역사처럼 서열을 매겨 돌에 새겨놓았다. 사천왕이 있는 비도로 들어가면 서열이 낮은 순서에서 높은 순서로 검열을 받게 된다.

사천왕들은 두 구가 앞뒤로 나란히 배치되어 있다. 그래서 대부분의 책들은 현재 보이는 것처럼 앞뒤로 두 구씩 한 장의 사진에 담아 소개한다. 하지만 사천왕의 모습을 눈여겨보면 앞뒤로 한 조가 아니고 좌우로 한 조가 됨을 알 수 있다.

제일 먼저 남쪽을 지키는 왼쪽의 증장천왕을 살펴보면 오른손에 칼을 단단히 쥐고선 왼손바닥으로는 칼날을 점검이라도 하려는지 슬쩍

| <우협시 증장천왕> | <좌협시 지국천왕> |

증장천왕 / 칼을 단단히 잡고 당장이라도 휘두를 것만 같은 자세를 취하고 있다.
지국천왕 / 칼을 쥔 오른손을 잘 살펴보면 새끼손가락 하나를 살짝 풀었다. 칼을 많이 세웠고 받치고 있는 왼손의 모습도 한결 여유롭다.

문지르고 있다. 지금 당장이라도 칼을 휘두를 자세이다.

이에 비해 동쪽을 지키는 오른쪽의 지국천왕은 칼을 쥔 오른손 새

<우협시 광목천왕>   <좌협시 다문천왕>

광목천왕 / 칼을 어깨에 울러 메고 발걸음도 옮겨가며 오른손은 통행증을 보여 달라는 듯한 자세를 취하고 있다. 왼발가락을 곧추세워 힘껏 악귀를 누르고 오른발 뒤꿈치로는 얼굴을 밟고 있다.
다문천왕 / 주실 바로 앞까지 도착했으니 잠시 기다리라는 듯 왼손으로 막아선다. 오른손엔 향로를 들고 방문객이 왔음을 부처님께 고하는 듯하다.

끼손가락을 살짝 폈다. 지국천왕보다 세워 잡은 칼에선 살기가 무뎌

졌다. 왼손으로는 칼을 가볍게 받치고선 입김이라도 불어넣으려는 듯

하다. 맞은편의 증장천왕에 비해 한결 여유 있는 모습에서 그보다 서열이 약간 높음을 알 수 있다. 칼을 쥔 오른손의 약지손가락 하나를 펼치는 자그마한 차이로 서열의 우위까지 나타내고 있다.

이들 두 사천왕을 지나면 서쪽을 지키는 광목천왕과 북쪽을 지키는 다문천왕이 있다.

서쪽의 광목천왕은 칼을 왼손에 쥔 채 아예 어깨에 울러 메었다. 가만히 한 장소에 버티고 선 게 아니라 몇 걸음 옮겨 다니는 여유까지 보인다. 한가하게 놀고만 있는 것은 아니라는 듯 왼발가락을 곧추 세운 채 힘주어 악귀를 누르고 오른발로는 얼굴을 밟고 있다. 그러다보니 악귀의 고통도 가장 심해 보인다. 어떻게든 살아보겠다고 발버둥치는 악귀의 모습이 안쓰럽다. 죽을힘을 다해 버티고 있는 듯 사천왕 못지 않게 발가락에 잔뜩 힘을 주고 있다.

광목천왕은 오른손으로는 통행증이라도 보자는 듯 손을 내민다. 여기까지 통과한 참배객을 더 이상 무력으로 진압할 뜻은 없어 보인다. 얼굴은 떨어져 나간 것을 다시 끼워 넣은 모습이다. 사천왕 중 서열이 두 번째로 높고 힘도 세겠지만 정작 본인의 얼굴은 지키지 못했다. 후대에 보수한 것인지는 확실치 않은데 팔을 잃은 금강역사처럼 힘과 무술이 뛰어나다는 사천왕의 얼굴이 저 모양이니 다른 조각상들이 되레 더 걱정된다. 다행스럽게도 이보다 더한 피해를 입은 조각상들은 없다. 토함산 자락의 높고 인적이 드문 곳에 조성한 덕에 석굴암은 우리나라 어떤 유물보다 온전히 잘 보존된 것이다. 전쟁의 피해가 없었고 도굴꾼의 손을 피해갔으며 돌로 만든 덕에 화마로부터 안전할 수 있었다.

북쪽의 다문천왕은 오른손에 칼 대신 향로를 들었다. 다문천왕이 들고 있는 것을 보탑이라고들 하는데 윗부분에 연기처럼 보이는 두 가닥의 선이 남아있어 향로일 가능성이 높다. 부처의 사리를 담은 탑보다 향을 공양하는 것이 더 어울리지 싶다. 모양도 탑보다 향로에 더 가깝다. 방문객이 왔음을 부처님께 아뢰는 모습인데 향로를 오른손가락 두세 개만으로 가볍게 받치고 있으니 은근히 힘자랑까지 하는 듯하다. 그런 사천왕을 두 어깨에 짊어지고도 한결 여유로워 보이는 악귀의 모습이 이채롭다.

왼손은 참배객을 향하여 잠깐 기다리라는 듯 아래를 향해 손바닥을 활짝 펼쳐 보이고 있다. 이들 사천왕들은 받침돌 위에 있는데다 키가 크기 때문에 방문객을 막아서려면 이렇게 손을 아래로 향해야 한다. 칼도 없이 오른손엔 향로를 들고 왼손으론 참배객을 막고 있는 다문천이 칼을 짊어진 모습의 광목천보다 지위가 더 우위에 있음을 알 수 있다. 이처럼 신라의 석공들은 철저히 단계를 거쳐 본존불을 알현하게 만든다.

사천왕들을 처음부터 다시 살펴보니 증장천왕, 지국천왕, 광목천왕, 다문천왕 순서로 각자 다음과 같이 한마디씩 하는 듯하다.

증장천왕: "멈추시오."
지국천왕: "무슨 일로 왔소?"
광목천왕: "통행권을 보여주시오."
다문천왕: "잠시 기다리시오."

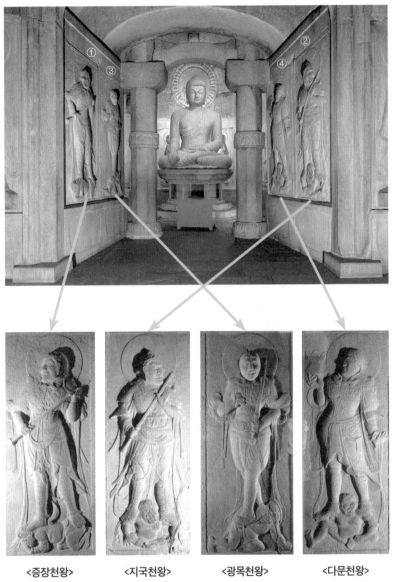

<증장천왕>　　　　<지국천왕>　　　　<광목천왕>　　　　<다문천왕>

서열에 따라 배치한 사천왕 / 남쪽의 증장천왕에서 북쪽의 다문천왕으로 갈수록 살기가 사라진다. 사천왕의 서열이 점차 높아지고 있음을 확인할 수 있다.

갈수록 여유로워지는 모습을 보면 목소리마저 부드러워졌을 것임에 틀림없다. 입구 쪽의 두 사천왕은 장딴지마저도 중무장하고 있다. 이처럼 육체적인 힘을 강조하는 조각상들은 경권, 연꽃, 보배잔 등을 들고 평화로운 모습을 보이는 조각상에 비해 그 급이 낮게 평가되고 있음을 알 수 있다. 당시 신라인들은 사천왕의 복장만으로도 서열을 알 수 있었는지 모를 일이나 지금의 나로선 이 정도의 차이만 눈에 들어온다.

어쨌든 사천왕상도 본존불을 기준으로 왼쪽에 있는 조각상들이 오른쪽에 있는 조각상들보다 서열이 더 높게 책정되어 있는 게 확실해 보인다. 이처럼 미세한 차이로 표현된 좌협시 우위의 질서는 석굴암의 주실까지 그대로 이어진다.

여성화된 천부와 보살

사천왕이 지키는 비도를 통과하면 불국토임을 알리기라도 하듯 연화문이 새겨진 돌기둥이 양쪽에 서 있다. 이 돌기둥을 지나면 중앙의 본존불을 향해 동그랗게 에워싸듯 시립하고 있는 천부와 보살, 나한들, 그리고 십일면관음보살을 차례로 만나게 된다.

천부인 범천과 제석천, 보살인 문수와 보현은 현재 주실의 안쪽을 보고 있다. 하지만 앞서 이야기한 바대로 여기서는 조각상들이 참배객을 바라보는 모습으로 서로의 위치를 바꾸어 살펴보고자 한다. 그래야 신라인들이 이야기를 들려주듯 돌에 새긴 의미들을 제대로 읽어낼 수가 있기 때문이다.

지금까지 본 호위무사들과는 달리 이들 천부와 보살에게서는 여성의 아름다움이 물씬 풍긴다. 우협시인 제석천은 강력한 힘의 상징인 금강저를 왼손바닥으로 받치고선 어깨에 살짝 걸치고 있으며 오른손에는 불자拂子를 가볍게 쥐고 있다. 사천왕이 칼을 어깨에 올러 메고 있듯이 금강저를 들었지만 사용할 뜻은 전혀 없어 보인다. 지니고 있다는 표시만 하고선 보물을 다루듯 소중히 받들고 있다.

　　"내가 제석천이다."

　　이렇게 큰소리로 외치며 금강저를 휘둘러야 할 수호신이 다음과 같이 다소곳하게 말하는 듯하다.

　　"제가 제석천입니다."

　　사천왕을 권속으로 거느리는 도리천의 주인이라곤 믿기 어려울 지경이다. 부처님의 나라에선 위협적인 금강저 따위는 필요가 없다는 듯 자신의 이름을 알리는 표시처럼 지니고 있다. 아직은 호위무사의 역할도 있음을 보여주려는 듯 하늘거리는 천의天衣 속에 갑옷 차림의 상의上衣를 내비치고 있다.

　　좌협시인 범천은 왼손에 정병淨甁을 들었다. 정병은 불자와 마찬가지로 중생의 고뇌를 씻어주는 역할을 한다. 그런데 범천은 정병을 들고만 있는 게 아니라 앞으로 살짝 내밀고 있다. 정병의 앞쪽엔 주둥이의 모습도 보인다. 시선을 아래로 향한 채 누군가에게 권하듯 정병을 내밀었다. 참배객을 향한 시선이자 참배객을 위해 내밀고 있는 정병인 것이다. 금강역사와 사천왕의 검열을 무사히 통과한 것을 축하라도 하듯 이젠 번뇌를 씻으라 한다. 참배객은 언제부터인지도 모르게 검문을 받는 대신 주실로 빠져들게 된다. 이 역시 범천과 제석천을 지

| <우협시 제석천> | <좌협시 범천> |

제석천 / 왼손으로 금강저를 받들고 있고 오른손엔 불자를 들고 있다. 가슴을 단단히 감싼 무복을 통해 자신의 본성을 살짝 드러내고 있다.
범천 / 왼손에 정병을, 오른손엔 불자를 들고 하늘거리는 천의 속에 우아한 자태를 내비치고 있다.

금의 자리에서 서로 위치를 바꾸어야 가능한 이야기이다.

수호신인 범천과 제석천은 불법을 전하는 보살과는 다르다는 듯 머리 뒤에는 원형의 두광 대신에 무늬가 새겨진 타원형의 두광을 하고 있다. 하늘의 선녀가 사뿐히 날아 석실로 내려온 듯하다. 모두 인도의 신들이었는데 석굴암의 주실에 모셔졌다.

무복武服을 입고 힘을 상징하는 금강저를 든 우협시의 제석천보다 정병을 들고 물 흐르듯 우아한 옷주름이 펼쳐진 범천이 더 높은 지위임을 알 수 있다. 더욱이 범천 역시 향로를 든 북방의 다문천왕처럼 힘을 상징하는 무기 대신 정병을 들었으니 호위무사들 중엔 최고의 지위로 표현되었음을 읽어낼 수 있다.

범천과 제석천은 모두 불자를 들고 있는데 이는 짐승의 꼬리털 또는 삼 따위를 묶어서 자루에 맨 것으로 원래 인도에서 벌레를 쫓을 때 사용하였다고 한다. 벌레가 무섭거나 더러워서가 아니라 살생을 금하기 위한 조치이다. 중국이나 우리나라에서는 선종의 승려가 번뇌와 어리석음을 물리치는 표지로 지닌다. 불자를 든 손의 모습을 보니 범천의 손이 제석천의 손보다 더 여성스럽다.

다음은 좌우에서 부처를 협시하며 불법을 전하는 보현보살과 문수보살을 만나 볼 차례이다.

경권을 쥔 문수보살과 잔을 들고 있는 보현보살은 조각상의 형태로만 보아서는 서열의 우위를 따지기가 어렵다. 보현보살은 샌들과 비슷한 신발을 신은 모습인데 신발의 유무가 지위의 높낮음과 관계가 있는지는 확실치 않다. 하지만 본존불도 신발이 없는 것을 보면 신발이 있다고 지위가 높다고 볼 수는 없을 것이다.

서열이 아리송한 두 보살의 차이를 확연히 구분 짓는 것은 그들이 올라서 있는 연꽃대좌이다. 보현보살은 가운데가 뾰족한 이중의 연꽃문양 위에 모셔졌고 문수보살은 가운데가 오목한 연꽃문양 위에 모셔

<우협시 보현보살>   <좌협시 문수보살>

보현보살 / 보현보살은 오른손에 잔을 들고 있으며 샌들 같은 신발을 신었다.
문수보살 / 문수보살은 왼손에 경권을 쥐고 있다. 두 보살은 비슷한 가운데 대좌의 연꽃무늬, 귀걸
이의 유무 등에서 차이를 보인다.

졌다. 얼핏 보면 보현보살 쪽의 연꽃문양이 더 아름답게 보이고 더 높

은 신분의 대좌로 보일 수도 있겠지만 문수보살 쪽이 더 완숙한 꽃문

양이다. 더욱이 문수보살의 연꽃문양은 본존불 좌대의 연꽃문양을 닮

앉고 보현보살의 연꽃문양은 십일면관음보살이나 감실보살들의 연꽃 문양을 닮았다. 따라서 문수보살이 더 높은 지위임을 알 수 있다.

거기다 보현보살은 귀걸이가 없다. 범천과 제석천도 하고 있는 귀 걸이를 보현보살만 없는 것이다. 귀걸이가 없어서 그런지 귀의 길이 도 비교적 짧다. 본존불도 귀걸이가 없어 보현보살의 지위가 높은가 싶기도 하지만 보살들은 오히려 그 반대이다. 십일면관음보살의 화려 한 모습이 이를 대변한다. 몸을 장식하고 있는 보석도 문수보살이 더 많다. 따라서 좌협시 문수보살, 우협시 보현보살의 위계가 명확해지 고 그들이 지닌 지물도 보살의 이름과 정확히 일치하게 된다. 범천 역 시 여성적으로 표현되었으나 장식이 별로 없는 것도 보살들보다 지위 가 낮음을 암묵적으로 보여준다.

문수보살은 부처의 왼쪽에서 협시한다는 교리로 보나, 경권을 쥐고 있는 모습으로 보나, 참배객을 향해서 시선을 아래로 두고 있는 자세 로 보나 보현보살과 자리를 바꾸는 것이 자연스럽다.

보현보살이 들고 있는 잔을 보면 문득 앞서 범천이 내밀었던 정병 이 떠오른다. 보현보살은 잔은 들었지만 그 잔을 참배객에게 전하지 는 않는다. 자신의 입 가까이에 들고선 눈은 참배객을 향하고 있으니 같이 건배하자고 제안하는 모습으로 비친다. 범천의 정병에 든 감로 수를 함께 마시며 번뇌를 씻어내자고 권하는 듯하다. 오른손으로 가 볍게 잔을 받쳐 든 모습이 어여쁘다. 나 같은 속인의 눈엔 술잔으로 보 이지만 보살이 술을 권할 리 없으니 무엇이 담겼는지 맛은 어떨지 궁 금하게 만든다.

조금 전 살펴본 범천과 제석천은 문수보살과 보현보살보다 얼굴도 몸도 좀 더 중앙을 향해 있다. 이는 본존불 앞에 서있는 참배객을 바라보려면 뒤쪽에 있는 보살들보다 얼굴과 몸을 좀 더 틀어야하기 때문이다. 이런 해석도 모두 지금의 보살들 위치를 맞바꾸어야 가능한 일이다. 이를 무시하고 현재의 모습이 원형이라 주장하니 석굴암의 주실은 해석이 불가능해져 자꾸만 혼돈의 세계에 빠지게 되는 것이다.

현재의 석굴암 주실은 한 번도 수리된 적이 없다는 생각이 이를 가로막고 있는 것은 아닌지 모르겠다. 수리한 적이 있을 수 있다고 인정하고 주실 판석의 위치를 바꾸어 바라보면 이처럼 이야기를 전하듯 세밀하게 구성된 조각상들의 면면이 보인다.

주실의 맨 앞쪽에 자리하고 있는 범천과 제석천 그리고 문수보살과 보현보살은 여성미로 가득하다. 아수라를 물리쳐야하는 제석천마저도 남성적 이미지는 찾아보기가 힘들다. 많이 양보해도 남성적이라기보다 중성적인 이미지로 보인다. 이들 천부와 보살은 풍만한 가슴표현만 빠졌지 허리에서 엉덩이로 흐르는 유연한 굴곡, 가늘고 긴 손가락, 도톰한 발 등은 영락없는 여성이다. 마치 미인 경연대회라도 펼쳐진 모습인데 이런 조각상들의 여성적인 부드러움은 석굴암 주실이 분위기를 온화하게 만든다.

삼국을 통일한 지도 벌써 백년 가까이 지난 시점의 신라인들은 전쟁보다 평화를, 남성의 상징인 힘보다 여성의 상징인 부드러움을 사랑하고 있는 모습이다. 부처님의 세계인 석굴암 주실이 자비로 충만한 공간임을 수호신들인 범천과 제석천의 여성적 이미지에서 감지하게 된다.

이국적인 십대제자

석굴암 주실에서 본 것 중 가장 인상적인 모습은 본존불을 호위하듯 에워싼 제자들이었다. 생기가 넘치는 주실에 늙고 깡마른 모습의 조각상이 있다는 게 이색적이었다. 매부리코에 길쭉한 얼굴 생김새로 보아 우리나라 사람들은 아닌 듯했다. 양발을 옆으로 나란히 벌린 발 모양이 특이했는데 신고 있는 신발도 낯설기만 했다.

이들은 나한, 아라한 등으로 불리는 부처의 제자들로 본존불 양쪽으로 5구씩 모두 10구가 배치되어 있다. 그래서 흔히들 십대제자상이라 부른다. 부처의 제자 중에서 돋보이는 10명을 골라 새겨놓은 것이다. 다른 조각상과 달리 그 수가 많아 구분하기가 다소 어렵다. 예전엔 부처의 왼쪽 앞에서부터 뒤로 5구를 배치한 다음 오른쪽에 나머지 5구를 차례로 배치한 것으로 판단해 왔었다.

하지만 이는 잘못된 해석이다. 잘 보면 십대제자들도 금강역사나

십대제자상 / 본존불의 뒤쪽엔 십일면관음보살을 중심으로 10구의 제자상이 좌우에 배치되어 있다. 본존불을 중심으로 왼쪽 앞줄부터 좌우로 하나씩 번호를 매겨 서열을 확인해 볼 수 있다.

사천왕들처럼 좌우로 나란히 배치되어 있다. 석굴암의 구조가 철저히 좌우대칭인 점과 일치한다. 알기 쉽게 번호를 붙여 보면 맨 앞의 좌협시 제자상이 1번이 되고 맨 뒤의 우협시 제자상이 10번이 된다. 이처럼 제자상의 순서는 본존불을 기준으로 왼쪽에서 오른쪽으로, 앞에서 뒤로 매겨진다.

각각의 인물들은 경전에 따라 해석이 조금씩 다른데『유마경』에 나오는 십대제자와 동일한 인물들로 보는 견해가 많다. 판석의 조각상 위에 마련된 감실에『유마경』의 주인공들인 유마거사와 문수보살이 있으니 더 그렇게 생각한 듯하다. 석굴암은 여러 경전의 가르침을 한곳에 모아둔 통불교적인 사찰이라는 판단도 이런 해석을 낳은 이유 중 하나이다.

하지만 앞서 꽃비가 내리는 석굴의 천장에서 확인했듯이 석굴암은『묘법연화경』을 근거로 지은 사찰이다. 그렇다면 십대제자들도『묘법연화경』에 등장하는 인물일 가능성이 짙다.『묘법연화경』에는 십대제자를 따로 소개해 놓지는 않았지만 이와 유사한 대비구大比丘들이 나온다. 대비구는 큰스님이라 해석되는데 아라한의 경지를 얻은 인물들이다.

최완수 간송미술관 연구실장이 쓴『한국 불상의 원류를 찾아서』3권에는 승조가『주유마힐경』권2「제자품」에 소개한 10대 제자의 특기들이 열거되어 있다. 이를『묘법연화경』에 나오는 대비구와 비교해보면 다음과 같다.

『유마경』의 십대제자와 『묘법연화경』의 대비구

『유마경』의 십대제자		『묘법연화경』의 대비구	
〈제자명〉	〈특기사항〉	〈제자명〉	〈수기명〉
사리불	지혜 제일	사리불	화광여래
대목건련	신족 제일	목건련	전단향여래
대가섭	두타 제일	가섭	광명여래
수보리	해공 제일	수보리	명상여래
부루나미다라니자	변재 제일	부루나미다라니자	법명여래
마하가전연	해의 제일	마하가전연	금광여래
아나율	천안 제일	아누루타	보명여래
우바리	지율 제일	교진여	보명여래
나후라	밀행 제일	라후라	도칠보화여래
아난	총지 제일	아난	산해혜여래

아누루타는 아나율로 불리기도 하니 우바리와 교진여를 제외한 나머지 9명은 동일한 인물이다. 『유마경』에는 '지율 제일'이라 일컫는 우바리가 있지만 『묘법연화경』에는 보이지 않는다. 대신 '교진여'라는 이름이 등장한다. 석굴암의 십대제자상을 『유마경』이 아닌 『묘법연화경』으로 풀어보면 우바리는 교진여일 가능성이 크다.

28품으로 구성된 『묘법연화경』은 「서품」부터 시작되는데 부처의 경지에 근접한 보살보다 제자들이 먼저 소개된다.

큰스님(大比丘)들 일만 이천 명과 함께 하셨는데, 그들은 모두 아라한의 경지에 오른 이들로서 모든 누(漏)가 이미 다 하고 더 이상은 번뇌가 없었습니다. 자신의 진정한 이익을 얻어서 존재의 속박이 다 없어진 상태라 그 마음은 아주 자유로웠습니다.

그분들의 이름은 **아야교진여, 마하가섭**, 우루빈가가섭, 가야가섭, 나제가섭, **사리불, 대목건련, 마하가전연, 아누루타**, 겁빈나, 교범바제, 이바다, 필릉가바차, 박구라, 마하구치라, 난타, 손타라난타, **부루나미다라니자, 수보리, 아난, 라후라** 등등 세상에 널리 알려진 참으로 큰 스님들이었습니다. 또한창 공부를 하고 있는 이들(學)과 공부를 다 마친 이들(無學) 이천여 명도 함께 있었습니다.

아라한의 경지에 오른 큰스님이 일만 이천이나 된다고 기록되어 있다. 이름까지 구체적으로 명시된 대비구만 헤아려도 21명이나 된다. 『묘법연화경』에는 이천여 명의 성문들이 더 있었다니 이를 모두 돌에 새기는 것은 불가능하다. 따라서 상징적인 인물들만 골라서 새겼을 것이다.

그렇다면 신라인들은 어떤 기준으로 10인의 제자들을 뽑았을까?

지금까지는 승조가 『주유마힐경』에서 강조한 제자들의 특기에 주목했었다. 빼어난 능력을 지닌 10인의 제자들을 주실에 모셨다고 여긴 것이다. 하지만 『묘법연화경』에선 수기를 받는 존재들로 나온다. 오는 세상에 수많은 부처님께 공양하여 그들 역시 깨달음을 얻어 부처가 된다는 것이다. 일만 이천의 대비구와 이천의 성문은 모두 수기를 받게 되는데 특별히 이름까지 거론되는 10인이 있으니 앞에서 짙게 표시한 제자들이다.

이들의 이름을 수기 받는 순서대로 나열해보면 다음과 같다.

사리불, 가섭, 목건련, 수보리, 가전연, 부루나, 교진여, 아누루타, 아난, 라후라

『묘법연화경』에서 맨 먼저 수기를 받는 인물은 사리불이고 가장 늦게 수기를 받는 인물은 라후라이다. 수기를 받는 순서대로라면 ①번에 해당하는 첫 번째 제자상은 사리불이고 ②번은 가섭이며 마지막 ⑩번의 제자상은 라후라일 것이다. 그러나 이 문제는 그리 간단치 않다. 여러 제자들 중 가장 뒤쪽에 오는 인물은 대체로 나이가 어린 아난이기 때문이다. 수기를 받는 순서보다는 특징이 비슷한 인물끼리 좌우로 나란히 배치했을 가능성이 더 큰 것이다.

두광과 대좌까지 갖춘 석굴암의 십대제자상은 부처의 제자라는 사실을 넘어 깨달음을 얻어 부처가 될 존재임을 상징적으로 보여준다. 이들은 능력이 출중해서 주실에 모셔진 게 아니라 미래에 부처가 될 존재라서 그 자리에 있는 것이다.

제자들은 이국적인 모습이라 낯설지만 보면 볼수록 정감이 간다. 우리의 석굴암에 신라인 대신 왜 하필 인도나 아랍인이냐며 투덜대던 처음의 생각도 바뀐다. 자꾸 바라볼수록 못생겼다는 생각은 사라지고 경륜과 지혜로 가득 찬 모습만이 남는다. 수수한 가사袈裟를 걸치고선 표정까지 진지해서 석실 안의 분위기를 더욱 엄숙하게 만든다.

열 명의 제자들은 얼핏 보면 비슷해 보이지만 제각기 개성을 드러내고 있다. 그렇지만 조각상만으론 제자들의 이름을 밝히기가 어렵다. 성낙주 소장이 쓴 『석굴암 그 이념과 미학』이란 책에 실린 제자상의 이름들이 신빙성이 높아 보여 이를 참고로 기술했다. 낱낱을 소개하자니 자신은 없지만 뺄 수도 없어 십대제자상의 존재를 알리는 차원에서 언급해본다.

제1상은 첫 번째 좌협시 제자로 '지혜 제일'이라 불리는 사리불이고

<제2상 목건련>   <제1상 사리불>

제2상 목건련 / 향을 향로에 넣는 모습이다. 사리불과 마찬가지로 고개를 치켜들고 있다.
제1상 사리불 / 나한들은 부처님 뒤로 배치되어 있으니 들어올 때와는 다르게 지위가 높은 좌협시 제자부터 우협시 제자 순으로 살펴야한다. 사리불은 왼손에 향로를 들고 오른손으론 향을 집어 들었다.

맞은편은 제2상인 우협시 '신족神足 제일' 목건련이다.

그렇다면 서열이 낮은 목건련을 먼저 만나보아야 할 듯하나 십대제 자상은 배치법이 달라 주의가 요구된다. 다른 조각상들은 안으로 들어올수록 서열이 높아졌으나 십대제자상은 반대로 낮아지고 있다. 뒤로 갈수록 본존불과 거리가 멀어지니 서열이 높은 제자부터 낮은 제자 순으로 배치해 놓았다. 따라서 지금부터는 서열이 높은 좌협시 제자부터 서열이 낮은 우협시 제자 순으로 만나봐야 한다. 쉽게 말하면 제1상인 사리불부터 제10상인 아난까지 순서대로 살피면 된다. 그래서 제일 먼저 만나야 할 제자상은 서열이 가장 높은 좌협시 사리불이다.

사리불은 세 번에 걸쳐 부처님께 설법을 청하는데 처음으로 수기를 받는 영광을 얻는다.

사리불이여, 그대는 오는 세상에 한량없고 그지없는 불가사의한 겁을 지나면서 수많은 천만 억 부처님께 공양하고 바른 법을 받아 지니며 보살의 행하는 도를 갖추어서 마땅히 성불하리라. 그 이름은 화광(華光)여래·응공·정변지·명행족·선서·세간해·무상사·조어장부·천인사·불·세존이라 하리라.

사리불은 장차 '화광여래'라는 부처가 될 것이라고 한다. 그 뒤에 나오는 응공부터 세존까지의 10가지 호칭은 깨달음을 얻은 제자들 모두에게 공통적으로 주어지는 이름들이다.

사리불과 목건련은 손에 향 공양구를 들고 있는 모습인데 자세나 생김새 등이 서로 닮았다. 좌협시인 사리불은 향 하나를 집어 올린 채 오른발 뒤꿈치를 살짝 들고 있다. 발목도 약간 기울어진 것이 천천히 걸음을 옮기는 모습이다. 제일 앞서 다른 제자들을 이끄는 모습으로 비친다. 마치 본존불 주변을 오른쪽으로 돌며 예를 올리고 있는 듯하다. 혹 이들의 위치도 바뀌지는 않았는지 의구심이 들었지만 자리를 바꾸면 천부와 보살처럼 뒤돌아보는 모습이 되기 때문에 자리가 바뀌지는 않았음을 알 수 있다.

사리불은 향 하나를 집어 든 모습이고 목건련은 이제 막 향 하나를 향로에 넣고 있다. 목건련은 『묘법연화경』에서 다음과 같은 수기를 받는다.

내가 이제 그대들에게 말하노니, 여기 이 목건련은 마땅히 여러 가지 공양거리로 팔천 부처님께 공양 공경하고 존중하며, 여러 부처님이 열반하신 뒤에는 각각 탑을 세우는데 높이는 일천 유순이요, 가로와 세로가 다 같이 오백 유순이니라. 금·은·유리·자거·마노·진주·매괴의 일곱 가지 보배로 만들어지고, 여러 가지 꽃과 영락과 바르는 향·가루향·사르는 향과 비단 일산과 당기·번기로 공양하리라. 그 뒤에도 또 이백만 억 부처님께 이와 같이 공양하리라.

그런 뒤에 성불하여 이름을 다마라발전단향(多摩羅跋栴檀香)여래·응공·정변지·명행족·선서·세간해·무상사·조어장부·천인사·불·세존이라 하리라.

목건련은 성불하여 '다마라발전단향여래'가 될 것이라는 수기를 받는다. 화광여래가 될 것이라는 사리불과 처음 이름만 다르고 뒤에 나오는 10가지의 이름은 같음을 알 수 있다. 이는 다른 제자들을 수기할 때도 마찬가지이다. 이름은 다양하지만 모두가 같은 하나의 부처라는 의미를 담고 있다.

목건련의 특징은 바르는 향·가루향·사르는 향으로 부처님께 공양한다는 점이다. 그래서 성불하여 얻은 이름에도 다마라발 전단향이라는 향이름이 주어졌다. 석굴암의 주실에서 향공양을 하고 있는 목건련의 모습과 어울린다. 목건련과 사리불은 손에 든 지물과 눈의 시선이 비슷해서 한눈에 좌우대칭을 이루고 있다는 사실을 발견하게 된다.

이들 두 제자는 붓다보다 먼저 죽음을 맞이했고 나이도 많다. 그래서인지 둘 다 많이 늙은 모습이다. 그 중 목건련은 다른 종파의 기습으로 돌과 기왓장에 맞아 사망했다고 하니 그의 표정에서 더욱 진한 슬픔과 아픔이 느껴지는 듯하다. 바싹 마른 몸매에 나이도 많아 보이지만 앞을 향해 나란한 발은 흐트러짐이 없는 모습이고 그들의 표정에선 경륜과 인품까지 엿보인다.

궁금한 것은 사리불과 목건련은 다른 제자들과 달리 고개를 많이 들고 있다는 점이다. 여기에도 사연이 있을 듯한데 이제 막 석굴암을 둘러보는 단계에선 이해하기 어려워 미루고 다음의 제자상을 살펴본다.

제3상은 좌협시 '두타頭陀 제일' 마하가섭이고 제4상은 우협시 '해공 제일' 수보리이다.

마하가섭이 앙상한 발목을 드러낸 반면 수보리는 발목까지 잘 감싼 옷차림인데 신발도 좋아 보이고 얼굴의 살집도 많다. 마하가섭이 연장자이며 서열이 더 높게 책정되어 있다는 사실을 발의 생김새를 통해 알아볼 수 있다.

마하가섭은 영산회상 중에 부처님이 꽃 한 송이를 들어 보이자 미소를 지었다는 염화미소拈花微笑의 주인공이다. 부처님 사후에 가사와 발우를 전수 받으니 선종의 제1조로 추앙된다. 오는 세상에 수많은 부처님을 공양하며 찬탄하다가 성불하여 '광명여래'가 될 것이라고 한

<제4상 수보리>　　　　　　　**<제3상 가섭>**

제4상 수보리 / 발목까지 감싼 차림새이며 비교적 건장한 모습이다.
제3상 가섭 / 기도하는 것처럼 보이지만 자세히 보면 두 손을 모아 무언가를 받들고 있다. 발목이 훤히 드러난 게 맞은편의 수보리와 대비된다.

다. 그래서인지 마하가섭의 손 모양은 얼핏 보면 기도를 하는 듯 보이지만 실은 무언가를 받드는 모습이다. 부처님의 정법안장과 법을 받기 위한 자세인 것이다. 마하가섭은 부처의 가르침을 이어가기 위한 제1차 경전 결집을 주도한 제자이기도 하다.

수보리는 『묘법연화경』에서 부처님으로부터 '명상여래'가 될 것이라는 수기를 받는다. 수보리는 장차 반듯하고 보배 나무로 장엄된 국토에서 부처가 된다는 수기를 받고 감사라도 하듯 두 손을 꼭 모았다.

두 제자 모두 입을 꾹 다문 채 고개를 숙이고 있다. 참배객에겐 어떤 시선도 보내지 않는다. 사실 눈을 뜨고 있는 제자들도 눈길을 주지 않기는 마찬가지이다.

마하가섭과 수보리는 지물을 들고 있지 않다는 공통점이 있고 손과 발, 얼굴의 각도 등이 서로 완벽히 좌우대칭이 되는 모습이라 이들 또한 원래의 자리를 잘 지키고 있는 것으로 판단된다. 두 손을 모으고 고개를 푹 숙이고 있는 모습이 고개를 들고 있는 앞의 두 제자상과 확연히 대비된다.

제5상은 좌협시 '설법 제일' 부루나미다라니자이고 제6상은 우협시 '해의 제일' 가전연이다.

이들은 설법의 대가답게 눈을 뜨고 무엇인가 말하려는 듯한 표정을 짓고 있다. 또한 엄지와 검지를 이용해 알 듯 모를 듯한 메시지를 담은 사인까지 보내고 있다. 마치 인생은 공하다는 뜻을 암묵적으로 표시한 듯하다.

'부루나미다라니자'라는 이름은 '미다라니의 아들 부루나'라는 말로 보통 줄여서 '부루나'라고 부른다. 오른손에 병을 쥐고 있는데 정병을 우아하게 쥔 범천과 달리 병 주둥이를 꽉 쥔 모습이 나의 눈엔 자꾸만

<제6상 가전연>　　　　　　　　　　　　　<제5상 부루나>

제6상 가전연 / 석굴암 주실의 나한들 중에서 유일하게 뒤를 돌아보는 모습이다. 인생은 공하다는 말을 하고 싶은지 오른손으로 동그라미를 그려 보이고 있다.
제5상 부루나 / 왼손 엄지와 검지를 번갈아 꼽으며 설법을 하는 듯하다. 오른손에 든 병은 흡사 술병을 연상시킨다. 두 팔의 방향이 달라 더욱 자유분방한 모습이다.

술병처럼 보인다. 소중하게 다루는 느낌이 전혀 없는 오른손의 모습

으로 보아 술이나 그 비슷한 음료가 들었을 듯하다. 왼손은 엄지손가

락과 집게손가락을 하나씩 차례로 꼽으면서 번호를 매겨가며 설법을 하는 모습으로 보인다.

이들은 앞선 제자들과 달리 양발을 벌린 모습이다. 발을 한 방향으로 모으고 일심一心으로 정진하는 모습의 앞선 제자들과 다르게 시선이나 몸짓도 자유롭다. 비록 뒤돌아보지는 않지만 부루나는 누구보다 파격적인 자세를 취하고 있는 것이다. 이 두 제자상 역시 손과 발의 모양이 엇비슷해서 좌우대칭임을 알 수 있다.

자유분방한 모습의 부루나는 후에 '법명여래'가 될 것이라는 수기를 받는데 다음과 같은 몸이 될 것이라고 한다.

큰 신통을 얻어 몸에서 광명이 나고 자유자재하게 날아다니느니라. 의지가 견고하고 정진과 지혜가 있고 몸이 모두 금빛이며 삼십이상(三十二相)으로 장엄하였느니라.

부루나는 장차 부처님이 되어 몸에서 금빛이 나고 삼십이상을 갖춘다고 하는데 다른 제자와 달리 자유자재하게 날아다닌다고 한다. 오른쪽 어깨를 드러낸 채 병을 들고 있는 부루나의 모습과 잘 어울리는 표현이다.

가전연은 일사불란한 석실 내부에서 유일하게 뒤돌아보고 있다. 천부나 보살은 마음의 흔들림이나 자세의 변화가 없는데 나한들은 이처럼 약간의 변화를 보이기 시작한다. 이들은 실제 인간이니 다소간 흐트러진 모습으로 표현되었다 볼 수도 있겠으나 이 작은 변화들로 인해 주실의 단조로움이 해소된다.

가전연은 '염부나제금광여래'가 될 것이라고 한다. 추위를 많이 타는지 옷으로 몸을 많이 감쌌는데 왼팔마저 옷 속에 집어넣었다.

이에 비해 부루나는 오른쪽 가슴과 어깨까지 훤히 드러내고 있다. 두 손을 모으거나 같은 방향을 하고 있는 다른 제자상들과 달리 두 손의 방향이 위아래로 달라 자유분방한 모습이다. 속세의 규율은 아랑곳하지 않는 대범함마저 보인다. 이런 부루나의 모습은 신라의 고승인 원효를 떠올리게 한다. 메마른 얼굴 모습을 하고 있는 부루나가 가전연보다 나이가 좀 더 들어 보인다.

제7상은 좌협시 '천안天眼 제일' 아누루타이고 제8상은 우협시 교진여로 추정된다.

부처님에 대한 연민이 남았는지 두 제자는 모두 시선은 앞을 보고 있지만 발들은 본존불을 향해 좌우로 벌리고 있다. 아누루타는 한때 게으름을 피워 부처님께 호된 꾸중을 듣게 되는데 이후 잠을 자지 않고 정진하여 눈이 멀게 되었다고 한다. 속세의 눈은 멀었지만 세상을 꿰뚫어 보는 지혜의 눈을 가졌다.

제8상을 '지율持律 제일' 우바리로 보는 견해가 많으나 교진여이지 싶다. 교진여는 석가모니와 함께 출가한 다섯 비구 가운데 한 사람이다. 석가모니가 수자타의 우유죽 공양을 거부하지 않고 먹는 것을 보고 타락했다면서 곁을 떠났던 인물인데 녹야원에서 부처님으로부터 첫 설법을 듣게 되는 제자이기도 하다. 얼굴이 반질하고 건장해 보인다. 미심쩍지만 제8상을 교진여로 보는 것은 『묘법연화경』에 우바리는 없지만 교진여가 수기를 받는 제자로 등장하기 때문이다. 교진여는 '보명여래'라는 수기를 받는다.

<제8상 교진여>　　　　　　　<제7상 아누루타>

제6상 교진여 / 얼굴이 반반하고 자세도 반듯하여 정갈해 보인다.
제7상 아누루타 / 피리를 불고 있는데 눈을 감고 있는 듯하다. 앞을 보지 못하는 제자의 모습을 표현한 것으로 보인다.

　아누루타는 눈을 감은 채 피리를 불고 있는 모습이다. 피리를 부는
아누루타의 존재로 인해 석실 안은 음악이 울려 퍼진다. 눈이 멀어 살

아있는 생물을 밟을까 봐 피하라고 발걸음을 옮기기에 앞서 피리를 분다. 석실의 불보살에겐 맑고 청아한 소리로 공양하고 자그마한 벌레들에겐 위험을 알리는 묘음이었을 것이다. 아누루타는 교진여와 같은 '보명여래'라는 수기를 받는다.

제9상은 좌협시 '밀행密行 제일' 라후라이고 마지막인 제10상은 '다문多聞 제일' 아난이다. 라후라는 석가모니불의 친아들인데 미래에 '도칠보화여래'가 될 것이라는 수기를 받는다. 항상 여러 부처님의 장자가 되어 최상의 깨달음을 얻을 것이라 한다.

그래서인지 아버지인 석가모니불을 바라보며 오른손으로 어머니인 십일면관음보살을 가리키는 듯하다. 얼굴의 표정에선 무언가를 묻고 싶은 모습이 읽힌다. 아버지인 석가모니 부처에게 십일면관음보살이 자신의 어머니가 맞는지 묻는 듯하다. 속세의 끈을 놓기가 어려운지 오른발을 한 걸음 내밀며 앞으로 걸어 나올 것만 같다.

마지막 10번째 제자인 아난은 석가모니의 사촌동생이라고 하는데 시자侍者의 역할을 하였다. 지금의 불경들은 대부분 부처님 사후에 아난의 기억에 의존해 쓰였다고 해도 과언이 아닐 만큼 기억력이 뛰어난 제자였다.

다른 제자상들과 달리 아난의 귀는 짧고 위로 많이 올라붙어 있다. 얼굴이 앳돼 보이고 피부가 깨끗한 것이 얼핏 보아도 젊어 보인다. 가느다란 목은 주름 하나 없이 깔끔한데 목이 거의 보이지 않는 수보리의 모습과 대조적이다. 아난이 입고 있는 가사의 고대는 젊음을 표현하기 위해 일부러 세웠다고 하는데 신라의 석공들은 천년을 앞서 유행을 디자인하고 있는 듯하다. 요즘에도 저렇게 옷깃을 세워 멋을 내

<제10상 아난>   **<제9상 라후라>**

제10상 아난 / 동안의 얼굴이 십대제자 중 막내임을 알리고 있다. 두 손과 양발을 모아 정면만을 주시하는 모습에서 새내기의 초심이 읽힌다.
제9상 라후라 / 석가모니의 친아들이라고 하는데 그래서인지 중앙에 있는 본존불을 향하고 있는 모습이다..

는 경우를 심심찮게 볼 수 있으니 말이다.

아난은 '산해혜자재통왕불여래'가 될 것이라는 수기를 받는다.

법장(法藏)을 수호하는 아난이 여러 부처님께 공양하고
그런 뒤에 바른 깨달음을 이루리라.
그 이름은 산해혜자재통왕불이며,
그 국토는 청정하며 이름이 상립승번이리라.

기억력이 뛰어난 아난은 법장을 수호하며 바른 깨달음을 얻는다고한다. 아난 그 자체가 법장이며 법의 그릇이다. 부처님의 말씀을 기억해서 후세에 전해야 하는 중한 임무를 맡았다. 비장한 각오로 두 손을단단히 깍지 끼고 두 발을 한 방향으로 가지런히 모은 모습에서 새내기의 초심이 보인다. 그래서인지 딛고 있는 대좌도 제일 앞쪽의 사리불이나 목건련과 같이 아무런 표식이 없는 타원형의 대좌이다. 아난의 이런 모습에서 그가 제자들 중에 막내임을 짐작할 수 있다.

이렇게 열 명의 제자들이 전하는 이야기들을 쭉 살펴보니 주실에서 가장 차분한 모습인 듯한 이 조각상들이 실상은 가장 변화가 많다. 십일면관음보살은 가장 화려할지언정 시선하나 돌리지 않는 정면상이고 앞쪽의 범천과 제석천, 문수보살과 보현보살도 한껏 여성화되어그 아름다움을 뽐내지만 참배객을 조용히 내려다보는 모습이다.

석굴암 주실의 판석 조각상 중에서 시선이 독특한 것이 설법을 잘한다는 가전연과 석가모니불의 친아들이라는 라후라이다. 부처가 된아버지를 바라보며 속세의 끈을 못 버리고 연연하는 라후라의 모습을본 가전연이 세상은 모두가 공하다고 알려주는 듯하다. 가전연의 얼굴을 보면 머리를 뒤로 젖히고 턱을 한껏 치켜든 모습이다. 이는 바로옆에 있는 사람보다 조금 떨어져 있는 사람을 향해 말할 때 취하는 자세이니 그 상대는 반대편 끝에 있는 라후라일 것이다. 석실의 앞쪽에 위치한 천부상과 보살상이 자리가 바뀌었기에 나한들의 위치도 바뀐 것이 있지 않을까 여겼었는데 이상과 같이 살펴본 결과 모두 본래의 위치를 잘 지키고 있는 것으로 판단된다.

이렇게 십대제자상까지 살펴보니 신라의 석공은 인간의 오감五感을 자극하는 듯하다. 돌조각이 살아 숨 쉬는 듯하여 두 눈이 의심될 정도이고 피부로는 따스한 온기가 느껴진다. 잔을 든 보현보살은 미각을, 향을 든 사리불과 목건련은 후각을, 피리를 부는 아누루타는 청각을 자극한다. 이렇게 오감을 묘하게 조화시켜 이곳이야말로 부처님이 계시는 불국임을 깨닫게 한다. 실제로 본존불 앞에서 향공양도 이루어졌을 것이니 참배객은 이미 불국을 체험하고 있을 터이다.

이처럼 불국토가 구현된 주실이 단조롭지 않게 변화를 주고 있는 것이 제자들임에도 오히려 이들은 더 정적이고 통일된 모습이다.

여기에는 몇 가지 이유가 있다. 앞서 이야기한 것처럼 범천과 제석천, 문수보살과 보현보살의 위치가 바뀌었기 때문이다. 이들이 뒤돌아 서 있는 바람에 제자들만 입구를 향해 질서정연하게 늘어서 있는 듯한 모습이 되었다.

다음은 제자들의 옷차림을 들 수 있다. 제자들은 천부와 보살의 화려한 복식과는 달리 소박한 차림새를 하고 있다. 더군다나 입고 있는 옷들이 수직으로 곧장 뻗어 있어 더욱 엄숙한 분위기를 자아낸다. 제자들의 표정도 그렇지만 단조로운 이들의 옷차림이 더욱 엄정한 분위기를 만들고 있다.

하나 더 들자면 제자들의 팔 모습에서 찾을 수 있다. 입구의 금강역사상부터 십일면관음보살까지 손의 위치를 보면 왼손과 오른손이 각각 다른 방향을 하고 있다. 그래서 더욱 자연스러운 모습으로 비추어지고 그들이 전하고자 하는 뜻도 잘 전달하고 있다. 반면 제자들은 대체로 두 손을 모았거나 같은 방향을 하고 있다. 그래서 이들은 더욱 정적인 모습으로 다가오며 엄숙한 분위기를 발산한다. 너무나 인간적이면서도 이국적인 모습으로 남아 석실의 분위기를 주도하고 있다.

미의 절정 십일면관음보살

주실에서 가장 깊숙한 곳, 본존불의 뒷벽에는 십일면관음보살이 서 있다. 본존불에 가려 유리벽 밖에서는 볼 수가 없다. 소박한 인간의 모습을 한 십대제자들을 보다가 십일면관음보살을 만나면 청순한 미녀를 보는 듯하다. 그래서인지 언젠가부터 '미스 신라'라는 애칭이 붙었다. 여기에는 예쁘다는 뜻도 있지만 다른 조각상들과 달리 신라 여인의 모습이 연상된다는 점도 한몫을 한다.

얼굴이 11개라고 십일면인데 이마의 좌우에 얼굴이 각각 세 개씩 있고 이마 위에 세 개가 더 있다. 이렇게 9면에다가 머리 뒤쪽에 있어 생략된 얼굴과 원래 보살의 얼굴까지 합치면 모두 11면이 된다. 웃는 얼굴, 성내는 얼굴, 무표정한 얼굴 등을 볼 수 있는데 얼굴이 많은 만큼 표정도 다양하다. 이들 자그마한 얼굴의 이마에는 또다시 화불을 새겼다. 현실에서 열한 개의 얼굴을 한 여인이 나타나면 괴이한 모습에 기겁하겠지만 그런 느낌은 전혀 없이 아름답고 예쁘기만 하다. 여러 얼굴이 새겨진 머리를 하고 있어서인지 이마는 깔끔하게 정돈된

십일면관음보살의 얼굴 / 판석의 조각상 중에서 가장 여성스러운 모습의 얼굴이다.

모습이다. 목에는 본존불처럼 세 줄의 주름이 새겨져 있다.

얼굴이 하나면 더 자연스러울 텐데 힘들여 자그마한 얼굴들을 이마에 새긴 이유는 무엇일까?

십일면관음보살은 밀교의 영향으로 탄생한 보살이다. 『묘법연화경』에도 밀교 의식이라 할 수 있는 다라니를 설하는 장면이 있는데 제 26「다라니품」이 이에 해당한다. 다른 품에 비해 비교적 내용이 짧은데 약왕보살은 아래와 같이 다라니를 설한다.

안니 만니 마네 마마네 지례 자리데 샤마 샤리다위 선데 목데 목다리 사리 아위사리 상리 사리 사예 아사예 아기니 선데 샤리 다라니 아로가바사파자 빅사니 네비데 아변다라 네리데 아단다파례수디 구구례 모구례 아라례 바라 례 수가차 아삼마삼리 붓다비기리질데 달마바리차례 싱가녈구사네 바사바 사수디 만다라 만다라사야다 우루다 우루다교사랴 악사라 악사약사야 아바 로 아마야나다야

약왕보살에 이어 용시보살도 다라니를 설한다.

자례 마하자례 우기 목기 아례 아라바데 녈례데 녈례다바데 이디니 위디 니 지디니 녀례지니 녈리지바디

십일면관음보살의 오른손 / 엄지와 중지 로 영락을 살포시 쥔 손이 정교하면서도 우 아해서 돌이라는 생각을 잊게 만든다.

용시보살에 이어 비사문천왕, 지 국천왕, 나찰려 등도 차례로 다라 니를 설한다. 『묘법연화경』을 읽고 외우고 받아 지니는 이를 옹호하 기 위해 다라니를 설하는 것이다. 석가모니불 앞에서 읽기도 알아듣 기도 힘든 주문을 읊조리는데 이런 장면을 도상으로 표현한다는 것은 거의 불가능해 보인다.

『다라니경』은 밀교 경전인데 이 를 대표하는 존상이 십일면관음보

살이다. 신라인들은 관음보살의 얼굴을 11면으로 만들어 본존불의 바로 뒤에 배치했다. 말로 설명하기조차 어려운 『묘법연화경』의 「다라니품」을 석굴암에 구현한 것이다. 얼굴이 11개나 되면서도 괴이하지 않고 세상 어느 보살보다 아름다우니 신라 석공의 신공이 아니고선 불가능할 듯하다.

십일면관음보살은 두 손의 방향이 달라 자유로운 모습임에도 본존불만을 향한 채 미동도 않는다. 두 손을 제외하고 머리에서 발끝까지 철저히 좌우대칭이다. 왼쪽이나 오른쪽 어느 한 방향으로 치우

십일면관음보살의 전신상 / 석굴암의 조각상 중에 가장 화려하다. 장신구뿐만 아니라 옷자락까지 좌우대칭을 이루고 있다.

침이 없다. 연꽃대좌도 가운데의 동그란 꽃잎을 기준으로 철저하게 좌우로 나뉘어 있다. 몸에 달려 있는 장신구도 좌우가 동일하며 흘러내리는 옷 주름마저 똑같다. 목의 삼도에서 시작하여 목걸이, 장신구, 옷 주름, 늘어진 천의까지 스무 개가 넘는 선들이 좌우대칭으로 새겨져 있다.

이처럼 수많은 선과 점이 좌우로 반복되어 이루어졌건만 지루하지 않다. 오른손 엄지와 중지로 영락瓔珞을 살짝 쥔 자태 하나로 반복에서 오는 따분함을 말끔히 해결하고 있다. 화려한 치장에도 넘쳐 보이지 않음은 반복에서 오는 질서와 통일감 때문이며 반복의 연속임에도 지루하지 않음은 영락하나를 살포시 든 손이 있기에 가능하다. 정면을 향하고 있기에 단조롭게 느껴질 수도 있으련만 이를 넘어 돌에서 소리까지 들려온다. 영락을 쥔 손을 놓치기라도 하면 영롱한 소리가 날 듯하고 깨어질까 염려스럽다. 이런 정교함은 돌이라는 사실을 잊게 만든다. 영락을 가볍게 쥐고 있는 오른손과 정병을 감싸 안은 왼손이 방향을 달리하여 정면상의 경직됨을 상쇄시킨다. 몸이 차렷 자세임에도 딱딱함을 넘어 부드러움을 얻었다.

왼손에는 정병을 가슴 높이로 들었는데 참배객을 향해 내밀고 있는 범천과는 사뭇 다르다. 범천이 참배객에게 정병의 감로수를 내어주고 보현보살이 잔을 들어 권한다면 십일면관음보살은 다시 감싸 안은 모습이다. 왼팔을 휘어 안으로 제대로 말아 잡고 있다. 꼭 감싸 안은 정병 속에서는 다시 한 떨기 연꽃이 피어올랐다. 중생의 모든 근심걱정을 정병 속에 받아들고 환희의 연꽃으로 탄생시킨 느낌이다.

판석에 새겨진 모든 조각상들은 안상문 받침돌 위에 모셔져 있다.

2m가 넘는 키에 안상문 받침돌의 높이까지 더해져 3m를 능가한다. 참배객의 눈높이는 보살들의 배꼽 근처에 머물게 되니 화려하고 아름다운 보살들은 더 위대해 보이고 참배객은 더 작아 보인다. 십일면관음보살은 좌우로 나뉘어져 본존불을 협시하고 있던 모든 신상들을 하나로 모아 중앙의 본존불에게로 전하고 있다. 따라서 참배객의 시선도 십일면관음보살을 따라 본존불을 향하게 된다.

미의 완성 본존불

십일면관음보살이 안주인이라면 석굴암의 진정한 주인이자 핵심이며 전부인 것이 본존불이다. 석굴암의 본존불은 성인의 눈높이와 엇비슷한 높이의 커다란 대좌 위에 앉아있다. 따라서 참배객이 자연스럽게 본존불의 발에 예경禮敬하게 만든다.

본존불은 동그란 형태의 대좌 위에 앉아있다. 대좌의 위아래로 연꽃이 새겨져 있으니 본존불 역시 연화에서 피어난 모습이다. 우리나라에 남아있는 대부분의 대좌가 팔각 또는 사각인데 석굴암의 대좌는 특이하게도 원형이다. 둥근 형태를 하고 있어 참배객이 자연스럽게 불상 주변을 따라 돌게 만든다. 대좌는 위아래로 대칭인데다 바퀴 축같은 석주로 연결되어 있어 잘 돌아가고 옆으로 세우면 바퀴처럼 구를 듯하다.

대좌를 보고 있노라면 크기와 조각솜씨에 압도되어 어찌 풀어야 할지 감이 안 온다. 불상을 떠받드는 대좌는 무엇보다 튼튼해야 함에도 석주를 투각으로 만들었다. 쉽게 볼 수 없는 원형대좌는 석굴암이 동그란 형태라서 그렇다지만 석주를 투각으로 만든 것은 좀처럼 이해하기 어렵다. 대좌 위의 옷자락은 부채꼴처럼 가지런하게 주름이 펼쳐져 있다. 이는 인도 굽타 시대의 양식으로만 알려져 있다.

석실을 둘러싼 조각상들은 부조로 새겨져 반쪽만 보이는데 본존불만이 환조로 조성되어 전부를 보여준다. 두광도 신광도 주변으로 물린 채 그 모습 그대로를 온전히 드러내고 있다. 머리에 씌워질 보관과 온몸에 치장될 장식물도 모두 보살들에게 양보하고 홀로 맨몸이다. 얇디얇은 천으로 몸의 주요 부위만 살짝 가렸을 뿐이다. 아무런 장식이 없지만 가장 안정된 자세로, 가장 돋보이는 크기로, 주실 가운데에 정좌해 있다. 크기가 큰 만큼, 장식이 없는 만큼 어색함이 없는 품격을 유지하기가 어려움에도 완벽이라는 수식어에 완벽하게 답하고 있다.

본존불의 대좌 / 대좌가 원형인데다 복련과 앙련 사이에 석주를 세워 투각으로 나타냈다.

석굴암 본존불 / 미의 결정체이자 완성체로 석굴암 건립의 뜻이 오롯이 본존불 하나에 담겨있다.

얼굴의 표정엔 성냄도 없고 웃음도 없다. 근엄하다 싶어 바라보면 온화하고, 미소를 짓는가 싶어 바라보면 무표정하다. 등 뒤엔 아름다운 십일면관음보살이 있건만 무심한 듯 묵묵히 앉아있다. 소라를 붙여놓은 듯한 머리 모양과 길게 늘어진 귀가 인상적인데 이마 가운데에는 백호가 선명하다. 인간과 다른 부처님만의 성스러운 상호이다. 오른쪽 어깨는 드러내고 왼쪽 어깨에만 옷을 걸친 우견편단右肩偏袒을 하고 있는데 체구도 당당하다.

판석의 조각상들이 좌우 대칭을 이루는 반면 십일면관음보살과 본존불은 전후 대칭을 이룬다. 비슷한 모습의 좌우 대칭과 달리 서로 다른 모습으로 조화를 이룬다. 큰 불상과 작은 보살, 좌상과 입상, 단순함과 화려함, 드러냄과 숨김, 남성과 여성으로 대비된다.

'미스 신라'라는 애칭이 붙은 십일면관음보살이 그렇듯 본존불도 신라인의 얼굴을 닮았다. 늙고 비쩍 마른 모습의 제자들과 확연히 다른 모습이다. 오랜 수도 생활로 몸이 많이 야위었을 법도 한데 석굴암의 본존불은 힘과 기가 충만하여 당당하다. 정신과 육체가 아우러진 완벽한 부처로 탄생했다. 십일면관음보살이 절정의 아름다움을 보인다면 본존불은 모든 아름다움이 하나로 뭉쳐 완성된 모습이다.

석가모니는 열반에 들기 전 자신은 한낱 인간에 불과하니 신상神像을 조성하지 못하게 한다. 그리하여 석가모니불의 입적 후 500년 동안은 불상을 만들지 않았다. 본존불을 보고 있자면 불상을 만들지 말라고 한 석가모니 부처가 입적 후 천년도 더 흘러 석굴암의 주실에서 태어나는 듯하다. 단지 돌 위에 올라앉은 것이 아니라 한 송이 연꽃에서 피어오른 모습이다.

화강암의 단단함과 무게감은 본존불을 더 당당하게 만들며 고운 빛깔은 근엄함을 넘어 인자한 기품마저 풍긴다. 금강역사가 주먹을 휘두르고 사천왕이 칼을 쓰다듬어도, 제자들이 뒤돌아보며 딴청을 하여도 중생을 바라볼 뿐 미동도 없다. 오직 오른손 검지 하나를 살짝 들어 올렸을 뿐이니 최소한의 움직임으로 최대한의 뜻을 전하고 있다.

이렇게 석실을 둘러보니 딴 세상을 본 것 같다. 정갈하고 맛깔난 음식을 한 상 받은 느낌이다. 마치 불국을 다녀온 듯하다.

그런데 우리는 정작 본존불의 이름을 알지 못한다. 석굴암의 전부라 할 본존불의 존함을 모른다는 것은 석굴암을 모른다는 말과 진배없다. 본존불의 이름을 알지 못하는 이상 우리는 석굴암을 안다고 말할 수 없는 것이다.

따라서 한시바삐 본존불의 존함을 찾아야 할 텐데 이제야 그 이름 찾기에 나선다.

본존불의 이름표

베일에 싸인 감실보살

주실에는 천부와 보살, 십대제자들이 새겨진 판석들 위에 다락방 같은 자그마한 공간들이 있다. 이렇게 마련된 공간을 감실이라 하고 여기에 모셔진 보살을 감실보살이라 부른다. 여태껏 베일에 싸인 비

감실과 감실보살 / 벽면의 조각상 위에는 작은 감실이 있고 그 안에는 보살이 모셔져 있다.

밀스러운 공간이자 보살들이다.

감실을 헤아려보니 모두 열 곳인데 제일 앞에 있는 두 곳의 감실은 비어있다. 여덟 곳의 감실 중 일곱 곳에는 보살을, 나머지 한 곳에는 유마거사를 모셨다. 수염이 덥수룩한 유마거사는 부채의 일종인 주미를 들고 있어 단박에 유마거사임을 알 수 있다. 보살들은 두광과 신광을 모두 지녔으나 유마거사는 둘 다 없다. 장식이 화려한 보살들은 아름다워 보이는데 유마거사만 누추해 보인다.

홀로 추해 보이는 유마거사를 보니 새삼 대학시절 미술과를 다니면서 탈을 만들었던 기억이 떠오른다. 교수님이 내어주신 과제는 종이로 탈을 만들고 제목을 붙여 오라는 것이었다. 나는 '선과 악'이라는 제목의 탈을 만들었다. 한 면은 밝고 예쁘게, 다른 한 면은 어둡고 못나게 만든 두 얼굴을 가진 탈이었다. 이를 보신 교수님이 나에게 질문부터 던지셨다.

"어느 쪽이 선善이냐?"

"……."

순간 말문이 막히고 얼굴이 달아올랐다. 군이 답이 필요할까 싶은 질문이라 여겼다가 별안간 교수님의 의중이 강하게 내 머리를 때렸기 때문이다. 이런 모습을 알아차린 교수님도 달리 별말씀이 없으셨다.

유마거사는 나의 예전 눈으로 보면 악이다. 못생겼고 누추해 보인다. 그런 인물을 신라인들은 보살들만 거주하는 석굴암의 감실에 모셨다. 선과 악을 외모로 구분하지 말라는 듯 못난 유마거사를 잘생긴 보살과 같은 반열에 올려놓았다. 이런 유마거사의 존재가 특별히 더 반가운 것은 미스터리한 감실을 풀어볼 단서를 제공해 주기 때문이다.

감실보살들의 이름 찾기

신학기가 시작되면 교사들은 무척 바쁘다. 바쁜 와중에도 챙겨야 할 시급한 일이 있다. 학생들의 이름을 외우는 것이다. 이름을 모르고선 학급경영을 잘할 수 없기 때문이다. 사람이든 동식물이든 그 대상을 잘 이해하자면 이름부터 알아야 하는 것과 같은 이치다.

나이가 들수록 학생들의 이름을 빨리 외우지 못해 곤혹스러운데 석굴암의 본존불은 외우려 해도 명확한 이름이 없다. 본존불의 명칭은 여러 가지로 추정만 할 뿐 아직까지 확실히 밝혀진 바가 없기 때문이다. 『묘법연화경』에 근거한 석가모니불이라는 주장도 아직 정설로 인정을 받지 못한 상황이다.

본존불은 항마촉지인을 한 수인으로만 놓고 보면 석가모니불이다. 그럼에도 아미타불이나 비로자나불이라는 주장이 끊임없이 제기된다. 여기서 더 나아가 모든 부처를 망라한 통불이라는 주장도 있다.

이처럼 다양한 주장이 나오는 데에는 감실에 모셔진 보살들의 존재가 크게 작용한다. 감실보살들은 본존불과 어깨를 나란히 할 만큼 높은 곳에 배치되어 있다. 가만히 보면 이들은 본존불을 좌우에서 협시하고 있는 모양새이다. 본존불의 명칭은 감실보살의 이름이 무엇이냐에 따라 다르게 보이는 것이다.

각각의 보살 이름을 알아보기 위해 생김새를 살피니 안타까운 모습이 눈에 띈다. 보살들의 두광이 깨져있다. 보살의 신체는 멀쩡한데 두광만 깨진 보살이 많다.

'주실 바닥으로 떨어지기라도 한 것일까?'

신라인들은 왜 하필 높은 곳에 있는 감실보살들을 제대로 고정하지 않고 방치하여 이런 불상사를 초래했는지 의구심이 생긴다. 어쩌면 감실보살들도 위치가 바뀌었을지 모를 일이다. 위치가 바뀌면 이름을 찾기가 더 어려워진다. 감실 두 곳은 비어있는 데다 남은 보살들의 위치마저 의심스러우니 더 헷갈린다.

다행히 감실에 남아있는 보살들의 다른 부위는 양호해 보인다. 두광의 손상 외에는 별다른 상처 없이 잘 남아있다. 그렇다면 감실보살들은 아래로 떨어지지는 않았을 것이라 판단된다. 감실보살들은 대부

감실의 배치도 / 8기의 감실보살들은 본존불을 좌우에서 협시하고 있다. 맨 앞의 감실 두 곳은 비어 있다.

분 제일 위쪽의 두광만 일부 손상된 상태이다. 보살의 머리나 신체, 연꽃대좌 등은 거의 완벽하게 남았다. 감실보살들이 떨어져 다쳤다면 하나같이 두광만 파손되지는 않았을 것이다.

석굴암을 수리하기 전인 일제강점기에 찍은 사진을 보면 보살들은 모두 현재의 위치에 그대로 있는 반면 주변의 감실 덮개돌이나 받침돌 등은 일부 파손된 것으로 보인다. 역시나 보살들의 두광도 깨어진 채로 말이다. 이는 석굴암에 물리적 압력이 가해져 덮개돌이 아래로 내려앉으면서 보살들의 두광을 누른 것이다. 보살들의 크기와 감실의 높이는 큰 차이가 없어 덮개돌이 조금만 눌려져도 보살의 두광에 닿게 된다. 그나마 완전히 주저앉진 않아 머리까지 손상을 입는 끔찍한 사고는 피할 수 있었을 것이다.

비록 보살들이 석실바닥으로 떨어지는 일은 없었더라도 지금의 자리가 원래의 자리인지 장담하기는 어렵다. 앞서 살펴보았듯이 판석에 새겨진 범천과 제석천, 문수보살과 보현보살의 위치가 바뀔 즈음에 감실보살들도 부득이 내렸다가 다시 모셨을 것이기 때문이다.

그럼에도 변함없이 원래의 자리를 지키고 있는 듯한 조각상이 있다. 유마거사이다. 유마거사는 몸을 돌려 왼쪽을 바라보고 있다. 그의 시선을 따라가면 보살상 하나가 유마거사를 보고 있다. 문수보살이다. 'V'자처럼 오른손의 검지와 중지를 펴서 유마거사와 문답을 나누고 있는 듯하다. 유마거사의 존재로 말미암아 반대편의 보살은 문수보살임이 명확해진다. 측면상인 유마거사와 문수보살은 이 자리가 아니면 어울릴만한 곳이 없다. 자리를 맞바꾸면 서로 외면하게 되고 다른 보살상과 바꾸면 시선이 어색해진다. 지금의 자리가 의심할 바 없는 원래의 자리인 것이다.

이처럼 누추한 차림의 유마거사는 뒤에서 감실의 기준이 되어준다. 유마거사와 문수보살이 짝을 이루면 본존불은 『유마경』의 주불인 석가모니불이 된다. 좌협시 문수보살, 우협시 유마거사의 배치가 자연스레 이루어지는 것이다. 유마거사 하나만으로 맞은편의 보살과 본존불의 이름까지 찾을 수 있는 것이다. 다만 본존불이 『유마경』의 석가모니불만 상징한다고 말할 순 없다. 감실에는 유마거사와 문수보살 외에도 보살이 더 있기 때문이다. 그래도 유마거사가 기준이 되어주니 보살들의 위치와 이름까지 가늠해볼 수 있게 된다.

남은 보살은 여섯 기인데 다행히 이름을 알만한 보살이 있다. 지장보살이다. 다른 보살과 달리 민머리라서 비교적 쉽게 구분이 된다. 지장보살의 왼편은 교리상 관음보살일 가능성이 높다. 관음보살이 좌협시면 우협시로 지장보살이 배치되는 경우가 많기 때문이다. 실제 지장보살 맞은편의 보살을 관음보살로 추정하는 경우가 대부분이다. 그러면 본존불은 『무량수경』의 주불인 아미타불이 된다. 감실보살에 따라 본존불의 명칭이 바뀐다는 사실을 알 수 있다.

어쩌다 보니 감실은 뒤에서부터 역순으로 확인하게 되었는데 이번에도 마찬가지이다. 두 번째 감실보다 세 번째 감실의 좌협시 보살이 더 인상적이다. 한 손으로 턱을 받치고 있어 미륵보살로 추정되는 조각상으로 감실보살 중에서 가장 아름답다는 평을 듣는다. 미륵보살은 종종 반가사유상의 형태로 나타나는데 무슨 일인지 이 보살은 왼손으로 턱을 받치고 있다. 손과 다리의 방향은 바뀌긴 했으나 생각에 잠긴 미륵보살의 특징이 그대로 살아있다. 미륵보살이 좌협시면 우협시는 대세지보살일 가능성이 높다. 그러면 본존불은『묘법연화경』의 석가모니불이 된다. 문제는 우협시 보살의 이마에 불상이 새겨져 있어 관음보살로 보인다는 점이다. 좌협시 미륵보살, 우협시 관음보살이면 본존불의 명칭이 모호해진다. 이렇게 배치되는 경우가 있는지 잘 모르겠다.

이제 남은 건 두 번째 감실이다. 여러모로 엇비슷한 두 보살은 손에 쥔 지물이 다르다. 좌협시 보살은 경권을, 우협시 보살은 금강저를 들고 있다. 경권은 문수보살의 지물인 경우가 많아 좌협시 보살은 문수보살로 판단된다. 그렇다면 우협시 보살은 문수보살과 단짝인 보현보살로 추정해 볼 수 있다. 그러면 본존불은『화엄경』의 비로자나불이 된다.

몇몇 보살은 이름이 헷갈리지만 유마거사, 문수보살, 지장보살 등은 이견이 없을 만큼 상호가 명확하다. 문수보살과 관음보살은 중복이 되어 있으나 부처와 다름없이 세상 어디에든 필요하면 나타나는 보살이니 얼마든지 가능한 표현일 것이다.

이보다 더 주목되는 사실은 감실보살들도 판석에 새겨진 조각상처럼 좌우대칭을 이루고 있다는 점이다. 여기서도 좌협시 보살을 우협시 보살보다 위계를 높게 책정한 것으로 판단된다. 감실에도 좌우대칭과 좌협시 우위의 통일된 질서가 흐르고 있다. 그래서 감실보살의 이름을 알면 본존불의 이름이 보인다.

"감실보살은 본존불의 이름표이다."

이름 그 이상의 가치

대학 입시가 다가오면 자녀의 합격을 기원하는 부모들의 발걸음이 분주해진다. 효험이 뛰어나다고 알려진 곳마다 사람들이 몰린다. 그중 팔공산의 갓바위 부처는 한 가지 소원은 반드시 들어준다는 이야기가 있어 전국에서 찾아온 사람들로 북새통을 이룬다.

연구 결과에 따르면 갓바위 부처는 약사불이다. 약함을 손에 쥐고 아픈 이를 치료해주는 부처인 것이다. 그런 부처 앞에 합격을 기원하는 예불을 올리고 있으니 참 무식하다는 생각이 들었다. 내과로 갈 환자가 외과로 간 꼴이라 여겼다. 그런데 감실보살을 만나 이런 생각이 바뀌었다. 무식한 건 오히려 나였음을 깨닫게 되었다. 중요한 것은 이름이 아니라 가르침이었다.

감실보살의 이름을 알면 부처의 이름뿐만 아니라 가르침까지 알 수 있다. 감실보살을 통해 알게 된 본존불의 이름과 가르침을 두 번째 감실부터 순서대로 정리해보면 다음과 같다.

두 번째 감실	비로자나불의 화엄경
세 번째 감실	?
네 번째 감실	아미타불의 무량수경
다섯 번째 감실	석가모니불의 유마경

좌우에서 협시하는 보살들은 자신보다 본존불의 존재를 드러내고

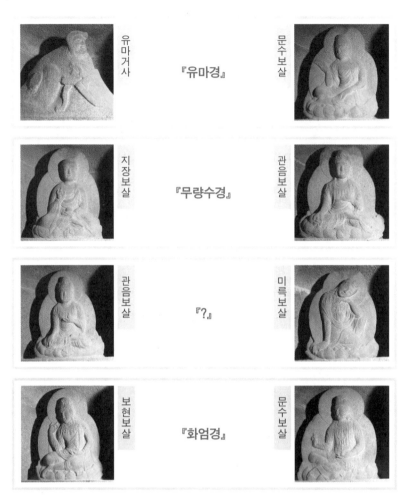

석가모니불의 방편 / 감실보살들은 석가모니불이 방편方便으로 여러 경전을 설하고 있음을 알려준다.

자 노력한다. 감실보살들의 이름을 생략하고 감실을 바라보면 이처럼 깔끔하게 정리된다.

부처는 자신보다 가르침을 더 강조한다. 이번엔 각각의 감실에서 부처의 이름을 생략하고 바라보면 경전만 남게 된다. 『화엄경』, 『무량수경』, 『유마경』 등 부처의 가르침을 담은 경전들이다.

석가모니불은 성도 직후에 제일 먼저 『화엄경』을 설한다. 그런데 아무도 이해를 하지 못하자 예전에 함께 수행했던 교진여를 비롯한 다섯 비구를 찾아 녹야원으로 가서 『아함경』을 설한다. 이후 『무량수경』, 『유마경』 등 수많은 가르침을 남긴다. 그렇다면 석굴암의 세 번째 감실은 『아함경』의 가르침을 을 나타내려고 한 것은 아닌지 모르겠다.

여기서 다시 주목되는 점은 감실의 보살들은 판석의 보살들과 달리 언제든지 이동이 가능하다는 사실이다.

신라인들은 왜 감실보살들의 위치가 바뀔 수도 있는 모험을 감행했을까?

온갖 경우의 수를 다 따져 치밀하게 계획한 신라인들이었으니 이를 모를 리 없었을 것이다. 그렇다면 일부러 이동이 가능하게 만들었을 것이란 추측이 가능해진다. 이는 사람의 근기에 따라 다른 모습으로 보이는 부처의 방편과 맞아떨어진다. 갓바위 부처 역시 몸이 아픈 사람을 위해 약사불로 나툰 것이니 얼마든지 다른 소원을 빌어도 된다는 사실을 알 수 있다.

유마거사는 십일면관음보살의 아름다움을 돋보이게 하려고 추한 모습으로 저 자리에 모셔진 게 아니라 중생의 아픔을 살피는 따뜻한 마음과 그 높은 지혜를 신라인들이 흠모한 결과인 것이다. 나약한 인간도 능히 성불할 수 있음을 유마거사가 일러주는 듯하다.

그동안 본존불이 석가모니불의 대표 수인인 항마촉지인을 하고 있음에도 불구하고 다양한 보살들의 존재로 인해 덩달아 다양한 이름으로 불렸다. 그렇지만 모두 석가모니불의 가르침을 전하고 있음을 알았으니 본존불의 본명을 찾을 수 있게 된 것이다. 거기다 크기나 위치로 보아 감실보다 더 중요한 존재로 여겼을 주실의 판석에 문수보살과 보현보살뿐만 아니라 십대제자들까지 있으니 본존불이 석가모니불임에 틀림없다.

"감실보살로 풀어본 본존불의 본명은 석가모니불이다."

미륵보살과 문수보살의 문답

유마거사가 있어 감실에 모셔진 보살들도 좌우대칭임을 알 수 있었다. 감실에는 유마거사 못지않게 관심을 받는 미륵보살이 있다. 유마거사가 누추한 차림으로 눈에 잘 띄었다면 미륵보살은 아름다운 자태로 뭇사람들의 사랑을 받는다. 고개를 왼쪽으로 살짝 숙인 채 눈을 지그시 감은 매혹적인 모습의 미륵보살이다.

그런데 금동미륵보살반가사유상(전 국보 83호와 78호)과 방형대좌금동미륵보살반가상(전 보물 331호) 등 세상에 이름난 미륵보살들은 하나같이 오른손을 오른쪽 뺨에 대고 있다. 대부분의 반가사유상이 오른손이 얼굴을 향하고 있지만 이 미륵보살은 특이하게도 왼손으로 얼굴을 받치고 있다.

'감실의 미륵보살은 왜 손의 방향이 바뀌었을까?'

석굴암은 『묘법연화경』을 돌로 구현한 절이다. 따라서 미륵보살의 손이 바뀐 까닭 역시 경전 속에서 찾아야 한다. 근데 『묘법연화경』에

<미륵보살>　　　　　　　　　　　　<문수보살>

미륵보살과 문수보살 / 왼손으로 얼굴을 받친 미륵보살과 오른손에 경권을 쥔 문수보살이 마주보고 있다.

는 보살들의 이름은 많이 나오지만 정작 그들의 형상에 대한 설명은 없다. 그러니 신라인들은 보살을 어떤 모습으로 만들지 고민이 많았을 것이다. 감실의 미륵보살도 이런 고민 속에 태어난 신라의 보살이다. 미륵보살은 자신만의 독특한 자세는 유지하면서 왼쪽의 문수보살에게 질문하는 장면을 연출하느라 왼손으로 얼굴을 받치고 있다.

　일반적으로 미륵보살은 의자 위에 앉아있어 앉은키가 제법 크다. 반면에 석굴암의 감실은 보살이 의자에 앉기엔 높이가 다소 낮다. 그래서인지 미륵보살은 의자 대신 연꽃 위에 앉아 다리 하나를 가볍게 세웠다. 보살이 한 송이 연꽃에서 탄생하는 듯하고 눈사람 같은 두광과 신광의 모양과 크기에 적절히 어울린다.

　부처의 좌협시 보살인 문수보살은 우협시 보살인 보현보살 쪽으로 향하는 대신 뒤돌아서 미륵보살을 보고 있다. 그래서 보현보살 역시 미륵보살을 바라보는 대신 아래쪽인 석굴암의 입구를 향하고 있다.

지혜를 상징하는 문수보살은 경권을 쥐고 있고 실천을 상징하는 보현보살은 금강령을 손에 들고 부처님 앞에서 맹세한다. 『묘법연화경』의 끝부분인 「보현보살권발품」에는 이런 사실을 확인해주는 장면이 나온다.

이때 보현보살이 부처님께 말씀드렸습니다.
"세존이시여, 최후 오백세(五百歲)의 흐리고 나쁜 세상에서 이 경전을 받아 지니는 사람이 있으면, 제가 마땅히 수호하여 쇠망(衰亡)하는 근심을 덜고 편안함을 얻게 하며 그 결점을 엿보는 이가 없도록 하겠습니다."

보현보살은 뒤늦게 나타나서 부처님께 『묘법연화경』을 수호하고 널리 유통시키겠노라고 서원誓願한다. 두 번째 감실에 있는 보현보살의 모습과 흡사하다.

본존불은 참배객을 바라보고 십일면관음보살은 본존불의 뒷모습만 응시한 채 별다른 움직임이 없다. 범천과 제석천, 문수보살과 보현보살, 십대제자, 감실의 보살들도 하나같이 바른 자세로 서 있거나 앉아 있는 것이 그들의 기본자세이다. 가만히 있기만 하면 더 이상의 이야기를 전할 수 없어 우리들을 위해 각기 독특한 자세들을 취하고 있는 것이다. 돌아보거나 손을 내미는 동작 등을 보이는 이유가 여기에 있다. 따라서 또 다른 이야기를 더 이끌어내는 일은 우리들의 몫이 된다.

관음보살, 지장보살 등은 별다른 특징 없이 정면만을 응시하고 있지만 이들이야말로 보살들의 역할에 충실한 모범생들이다. 이들의 존재로 말미암아 대화를 하려고 몸을 틀고 있는 보살들의 원자세를 짐작할 수 있다. 처음에는 모든 보살들이 본존불을 향해 똑바로 응시하고 있었는데 미륵보살과 문수보살은 둘이 서로 이야기를 주고받느라 몸의 방향을 돌렸던 것이다. 어찌 보면 뒤돌아보는 가전연과 고개를 숙이고 있는 미륵보살은 수업시간에 딴 짓을 하고 있는 셈이다. 그동안 우리들은 자세가 바른 제자나 보살에게는 관심이 덜하고 특이한 행동을 보이는 이들에게 더 관심을 쏟았던 것이다.

이처럼 석굴암은 『묘법연화경』으로 설명하지 못할 장면이 없으리만치 경전의 내용에 충실하다. 미륵보살과 문수보살의 자세도 『묘법연화경』을 통해 서로 문답이 오가는 중임을 알 수 있다. 문수보살이 내밀고 있는 경권에는 미륵보살의 질문에 대한 답 외에 석굴암에 모인 모든 이에게 다음과 같은 메시지를 전하고 있는 듯하다.

"이제 곧 부처님이 삼매에서 깨어나 『묘법연화경』을 설하실 것이니 모두 합장하고 일심으로 기다리시오."

비어있는 감실에 봉안된 것은

항간에 전해오는 소문으로는 비어있는 감실에도 보살이 있었는데 일제강점기에 일본인이 훔쳐 갔다고 한다. 그러다 보니 시멘트 콘크리트로 석굴암을 숨도 못 쉬게 만들었다는 비판까지 더해져 일본을 더욱 비난하게 만든다.

사실일까?

현실은 어떤 보살을 훔쳐 갔는지 전혀 모른 채 일광보살과 월광보살이 아닐까 추측만 하고 있는 실정이다. 이 두 기의 보살이 가장 아름다워서 일제가 훔쳐 갔다는 것이다. 하지만 이 두 보살이 아름답다는 이유로 훔쳤다면 미륵보살은 어찌 무사할 수 있었는지 모르겠다. 아름다움으로 따지자면 살포시 얼굴을 기울인 미륵보살이 그 어떤 보살에도 뒤지지 않을 것이란 생각이 들기 때문이다.

그런데 비어있는 감실은 다른 감실들과 뚜렷하게 차이를 보이는 점이 있다.

먼저 감실의 크기가 조금 작다는 것이다. 다른 여덟 곳의 감실은 같은 크기이지만 정면의 감실은 크기가 작을 뿐만 아니라 조성 방법 또한 다르다. 벽체를 두르고 있는 머릿돌 위에 안전하게 만들어진 여타 감실에 비해 이곳은 머릿돌과 연화문 기둥의 첨차석이 절반쯤 맞물려 감실을 받치는 불안전한 모습을 하고 있다.

또한 이곳에 보살상을 조성할 경우 좌우에서 협시를 해야 하는 보살이 중앙에 모신 본존불의 눈에 지나치게 많이 들어오게 된다. 이런 사실들은 이 감실에는 보살이 존재하지 않았다는 생각을 갖게 만든다. 혹자는 아예 처음부터 비어있었다고 주장하기도 한다. 그렇지만 분명 감실이 있는데 비어있는 채로 놔두지는 않았을 것이다.

한정호 동국대 고고미술사학과 교수는 비어있는 감실에 잃어버린 보살상은 없었고 대신 탑이 놓였다는 새로운 주장을 폈다. 이를 전하는 한겨레 뉴스 기사가 흥미를 끈다.

한 교수는 탑과 본실 석벽 허리에 새긴 보살, 신장 등 부조상들과의 위계 관계를 토대로 볼 때 격이 높은 탑이 부조상 아래의 바닥에 놓이기엔 적합하지 않다고 지적했다. "천불천탑의 경우 대석까지 합치면 높이는 106~112㎝이며, 빈 감실의 높이가 112~114㎝로, 감실 안에 봉안하는 데 큰 무리는 없다"며 "불상 어깨 위에 탑을 표현하는 당대 인도식 불상의 도상과도 연결된다"고 해석했다.

알려지기를 석굴암에는 탑이 두 기가 있었는데 한 기는 본존불 앞에, 다른 한 기는 십일면관음보살 앞에 놓여 있었다고 한다. 이와는 다르게 한정호 교수는 천불보탑이 정면의 맨 앞쪽 감실에 각각 한 기씩 놓여있었다는 것이다. 불국사나 감은사처럼 쌍탑이 조성된 사찰에서 탑은 모두 금당의 좌우에 배치되는데 석굴암만 앞뒤로 탑이 있었다니 의아했는데 이 기사를 보는 순간 솔깃해진다.

십일면관음보살 앞은 좁아서 탑을 놓기에 적당해 보이지 않는다. 원형을 하고 있는 석굴암은 본존불 주위를 돌면서 예불을 드리도록 설계되어 있는데 사람들이 지나가야 하는 자리에 탑이 놓여 있었다는 것이다. 십일면관음보살과 본존불 사이는 불과 1m 내외로 좁기 때문에 여기에 탑을 안치할 경우 일어날 불상사는 불을 보듯 빤하

향로 받침돌 추정 유물 / 용도불명이라는 팻말과 함께 야외에 놓여있는데 원래는 본존불 앞에 있었다.

다. 예불을 드리는 사람과 탑이 부딪혀 사람이 다치거나 탑이 부서지는 사단이 언젠가는 벌어지고야 말 것이다. 그러니 소문에 이 자리에 탑이 있었다고는 하나 원래의 위치가 맞는지 신빙성이 떨어질 수밖에 없다.

여기에다 본존불 앞에 있었다는 탑도 위치가 불분명하긴 매한가지이다. 본존불 앞에는 현재 석굴암 바깥에 방치되어 있는 용도불명의 받침돌이 놓여있었다. 향로나 촛대 받침대의 역할을 한 것으로 보이는데 이것이 본존불 앞에 있다면 탑이 놓일 자리는 없어 보인다. 이 받침돌은 후대에 추가되었다고 판단되지만 당시 본존불 앞에 탑이 있었다면 이 받침돌은 설치하지 않았을 것이다.

경외심을 불러일으키도록 높이 세워야 할 탑이 사람의 눈높이보다 낮은 곳에 있었다니 상식적으로 생각해보아도 이해하기 어렵다. 무엇보다 크기와 상관없이 예불에 방해가 된다는 결정적인 단점을 안고 있다.

나는 보탑이 당초 두 개가 존재한다고 할 때 이 비어있는 감실에 주목했다. 사라진 두 탑을 비어있는 감실에 안치해야 석굴암에 구현된 좌우대칭 구조가 유지되기 때문이다. 보탑이 현재 알려진 바대로 본존불과 십일면관음보살 앞에 놓여있다고 가정하면 철저하게 좌우대칭을 이루고 있는 석굴암의 구조와 어울리지 않는다.

하지만 탑이 저 감실에 들어갈 수 있을까 고민이 되었는데 한정호 교수의 주장대로라면 충분히 가능하겠다 싶다. 보탑과 받침돌의 높이로 보아 겨우 감실에 들어갈 정도이긴 하나 이는 보살들도 마찬가지이다. 보살의 머리와 감실의 덮개돌 사이의 틈도 매우 좁다.

불상 어깨 근처에 탑을 조성하는 것은 당대 인도식 불상의 도상과
도 연결된다고 한다. 그렇다면 인도에는 이런 모습의 불상이 있지 않
을까 싶어 찾아보았다. 내가 다녀온 아잔타 석굴이나 엘로라석굴 등
에서는 찾지를 못했고 다른 곳에서 발견했다.

  책과 인터넷을 뒤져 이와 비슷한 모습을 찾을 수 있었다. 사진 속 불
상의 모습에는 어깨 높이와 비슷한 지점에 탑이 나란히 놓여있는데
그곳은 석굴암 본존불의 모본模本으로 인정받는 항마촉지인 불상이
있는 인도 부다가야 마하보디사원이었다. 이곳은 석가모니 부처님이
처음 깨달음을 얻은 장소이니 신빙성이 더 높아 보인다. 석굴암의 비
어있는 감실에 탑이 있었을 것으로 충분히 유추해 볼 수 있는 확실한
증거자료이지 싶다.

비어있는 감실의 모습(신라역사과학관) / 맨 앞의 양쪽 감실은 비어있는데 지금 석굴암엔 조
명장치가 설치되어 있다.

또 하나 주목할 만한 것이 있으니 탑의 받침대이다. 지금은 금강역사상의 받침돌 앞에 나란히 한 기씩 놓여있는데 윗면에는 사리를 안치했을 구멍이 있다. 이른바 사리공이다. 그런데 사리공의 위치가 특이하다. 일반적으로 석탑의 사리공은 돌의 중앙에 있다. 그런데 이 받침대의 사리공은 앞쪽으로 치우친 지점에 뚫려있다. 사리공이라면 당연히 받침대의 중앙에 구멍이 뚫려있고 그 곳에 부처의 사리나 귀한 보물을 넣어두었을 것인데 말이다.

'왜 사리공이 받침대의 앞쪽에 치우쳐 있을까?'

사리공 위에는 탑을 올렸을 것이다. 그렇다면 탑도 받침대의 앞쪽에 놓인다고 볼 수 있다. 감실 깊숙이 밀어 넣으면 탑을 아래에서 볼 수가 없을 것이기에 가능하면 감실의 앞쪽에 안치하려는 의도로 보인다. 이럴 경우 탑의 안위가 걱정이 될 수도 있다. 조금의 흔들림이라도 발생하면 떨어지기 십상이기 때문이다. 이 문제를 해결할 방법이 바로 받침돌의 무게 중심을 뒤에다 두는 것이다. 따라서 지금과 같이 사리공을 받침돌의 앞쪽에 뚫어 그 위에 탑을 올리고 앞으로 무게가 쏠리지 않도록 받침대는 뒤쪽이 무겁게 만들었을 것으로 짐작된다.

오뚝이의 무게중심을 아래에 두어 넘어지지 않도록 했듯이 석굴암의 천불보탑 받침돌은 무게중심을 뒤로 이동시켜 탑이 아래로 떨어지지 않도록 조치한 것이다. 따라서 앞쪽으로 쏠린 사리공이 있는 받침돌은 천불보탑이 감실에 놓여있었음을 말해 주는 증거물이라 하겠다.

어쩌면 감실보살들의 두광과 신광도 무게중심을 뒤에다 두기 위한 조치 중의 하나가 아니었을까 싶다. 두광과 신광이 보살을 성스러운 존재로 만들고 그 모습이 다 드러나지 않게 하면서 그들의 안전까지 책임지고 있는 것이다.

보탑 한 기는 비록 상처투성이긴 하지만 국립경주박물관에서 보존하고 있으니 잃어버린 한 기를 하루속히 찾았으면 좋겠다. 앞서 석굴암이 도굴꾼의 손을 피해갔다고 했지만 전혀 피해가 없었던 것은 아니다. 보탑은 무게도 보살보다 상대적으로 가벼웠을 것이니 좀 더 쉽게 훔쳐갈 수 있었을 것이다. 어떻게 생겼는지도 모르고 존재조차 확신할 수 없는 보살을 찾기보다 우선은 잃어버린 보탑 한 기를 찾는데 힘을 모아야 할 것이다.

조금 걱정되는 것은 잃어버린 탑이 대리석으로 된 오층소탑이라는 말이 있는데 이조차 사실여부가 확실치 않다는 점이다. 석굴암의 모든 조각상들이 화강암으로

천불보탑(위쪽)과 받침돌(아래쪽) / 천불보탑은 국립경주박물관에 전시되어 있고 받침돌은 금강역사상 앞에 놓여있다. 받침돌의 윗부분에 사리공이 뚫려 있는데 앞쪽으로 치우친 지점에 있다.

되어 있는데 하필 이 탑만 대리석인지 믿기가 어렵고 현재 남아 있는 탑이 층의 구분이 없는지라 사라진 탑이 오층탑이 맞는지도 의심스럽다. 철저히 좌우대칭의 구도를 따르고 있는 석굴암의 모습으로 보아 사라진 보탑도 층수의 구분 없이 사면에 여러 불상이 새겨져 있을 가

능성이 높다.

그동안 짝을 잃은 채 별 관심과 사랑을 받지 못하고 박물관 한쪽에 놓여있었던 천불보탑을 다시 보아야겠다는 생각이 든다. 천불보탑이 신라인들의 손에 의해 만들어진 것이라면 틀림없이 뭔가가 있을 것이란 생각으로 다시 국립경주박물관을 찾았다.

이렇게 하여 나는 다시 천불보탑 앞에 섰다. 평소와 다르게 애정을 갖고 바라본 천불보탑의 모습은 놀라웠다.

천불보탑의 진면목

비어있는 감실에는 보살이 아닌 작은 탑이 있었다. 우리는 그 작은 탑을 천불소탑 또는 천불보탑千佛寶塔이라고 부른다. 작은 탑의 표면에 자그마한 불상들이 많이 새겨져 있어 그렇게들 부른다.

감실에 조성된 보살들은 비록 유마거사나 문수보살처럼 형태가 좀 다른 경우도 있지만 기본적으로 좌우대칭이다. 그렇다면 감실보살의 경우처럼 천불보탑도 좌우대칭이었을 것이니 사라진 보탑도 남아있는 보탑을 빼닮았을 것이다.

'그런데 왜 보살 대신 탑을 모셨을까?'

탑은 부처를 상징한다. 실제 천불보탑의 표면을 자세히 살펴보면 보살이 아니라 불상이 새겨져 있음을 알 수 있다. 엄밀하게 말하면 석굴암의 맨 앞쪽 감실은 보살이 아닌 수많은 불상을 모신 것이다. 크기는 작아도 아잔타 석굴의 과거천불 벽화와 모습이 흡사한데 부처님이 그만큼 많다는 뜻을 담고 있다.

『묘법연화경』의 「방편품」에는 과거에 열반한 무량한 부처님이 있다고 한다.

지나간 세상 수없는 겁에 열반하신 무량한 부처님이
백천만 억인지라 그 수효 헤아릴 수 없네.
이러한 여러 세존들이 갖가지 인연과 비유와
무수한 방편의 힘으로 온갖 법을 연설하시느니라.

현재의 석가모니불 이전에도 무수히 많은 부처님이 있었다는 것이다. 그 중에는 이름이 일월등명日月燈明이라는 부처님이 있다. 그 다음에 또 부처님이 계시는데 역시 이름이 일월등명이라고 한다. 헤아릴 수 없이 많은 부처님의 이름이 모두 일월등명불이라고 한다. 신라인들은 이처럼 일월등명불이라 불리는 과거의 수많은 부처를 작은 보탑의 사면에 새겨 넣었던 것이다.

『묘법연화경』에는 미래에도 수많은 부처가 존재한다고 한다.

오는 세상의 여러 세존들 그 수효 한량이 없어
이 모든 여래들도 또한 방편으로 설법하시고,
일체 모든 여래께서도 한량없는 방편으로 설법하여
모든 중생들을 제도하여
부처님의 무루(無漏) 지혜에 들어가게 하느니라.
만약 이러한 법을 들은 이들은
누구도 성불하지 못할 이가 없느니라.

무량한 수의 과거 부처님에 이어 미래에도 그만큼의 부처님이 있다는 것이다. 뿐만 아니라 현재에도 부처님이 헤아릴 수 없을 만큼 많다고 한다. 과거, 현재, 미래의 모든 시기에 부처님이 무수히 많다는 것이다.

석굴암의 천불보탑에 불상을 많이 새긴 것도 이와 같은 뜻을 담았으리라 짐작된다. 이를 좀 더 자세히 확인해보기 위해 천불보탑이 전시되어 있는 국립경주박물관으로 갔다.

천불보탑은 처음 보았을 때 신라인들이 만든 탑이 맞는지조차 의심이 갔다. 석굴암의 다른 조각상들에 비해 정교해 보이지도 않고 불상이 늘어서 있는 모습도 비뚤해 보였기 때문이다. 불상이 앉아있는 대좌도 울퉁불퉁한 것이 정성도 부족해 보였다. 단단한 화강암에 작은 불상을 많이 새기려다보니 어쩔 수 없었겠지 하고 체념하듯 넘겨버렸다. 양에서는 우리가 도저히 중국을 따라잡을 수 없다는 생각에 더 대충 보았던 것이다.

감실의 조각상들을 새긴 수준으로 본다면 작은 탑이라도 허투루 만들지 않았을 텐데 하는 생각이 들어 다시 보니 안 보이던 게 보인다. 보탑 속에는 불상만 있는 것이 아니었다. 불상을 찾는 내 눈에 불상만 보였을 뿐이었다. 불상과 불상 사이에도 자그마한 탑이 줄지어 새겨져 있다. 깨진 부분까지 세어보니 보탑 하나에 대략 불상 192기와 소탑 96개가 헤아려진다. 천불천탑이라 부르기엔 아직 역부족이다. 불상과 탑을 구태여 천 개씩이나 새길 필요는 없고 많다는 것만 보여주면 그만이라 생각되던 찰나에 낯익은 소탑이 눈에 들어온다.

'어, 닮았다.'

천불보탑(왼쪽)과 확대 사진(오른쪽) / 천불보탑의 면석에는 천불보탑을 닮은 자그마한 탑과 불상들을 번갈아 새겨놓았다.

　가만히 보니 보탑 안에 새겨진 작은 탑이 천불천탑과 생김새가 같다. 불상과 불상 사이에 소탑이 있다고만 생각했지 그 소탑이 천불천탑인 줄은 미처 몰랐다. 그러니까 불상과 불상 사이에 단순한 소탑이 아니라 천불천탑이 연이어 새겨져 있는 것이다. 천불천탑 안에 그와 똑같은 천불천탑이 끝없이 이어지니 불상과 탑의 수는 무한대가 되는 셈이다.

　96개의 소탑마다 192기의 불상이 있을 것이니 불상은 18,432기가 된다. 그렇다면 현재 눈에 보이는 불상 192기를 합쳐 모두 18,624기나 된다. 만불萬佛을 훌쩍 넘는 수이다. 그다음 소탑 속으로 들어가면 불상은 백만 기를 넘어서고 몇 단계만 더 거치면 헤아릴 수 없는 양의 불상이 된다. 더구나 석굴암에는 그런 탑이 하나 더 있었다. '천불천탑'

이라는 말로는 이런 뜻을 다 담아낼 수 없으니 '무량불탑無量佛塔'이라 부르는 게 맞지 싶다.

물체를 무한대로 확대하거나 축소하더라도 원래의 모습이 계속 유지되는 현상을 프랙털 구조라고 한다. 프랙털이란 용어는 '쪼개다'란 뜻을 가진 라틴어에서 유래되었다고 한다. 무질서해 보이는 자연의 모습도 확대해서 쪼개보면 부분과 전체가 같은 모습을 하고 있는데 고사리, 해안선, 구름모양 등도 프랙털 구조로 되어있다는 것이다. 프랙털은 같은 구조가 끝없이 반복되는 것이니 무량불탑이야말로 프랙털 구조의 정석이라고 할 만하다. 우주도 프랙털 구조를 하고 있다는데 온 세상이 부처님으로 가득하다는 의미를 이 조그만 탑에 다 담은 듯하다.

보통 천불상이나 만불상은 불상이 그 만큼 많다는 의미를 담아 조성한다. 무량수의 불상을 나타내기 위함이 목적이다. 이를 완벽히 구현해낸 무량불탑 하나만으로도 석굴암의 설계에 쏟은 정성과 고뇌가 어떠했는지를 짐작해 볼 수 있다. 신라인들은 보탑 속에 불상과 함께 작은 탑을 새겨 무량수의 불상을 새긴 효과를 얻었다. 불상을 새기지 않으면서 불상을 만들어내고 있다. 나타내지 않고도 나타낸다는 동양예술의 신비한 매력이 고스란히 담겼다. 다 드러내 보이지 않으면서 다 드러내는 묘법이 숨어있다.

잃어버린 보탑도 남아있는 보탑처럼 무량한 수의 부처님이 새겨져 있는 모습이라 추정해 볼 수 있다. 현재의 부처님은 주실의 본존불 하나가 대표하고 있다고 본다면 과거와 미래의 수많은 부처는 보탑의 사면에 모신 것이다.

사리불과 목건련이 향을 든 채 고개를 들고 있는 이유도 드디어 찾을 수 있게 된다. 이들 두 제자는 천불보탑을 바라보며 향공양을 하고 있는 것이다. 무량수의 부처님께 한량없는 공양을 하여 미래에는 이들도 성불하게 된다. 석실의 중앙에 모신 본존불이나 천불보탑에 새겨진 불상이 모두 같은 부처님이라는 사실을 말없이 알려주는 듯하다.

석가모니불은『묘법연화경』을 통해 이러한 뜻을 사리불에게 분명히 들려주고 있다.

> 사리불이여, 잘 들어라. 모든 부처님들이 얻은 법은
> 한량없는 방편의 힘으로 중생들을 위해서 말씀하느니라.
> 중생들의 마음에 생각하는 일과 갖가지로 행하는 도와
> 그러한 욕망과 성품과
> 전생에 지은 착하고 나쁜 업을 부처님은 이미 다 알고
> 여러 가지 인연과 비유와 말과 방편으로
> 그 모두들을 기쁘게 하려 하느니라.

이 글을 읽으면서 덩달아 내가 기뻤다. 사리불에게 전하는 석가모니불의 가르침 속에 그토록 궁금해 했던 감실보살들의 역할이 보였기 때문이다.

앞서 살펴본 감실보살들은 석가모니불의 가르침을 시기 순으로 나타내고 있었다. 이런 감실보살들의 역할은 석가모니불이 모두를 기쁘게 하려고 방편으로 설하고 있음을 확인하게 된다. 감실보살들을 통해 보여준『화엄경』,『아함경』,『무량수경』,『유마경』등의 가르침은 모

두 방편이고 오직『묘법연화경』만이 석가모니불의 진정한 가르침이라는 뜻이다. 보탑에 새긴 수많은 불상과 감실보살로 하여금 이런 사실을 우리들에게 전하고 있었던 것이다.

무량불탑 두 기는 과거와 미래의 수많은 부처가 방편으로 설하고 있음을 나타내고 감실보살들은 석가모니불이 방편으로 여러 가르침을 남겼음을 보여준다. 모든 중생들을 다 구제하기 위한 자비심의 발로인 것이다. 높은 곳에 있어 사람들의 눈에 잘 띄지도 않을 감실보살의 발까지 정교하게 표현하고 작은 탑에 헤아릴 수 없는 많은 부처를 새긴 연유가 여기에 있다. 감실이 허공에 뜬 채 상대적으로 자그마한 공간에 마련된 것은 부처님의 궁극적인 가르침이 아니라는 암묵적인 표현이다. 수리 계산력을 키워 사회에 잘 적응할 수 있도록 초등학교 저학년들에겐 구구단을 외우게 하고 나중에 곱셈을 가르치듯 각자의 근기根機에 따라 다르게 설법한다는 말이다. 사람마다 받아들이는 능력이 다르기 때문인데 수준별 교육이 몇 천 년 전부터 시작되고 있었던 셈이다. 누구나 번뇌의 고통에서 벗어나 완전한 기쁨을 누릴 수 있도록 배려한 것이다.

현재 맨 앞의 감실은 비어 있으니 무량불탑을 이곳에 올린 심오한 뜻이 사라져버렸다. 비어있는 감실에 잃어버린 탑이 봉안되어 온전한 석굴암으로 거듭나길 고대한다.

"무량불탑과 감실보살들은 석가모니불이 방편으로 설하고 있음을 보여준다."

의심스러운 구조물

미심쩍은 석물

석굴암엔 보탑처럼 사라진 유물이 있는가 하면 존재가 의심스러운 석물石物도 있다. 이 돌은 무지개처럼 윗부분이 둥근 모양이라 홍예석이라 부르곤 한다. 현재 석굴암에는 홍예석으로 불리는 석물이 두 개

돌기둥 사이에 얹혀있는 구조물 / 주실 앞의 쌍석주 사이에는 존재가 의심스러운 구조물이 놓여있다. 이 돌은 일제가 수리하면서 만들어 올린 것이다.

신사의 도리이 / 일본의 신사 입구에는 커다란 도리이가 서 있는데 본존불의 시야를 가리고 있는 돌과 생김새가 많이 다르다.

가 있다. 하나는 앞서 소개한 광창으로 쓰였을 것으로 판단되는 돌이고 다른 하나는 석실 안의 두 돌기둥 사이에 걸쳐있는 돌이다.

　그런데 둘의 운명은 극명하게 갈렸다. 광창의 부재였을 돌은 두 동강이 난 상태로 야외에서 비를 맞고 있는 반면에 돌기둥 사이에 놓여있는 돌은 본존불의 시선을 한몸에 받고 있다. 대접이 달라도 너무 달라서 이래도 괜찮은 건지 염려스럽다. 더군다나 쌍석주雙石柱 사이의 돌은 일제강점기에 일본인들이 석굴암을 수리하면서 만들어 올린 돌이다. 상황이 이러함에도 원래부터 있었다는 쪽과 없던 것을 의도적으로 만들어 올렸다는 주장이 팽팽히 맞서 이 구조물은 여태껏 그대로 놓여있다.

일제가 의도해서 만들어 올린 구조물로 보는 사람들은 이 돌이 본존불의 시야를 가린다며 하루빨리 제거해야 한다고 주장한다. 생김새마저 일본 신사의 도리이를 닮았으니 일제가 의도적으로 만든 구조물이라는 것이다.

반면에 성낙주 소장은 이 돌을 홍예석이라 부르며 일본의 도리이와는 생김새뿐만 아니라 위치까지 전혀 다르다고 주장한다.

처음엔 어느 쪽의 주장이 옳은지 헷갈렸지만 의외로 쉽게 답을 찾았다. 일본에 직접 가서 보니 그냥 답이 보였다. 쌍석주 사이에 놓인 돌은 일본 신사의 도리이를 닮지 않았다. 기둥 두 개가 서 있다는 점만 같을 뿐이지 생김새, 크기, 위치 등에선 공통점을 찾을 수가 없을 만큼 둘은 서로 달랐다.

너무 쉽게 석굴암의 쌍석주를 가로지른 석물은 일본의 도리이와 다르다는 결론을 얻었다. 그렇다고 이 석물의 존재를 인정한다는 뜻은 아니다. 일본엔 도리이보다 더 석굴암의 석물을 닮은 구조물이 있었다.

흔한 구조물

일본의 신사나 절집엔 한국에선 보기 힘든 특이한 형태의 구조물이 있었다. 이 구조물은 300여 년 전부터 시작된 중국 전통양식을 깨뜨린 일본 특유의 곡선지붕 건축양식이라고 한다. 흔히 당파풍의 구조물이라고 하는데 보는 순간 석굴암의 석물이 떠오를 만큼 둘은 흡사했다. 2차 세계대전의 A급 전범 14명의 위패까지 합사되어 빈축을 사고 있는 야스쿠니 신사의 본전에도, 도쿄에 있는 신승사라는 절의 전각에도, 세계에서 가장 큰 목조건물이라는 동대사의 대불전에도 당파풍의 구조물이 있었다. 이 구조물들은 건물의 출입구 위에 있으니 석굴암의 주실로 들어가기 직전에 있는 석물과 위치마저 비슷했다. 이처럼

<야스쿠니 신사>

<도쿄 신승사>

<동대사 대불전>

당파풍의 구조물들 / 일본의 신사나 절에서는 석굴암의 쌍석주를 가로지른 석물을 닮은 당파풍의 구조물을 쉽게 찾아볼 수 있다.

일본에는 석굴암의 석물과 닮은 구조물이 널려 있음에도 굳이 닮지도 않은 도리이를 예로 들며 연관성이 없다고 주장하는지 알다가도 모를 일이다.

일제가 만들어 올렸다는 사실만으로 석물을 내려야 한다고 주장할 수는 없다. 그렇지만 쌍석주를 가로지른 석물의 형태와 위치가 일본의 신사와 절에서 흔히 사용하는 구조물과 닮았다는 점은 부정할 수 없는 사실이다.

문제는 신라인들이 과연 당파풍의 석물을 저 자리에 올렸을까 하는 점이다. 이는 해결이 어려운 문제이긴 하나 석굴암에 광창이 있었다는 사실을 돌이켜보면 애초에 없었을 가능성이 크다. 광창이 있다는 것은 어두운 석굴을 밝히려는 의도가 담긴 것이다. 그런데 작은 크기의 광창만으론 석굴을 제대로 조명하기가 어렵다. 자연스레 정면으로 넓게 열려있는 비도를 통해서도 빛을 끌어들였을 것이다. 석굴암 입구에서 본존불을 바라보면 당파풍 석물이 눈에 자꾸만 거슬린다. 본존불의 입장에서 보아도 눈앞에 있는 석물이 시야를 가려 갑갑할 듯하다. 거기다 비도로 빛이 들어오면 본존불의 이마에 당파풍의 그림자가 드리우게 된다.

일제에 의해 실시된 석굴암 수리복원은 말도 많고 탈도 많은데 그 공과功過는 분명히 해야 할 필요가 있다. 그래야 앞으로 이어질 복원도 제대로 할 수 있다. 성낙주 소장은 홍예석이 의심을 받게 된 가장 큰 이유가 20세기 초의 석굴암 사진에는 그 모습이 안 보이기 때문이라고 하면서 지붕의 앞쪽이 무너질 때 튕겨 나갔을 것으로 추정한다. 그럴 수도 있겠다는 생각이 들다가도 그런 일은 절대 있을 수도 있어서도 안 된다는 생각이 든다. 행여나 튕겨 날아간 돌이 본존불의 이마라도 때리면 어찌하려고. 백번 양보해서 당파풍 석물이 있었다고 해도 현재처럼 어설프게 얹힌 모습은 아닐 것이다. 다른 돌들과 꽉 짜여 석굴의 안전에 전혀 지장이 없도록 했을 것이다. 모름지기 지금의 석물은 없는 것만 못하다.

결론적으로 말하면 당파풍 석물은 일제가 석굴암을 전면수리하면서 만들어 올린 것이다. 벌써 100년이나 되었으니 석굴암의 본존불은 이토록 긴 세월동안 이 석물에 의해 시야가 가려져 있었다. 걱정스러운 것은 상황이 이러함에도 저 의문의 석물이 일제가 의도한 잔재임을 깨닫지 못하고 도리어 두둔하고 있는 현실이다.

석굴암을 에워싼 시멘트 콘크리트는 당장 걷어내기 어려울지라도 쌍석주 사이에 올려져 있는 석물은 그냥 내리면 될 일이다. 더군다나 당파풍의 석물은 본존불의 시야를 가리기 위해 일제가 고의로 만든 제국주의의 소산물이니 그 일은 빠르면 빠를수록 좋을 것이다. 이런 돌에 홍예석이라는 이름까지 부여하며 보호하는 현실이 안타깝다.

만에 하나 귀한 유물을 없앤다는 생각이 들어 실행에 옮기기가 어렵다면 박물관에 보관해서 역사적 자료로 활용하면 될 일이다. 토굴 같은 광창은 지금 당장 설치가 어려워 복원을 미룰 수밖에 없다지만 당파풍의 석물은 내리면 그만이다.

"석굴암의 원형을 되찾는 첫걸음은 당파풍 석물을 내리는 일이다."

집을 짓는 순서

집을 그릴 때 사람들은 보통 지붕부터 그린다. 그런데 목수들은 주춧돌이나 기둥을 먼저 그리고 지붕을 나중에 그린다고 한다. 집을 짓는 순서로 보자면 목수들이 맞게 그리는 것이다. 이처럼 우리들은 순서가 틀린 사실을 인식하지 못하고 무심코 지나치는 경우가 있는데 이를 석굴암에서도 발견하게 된다.

석굴암은 본존불을 먼저 안치하고 안상문 받침돌부터 쌓기 시작해 마지막으로 연화문 덮개돌을 올려 완성했다고 한다. 이런 순서로 석굴암을 완성하는 동영상이 문화재청 홈페이지에도 소개되어 있다.

동영상에선 본존불이 먼저 자리를 잡고 주변에 판석들이 세워진다. 이는 빈터에 사람을 먼저 들여보내고 집을 완성하는 꼴이다. 집을 지어놓고 가구나 사람들이 들어가는 상식을 벗어난 발상이다. 과연 가능하기나 한 일인지, 본존불의 안전에는 이상이 없는지 걱정스럽다.

천장 가운데의 연화문 덮

첨차석에 있는 홈 / 일제가 석굴암을 수리하기 전의 모습으로 당파풍 석물을 올린 자리에 '凹'모양의 홈이 보인다.

개돌이 갈라진 것을 보면 궁륭형 천장을 완성하는 일이 얼마나 어렵고 힘든 것인지를 보여준다. 안전이 보장되지도 않는데 석굴암 그 자체라고 해도 과하지 않을 만큼 존귀한 본존불을 천장 아래에 둔다는 것은 있을 수 없는 일이다. 따라서 절대 본존불을 먼저 안치하고 지붕을 완성하지는 않았을 것이다. 입구가 좁거나 돌기둥이 있어서 본존불을 먼저 중앙에 모셔야 했다면 차라리 입구를 넓히거나 돌기둥을 세우지 않는 게 더 낫지 않겠는가.

성낙주 소장은 첨차석 끝에 홈이 파여 있는 모습이 담긴 사진을 증거자료로 보여주며 당파풍 석물은 일본인들이 원래의 모습대로 복원한 것이라고 주장한다.

나는 이 사진을 보는 순간 당혹스럽기 짝이 없었다. 일제가 수리하기 전의 모습이 분명한 사진 속에는 당파풍 석물을 올려놓기 위함인지 첨차석 위에 홈이 파인 모습이 선명히 보였다. 첨차석 끝에 '요(凹)'자 모양의 홈이 파여 있는 이유를 설명할 수 없으면 당파풍 석물은 인정할 수밖에 없는 난처한 상황이 되고 만 것이다.

그러나 곰곰이 생각해보니 꼭 당파풍 석물을 올리기 위한 홈이라고 단정할 수만은 없다고 생각된다. 지금처럼 당파풍 석물을 걸쳐놓기 위한 목적이라면 첨차석의 끝부분까지 홈을 팔 이유는 없어 보인다. 당파풍 석물을 단순히 올려놓을 것이라면 첨차석의 끝부분은 남겨두고 가운데에 네모꼴의 구멍을 파서 그곳에 올리면 그만이다.

만약 무언가를 올리기 위한 목적이 아니라면 왜 첨차석의 끝부분까지 팠을까? 이런 고민을 하던 와중에 존재 자체가 골칫거리였던 홈이 반가운 존재로 바뀌었다. '凹'자 모양의 홈은 돌기둥이 나중에 조립되었다는 것을 말없이 증언하고 있었기 때문이다. 저렇게 모서리 끝까지 홈을 파는 경우는 무언가를 바로 끼울 수 없을 때 사용하는 방법이다. 창문을 끼우기 위한 창틀의 역할과 비슷하다. 돌기둥은 차곡차곡 순서대로 쌓은 게 아니라 첨차석을 먼저 설치하고 나중에 끼워 넣었다는 이야기이다. 첨차석의 홈은 당파풍 석물을 올려놓기 위한 목적이 아니라 창문을 창틀에 끼우듯이 돌기둥을 쉽게 끼워 넣기 위한 구멍인 것이다.

비도에 돌기둥이 설치되면 그 사이의 공간보다 덩치가 큰 본존불이 주실 안으로 들어갈 수가 없다. 그래서 대체로 궁륭천장을 완성하기 전에 본존불을 먼저 안치했다고 생각한다. 그런데 돌기둥을 나중에 설치할 수 있다면 순서는 달라질 것이다. 측량결과 본존불의 폭은 2,534mm이고 비도의 폭은 3,525mm라고 한다. 이러면 비도로 본존불이 통과할 수 있게 된다. 여유 공간이 많지 않아 대좌와 본존불을 주실로 안치하는 일은 그리 만만하지 않겠지만 본존불을 중앙에 먼저 안치하고 궁륭천장을 완성하는 것보다는 수월할 것이다. 거기다 소중한 본존불의 안전이 보장된다는 장점이 있다. 입구가 본존불보다는 크기 때문에 이론상으로도 충분히 가능한 일이 된다.

반대로 본존불이 중앙에 먼저 자리를 잡으면 엄청난 불편을 초래한다. 소중한 본존불이 석굴완성의 걸림돌이 되고 만다. 버팀목 역할을 해야 할 수많은 목재와 돌덩이, 흙덩이들이 필요했을 터인데 중앙의 본존불을 피해 이들을 설치하려면 제약이 많아 일이 너무 힘들게 된다. 컴퓨터로 작업하는 동영상에서야 돌들이 스스로 날아올라 차곡차곡 쌓이고 연화문 덮개돌마저 홀로 가뿐히 궁륭천장을 덮으니 일의 어려움을 잊게 만든다. 그렇지만 현실은 분명 본존불의 안전을 담보할 수 없다는 치명적인 약점을 안고 있다.

일제는 본존불을 석실 안에 그대로 두고 석굴암을 수리했다. 그러다 보니 무거운 돌지붕을 떠받치기 위해 나무기둥을 본존불 주변에 빼곡히 세웠다. 수많은 목책 속에 갇힌 본존불의 모습이 죄인처럼 보일 지경이다. 자신들의 능력을 맹신한 나머지 본존불에 대한 예의는 찾아볼 수 없다. 본존불을 중앙에 둔 채 이루어진 일제강점기의 수리가 석굴암 건립 순서를 착각하게 만든 것은 아닌지 우려스럽다.

여기서 잠시 본존불을 대하는 신라인들의 마음을 헤아려보자. 석굴암에서 가장 정성을 들였을 대상이며 가장 귀중한 존재가 본존불임은 두말할 필요가 없다. 화강암이라는 무겁고 단단한 돌로 이루어진 궁륭천장은 아직까지 세상 누구도 만들어 본 적이 없는 건축물이다. 세상에서 가장 존귀하다고 여겼을 본존불을 세상 처음 지어보는 건물 아래에 먼저 안치한다는 것은 무모한 모험이다. 더군다나 본존불 머리 위에는 엄청나게 크고 무거운 연화문 덮개돌을 올려야 하는데 말이다. 갈라진 연화문 덮개돌을 보면서도 본존불을 먼저 안치했다는 안일한 주장을 하고 있으니 안전 불감증이 도를 넘어서고 있는 모양새다.

비도와 주실을 구분 짓기 위해 세웠다는 저 돌기둥은 제일 마지막에 조립되었을 것이다. 천장을 완성 후 본존불을 안치하고 저 돌기둥을 끼워 맞추면 된다. 좁은 병 입구로 동전을 넣는 마법 같은 방법으로 본존불을 안치하고 석굴암을 완성한 것이다.

인도의 아잔타 석굴은 안으로 들어가 보면 석굴암보다 훨씬 넓다.

그런데 입구의 크기는 오히려 석굴암이 더 크다. 규모가 작은 석굴암의 입구가 아잔타 석굴보다 큰 것이다. 석굴을 만드는 방법의 차이가 석굴 입구의 크기 차이로 나타났다고 볼 수 있다. 아잔타 석굴처럼 굴을 파서 만든 석굴은 불상을 안으로 들일 필요가 없다. 그래서 실제 입구의 크기가 불상보다 작다. 아잔타 석굴의 불상은 밖에서 안으로 들여온 것이 아니라 안에서 바로 새겼기 때문에 입구의 크기가 작아도 문제가 없는 것이다.

그렇지만 석굴암처럼 돌을 쌓아 굴을 만들어 불상을 중앙에 안치하려면 입구의 크기가 불상보다 커야 한다. 석굴암은 본존불을 먼저 굴 안으로 모시고 천장을 완성했다고 하지만 엄연히 입구의 크기가 본존불보다 크다. 석굴을 완성한 후 얼마든지 본존불을 모실 수 있는 구조이다. 여기엔 돌기둥이 나중에 설치되었다는 전제가 깔려야 하는데 첨차석의 홈이 이를 증명하고 있다. 입구의 크기가 커질수록 굴의 안전에는 불리하지만 가장 소중한 본존불을 마지막에 안치하기 위해 최소한의 크기는 유지한 것이다.

또 다른 차이점으론 광창의 크기를 들 수 있다. 아잔타 석굴은 굴속이 깊고 넓어 광창은 입구보다 더 크다. 반대로 석굴암의 입구는 본존불보다도 크지만 광창은 자그마하다. 석실이 그리 깊고 넓지 않으니 아잔타 석굴처럼 광창이 클 필요가 없는 것이다. 돌로 쌓은 석굴암에서 광창이 너무 크면 도리어 안전에 방해가 된다.

나는 다행히도 당파풍 석물과 그 아래의 '凹'자 모양 홈을 살펴보는 와중에 석굴암 건립의 순서를 밝힐 수 있게 되었다. '凹'자 모양의 홈은 당파풍 석물의 존재를 증언하는 증거물이 아니라 석굴암을 짓는 순서를 알려주는 증거물이었다.

"신라인들은 석굴을 먼저 만들고 본존불을 나중에 안치했다."

2부

석굴암의
원형을 찾아서

경이로운 아잔타 석굴

아잔타 가는 길

공항을 빠져나오자 매캐한 공기가 코를 찌른다. 여기가 인도라는 사실을 눈보다 코가 먼저 실감케 한다. 여행자라면 한 번쯤 인도 여행을 꿈꾼다는데 나는 석굴암을 풀어보겠다는 일념으로 인도에 온 것이다. 코를 자극하는 향이 채 사라지기도 전에 이번엔 눈이 어지럽고 귀가 따갑다. 끊임없이 들려오는 경적 소리와 함께 차와 오토바이가 뒤섞여 강물처럼 흘러간다. 예상한 대로 인도 여행이 만만치 않을 듯하다.

나와 아내는 이런 와중에도 평정심을 잃지 않고 버스에 올랐다. 유럽여행을 떠났을 때와 마찬가지로 여행사의 패키지 상품을 이용했기 때문이다. 여행사에서 보내준 버스는 우리를 편안하게 숙소까지 태워다 주었다.

마음이 편했던 이유는 또 있었다. 우리와 함께 한 일행들이 대부분 현직교사이거나 명예퇴직을 한 분들이었다. 전현직 교사와 지인들로 이루어진 여행팀에 우리 부부가 꼽사리로 낀 셈이었다. 일면식이 없는 우리를 받아준 것만도 고마운데 유쾌하고 친절하기까지 했다.

밤늦게 도착해 이튿날 아침부터 본격적으로 인도 여행이 시작되었다. 새벽같이 일어나 이슬람 세력의 승전을 기념하며 세운 구뜹미나르, 후마윤을 기리기 위해 건설한 바하이 사원 등을 둘러보고 아우랑가바드로 이동하기 위해 국내선 공항으로 갔다. 아우랑가바드는 황제인 아우랑제브의 이름을 딴 도시인데 아잔타 석굴을 가려면 반드시 거쳐야 하는 곳이다. 아우랑가바드로 간다는 것은 곧 아잔타 석굴을 보게 된다는 뜻이니 설레기 시작한다. 마음은 벌써 아우랑가바드를 거쳐 아잔타에 가 있으나 몸은 느리기만 하다. 비행기가 연착에 연착을 거듭한다. 급기야 우리 일행은 남들처럼 공항 바닥에 퍼지고 앉아서 갖고 온 간식을 나누어 먹었다. 예상보다 한참이나 늦어져 아우랑가바드의 호텔에 도착하니 밤 11시이다. 가이드가 호텔 측에 미리 연락해 둔 덕분에 저녁은 먹을 수 있었다. 늦었지만 무사히 도착했다는 안도감에 늦은 식사를 하는데 가이드가 힘 빠지는 이야기를 한다.

"오늘 고생하셨습니다. 내일은 아잔타 석굴만 보면 되니까 푹 주무시고 오전 9시에 출발하겠습니다."

아잔타 석굴만이라니. 굴의 수가 30여 기나 되고 굴마다 볼거리가 얼마나 많은데. 이 여행사의 패키지 상품을 이용한 것은 하루가 오롯이 아잔타 석굴로만 채워져 있었기 때문이 아닌가. 일행들에게 민폐를 끼칠까 봐 차마 일찍 출발하자고 말할 순 없었다. 애타는 마음에 뜬 잠을 자다가 알람 대신 개 짖는 소리에 잠을 깼다.

우리 부부는 아침부터 서두르는데 일행들은 여유롭다. '짜이'라는 인도식 커피까지 즐기며 시간을 보낸다. 다행이라면 버스는 비행기와 달리 제시간에 맞춰 출발한다. 버스 기사는 빨리 가고파 안달하는 내 마음을 아는 듯이 중앙분리선도 잘 보이지 않는 2차선 도로를 질주

한다. 마주 오는 차량과 충돌 직전에 핸들을 급하게 틀어 아슬아슬하
게 비켜 간다. 이런 장면이 수차례 계속되고 이를 지켜보는 내 손엔 땀
이 난다. 늘어선 가로수에는 둥지마다 하얀 띠를 둘렀는데 가이드에
게 물으니 야간에 길을 안내하는 조명역할을 한다고 일러준다. 길가
엔 가로수만큼이나 한가롭게 노니는 사람들이 많다. 버스가 좁은 길
도 잘 달려서 금방 도착할 줄 알았더니 두세 시간은 족히 걸린다고 한
다. 중간에 속도를 늦추길래 다 왔는가 싶었더니 이번엔 점심을 먹고
간다고 한다.

'아잔타 가는 길이 참 멀구나.'

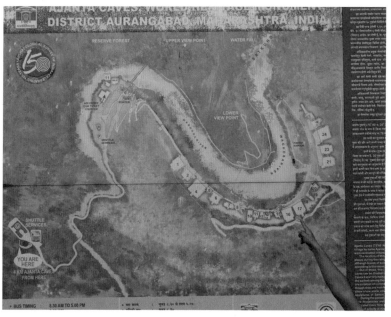

아잔타 석굴 전경 안내도 / 아잔타 석굴은 1번부터 순차적으로 번호가 매겨져 있어 석굴의 위
치를 확인하기가 비교적 쉽다.

점심 후엔 내가 좋아하는 맥주를 곁들이는 일행도 있었지만 참았다. 물도 마시지 않았다. 소변보는 시간마저 아껴야 했고 행여 화장실이 없으면 난처할 것이라 여겼기 때문이다.

다시 출발한 버스는 제법 가파른 언덕 하나를 넘어서더니 그제야 멈춘다. 드디어 아잔타에 도착한 것이다. 버스에서 내려 빠르게 줄을 서니 또 기다리라 한다. 여기서 4km쯤 떨어져 있는 아잔타 석굴까지는 셔틀버스를 갈아타고 간다는 것이다. 셔틀버스를 기다리는 동안 아잔타 석굴 안내도 앞에서 가이드의 설명을 들었다. 아잔타 석굴은 관람이 가능한 석굴이 1번부터 순차적으로 번호가 매겨져 있어 차례로 들어가 보면 된다고 한다.

잠시 후 도착한 셔틀버스는 정글을 통과하듯 숲을 지나 우리를 아잔타 석굴 입구에 내려다 주었다. 석굴 앞의 주차장에 내리니 풍경이 낯설지 않다. 여기서부터 펼쳐지는 광경은 인도에 오기 전에 사진과 영상으로 보고 또 보았던 모습이기 때문이다. 주차장 뒤로 야트막한 언덕이 있고 그 사이로 난 계단을 오르면 아잔타 석굴이다.

넋을 잃게 만든 1번 석굴

계단을 걸어 오르면 점점 다리가 묵직해 오고 전시장처럼 이어진 아잔타 석굴이 눈 앞에 펼쳐진다. 아잔타 석굴 앞에 섰다는 사실이 꿈만 같아 1번 석굴에 들어서기도 전에 가슴이 콩닥거린다. 석굴암처럼 신발을 벗고 석굴 속으로 들어갔다.

처음 들어간 굴속은 어두워서 감상은커녕 발걸음을 옮기는 일도 조

아잔타 석굴 전경 / 앞쪽에 있는 석문을 통과하면 크고 작은 석굴들이 차례로 이어진다.

심스럽다. 사람의 손으로 바위를 뚫어 굴을 팠다는 사실만도 놀라운
데 섬세하게 조각된 돌기둥과 함께 어렴풋이 눈에 들어오는 규모가
생각보다 크다. 사방을 돌아가며 서 있는 돌기둥 뒤의 좌우 벽면에는
감실 같은 자그마한 굴이 파였는데 스님이 거처한 승방이라고 한다.
승방은 사람이 저런 곳에서 어떻게 지낼 수 있었는지 걱정스러울 정
도로 작고 어둡다. 굴속에는 안내원이 따로 있었는데 우리 일행을 불
러 모으더니 잘 보라며 손전등을 켜서 벽을 비춘다.

"와아!"

금방 그린 듯한 그림이 불빛과 함께 나타나자 감탄사가 절로 난다.
넋을 잃고 바라보는데 가이드가 빨리 사진을 찍으라고 일러준다. 빛

을 비출 때만 잘 드러나는 그림을 보랴 사진을 찍으랴 정신이 없어 이후로 설명은 귀에 들어오지도 않는다. 벽화를 보고 있자니 책에서 보았던 고구려 고분벽화가 떠오른다. 안악3호분의 행렬도처럼 그림에 등장하는 인물이 많고 정면 중앙의 깊숙한 지점에 모셔진 본존불을 향해 나아가는 듯하다. 그림의 내용은 '자타카'라 불리는 석가모니의 전생 이야기라고 한다. 중간중간에 마련된 승방의 주변에도 그림이 있으나 많이 훼손된 상태이다. 네모난 승방의 출입문은 별다른 조각이 없어 썰렁한데 벽화 역시 승방과는 무관하게 그려진 듯하다.

이렇게 벽화를 감상하며 따라가다 보면 지금까지 본 그림과는 사뭇 다른 장면을 만나게 된다. 주인공처럼 커다란 보살상이 불상을 좌우에서 협시하듯 그려져 있다. 승방 주변으론 자유롭게 그려지던 그림이 불상 근처에선 보살상이 좌우에서 공양하는 모습의 대칭 구조로 바뀐 것이다. 본존불은 조각상이라 입체적인데 좌우의 보살은 그림이라 평면적인 것도 인상적이다. 그림을 그린 솜씨가 예사롭지 않아 눈을 뗄 수가 없다.

연꽃을 들고 본존불을 공양하는 우협시 보살과 '검은 공주'라 불리는 좌협시 보살이 있다. 그 앞에는 연꽃으로 보살을 공양하는 듯한 인물이 있어 눈길을 끈다. 사람은 보살을 공양하고 보살은 부처를 공양하는 모양새이니 위계에 따라 단계적으로 연꽃 공양이 이루어지고 있는 듯하다. 섬세하게 조각된 돌기둥 사이에도 그림이 있어 몇 겹의 액자로 둘러싸인 느낌이 난다. 본존불은 안쪽으로 깊숙이 들어가 있어 깊이감을 더한다. 이런 모습을 한 장의 사진으로 담고 싶으나 사람들이 많아서 여의치 않다.

승방에 그려진 벽화 / 애니메이션처럼 이어진 벽화는 승방의 출입구와는 무관하게 그려져 있다.

<우협시 보살> <본존불> <좌협시 보살>

본존불과 협시보살 / 본존불의 오른쪽에 있는 보살은 연꽃을 들고 있어 '연화수보살'이라 불리고 왼쪽에 있는 보살은 얼굴과 몸이 검게 보여 '검은 공주'라는 애칭이 붙었다. 입체적인 본존불과 달리 보살은 그림이라 평면적이다.

몸이 넷이고 얼굴이 하나인 사슴 / 아잔타 1번 석굴의 돌기둥 위에는 몸은 넷인데 얼굴이 하나뿐인 사슴이 있다. 이들을 떼어놓고 보면 같은 방향을 응시하고 있는 네 마리의 사슴들임을 알 수 있다.

    천장은 하늘에 양탄자를 깔아 놓은 듯 사각으로 나뉜 칸마다 꽃무늬가 가득하다. 이런 천장을 떠받들고 있는 돌기둥 위에도 조각상으로 가득한데 얼굴 하나에 몸이 넷이나 되는 사슴이 있어 눈길을 끈다. 처음엔 그 모습이 좀 흉측하다는 생각이 들었다. 목에 장신구까지 달고 있는 사슴은 내 눈엔 소처럼 보였다. 어릴 때부터 소를 많이 보고 자랐기 때문이라 여기며 대수롭지 않게 바라보다가 그중에 한 마리가 머리를 획 돌리는 바람에 움찔했다. 뒤돌아보는가 싶어 다시 보면 물끄러미 정면을 응시하고 앉아 있는가 싶어 바라보면 어느새 일어서 있다.

세상에, 머리가 하나뿐인 줄 알았더니 그게 아니었다. 사슴들을 한 마리씩 떼어놓고 보니 네 마리의 사슴은 같은 방향을 응시하고 있다. 사슴 네 마리가 일심동체된 모습이다. 아잔타 석굴이 대단한 줄이야

1번 석굴의 입구 / 1번 석굴의 바깥은 자연상태로 남아있어 석굴 전체가 바위 장막으로 덮인 듯하다. 돌기둥들은 서 있는 위치에 따라 무늬나 조각의 정도가 조금씩 다르다.

익히 들어 알고 왔으나 독특한 발상에 새삼 놀라게 된다.

시간 가는 줄 모르고 석굴을 둘러보는데 아직 보아야 할 석굴이 많다며 가이드는 일행과 함께 다음 석굴로 이동한다. 사진을 찍으며 따라가자니 신발을 신고 벗는 일도 성가실 만큼 바쁘다. 이를 지켜보던 아내가 아예 맨발로 다니라며 내 신발을 들고 간다.

1번 석굴에서 받은 인상이 하도 강렬하여 아쉬움에 뒤돌아보니 이번엔 입구가 예사롭지 않다. 가운데 있는 두 돌기둥 위에는 앞으로 살짝 돌출된 구조물이 있었을 것으로 짐작되지만 지금은 떨어져 나간 상태이다. 벽과 맞붙은 맨 끝의 기둥을 빼면 돌기둥은 모두 6개인데 두 개씩 짝을 이루고 있다. 가운데 돌기둥 둘은 세로줄 무늬가 있고 그 옆의 돌기둥 둘은 사선 무늬이며 끝의 돌기둥 둘은 아예 줄무늬가 없다. 새김의 정도가 다르니 돌기둥도 서열이 달라 보인다. 화려한 내부와 달리 바깥은 거의 손대지 않아서 바위가 석굴을 뒤덮은 듯하다. 이는 1번 석굴뿐만 아니라 아잔타 석굴 전체가 다 그렇다. 아잔타 석굴을 만든 인도의 석공들은 약속이나 한 듯이 내부만 화려하게 꾸미고 외부는 자연 상태 그대로 두었다.

'왜 그랬을까?'

1번 석굴과 유사한 2번 석굴

1번 석굴 옆에 있는 2번 석굴의 입구에는 차양막이 드리워져 있는데 벽화를 보호하기 위해서라고 한다. 2번 석굴 역시 1번 석굴과 마찬가지로 아름다운 벽화로 가득하다. 벽화는 우리나라에선 쉬이 볼 수 없는 것이라 더 진귀하게 느껴졌다. 고구려 고분벽화를 보게 된다면 이런 느낌이 들 것 같다. 1번 석굴처럼 정면 깊숙한 곳에 불상이 새겨져 있어 석굴 안이 불교 사원임을 더 실감할 수 있었다. 여기에선 과거천불을 그린 벽화를 볼 수 있는데 이번에 아잔타 석굴을 보러온 주요 목적 중의 하나였다. 석굴암의 천불보탑에 새겨진 과거천불과 비교해 보고 싶었던 것이다.

그런데 2번 석굴에는 과거천불보다 더 나의 관심을 끄는 게 있었다. 승방 주변에 그려진 벽화이다. 1번 석굴의 벽화와 다르게 2번 석굴의 벽화는 승방의 출입구를 중요한 공간으로 인식하여 그려진 듯하다. 그림들은 승방의 출입구를 기준으로 좌우대칭을 이루고 있다. 위쪽에는 삼존불 형식의 벽화가 있는가 하면 아예 불상이 그려진 승방도 있

2번 석굴의 승방과 벽화 / 2번 석굴의 벽화는 1번 석굴과 다르게 승방의 출입구를 중요한 공간으로 설정하여 그려졌다.

다. 승방이 본존불을 모신 금당을 닮아가는 듯하다. 승방은 스님들이 거처하는 방이니 스님을 부처로 대접하는 모양새이다.

비사문천은 한술 더 뜬다. 불법을 수호하는 비사문천이 본존불처럼 방 하나를 차지하고선 떡하니 앉아있다. 석실 가운데에 본존불이 있어서 망정이지 비사문천만 바라보면 본존불로 착각할 정도이다. 이처럼 1번 석굴에 비하면 2번 석굴에선 파격적인 도상들이 여럿 눈에 띈다. 마치 1번 석굴이 성장하여 2번 석굴로 변한 것 같다.

29개의 석굴 중 고작 두 곳만 보았을 뿐인데 입이 다물어지지 않을 만큼 감동적이다. 아잔타 석굴은 관람객이 안으로 들어가 볼 수 있는 데다 조각과 그림이 어우러져 있으니 감동이 배가 되는 듯하다.

이어지는 석굴들

3번 석굴은 닫혀있어 지나치고 아잔타 석굴 중 가장 면적이 넓다는 4번 석굴로 갔다. 입구에는 여덟 개의 돌기둥이 줄지어 섰는데 크면 싱겁다더니 별다른 조각도 없이 하나같이 밋밋하다. 자세히 보니 돌기둥 위쪽에만 약간의 새김이 보인다. 돌기둥 끝의 첨차석에 새겨진 조각은 돌돌 말아놓은 문서들 같다. 올라가서 툭 건드리기라도 하면 그림이 쫘악 펼쳐질 것만 같다. 맨 앞쪽에 있는 돌기둥이 밋밋해서 4번 석굴은 별다른 조각이 없을 줄 알았는데 출입구 양옆으로는 섬세하게 조각해 놓았다.

석굴 내부의 기대감을 잔뜩 높여주고선 정작 안으로 들어오니 휑하다. 석굴 안이 넓어서 그렇기도 하지만 돌기둥이나 벽면에 별다른 그

미완성된 5번 석굴의 모습 / 파다가 그만둔 흔적이 역력하다.

림이나 조각이 없어서 더 썰렁해 보인다. 다른 석굴들과 마찬가지로 정면 깊숙한 곳에 불상을 모셨는데 좌우에 서 있는 협시불 중에는 완성이 덜 된 모습이 보인다. 돌기둥 바깥으로는 승방이 마련되어 있지만 주변에 벽화가 그려지지 않아 이 또한 미완성으로 보인다. 천장은 울퉁불퉁하여 아직 다 다듬지도 않은 듯하다. 내부 전경을 찍고 싶어도 사람들이 많아 쉽지 않은데 한참을 기다려 급하게 찍은 사진마저 흔들리고 말았다. 어둠에 눈이 적응되자 밋밋하던 돌기둥에 악기를 연주하는 조각상들이 눈에 들어온다. 돌기둥 위에도 그동안 보아왔던 다양한 문양들이 새겨져 있다.

4번 석굴은 상대적으로 볼거리가 적어 오래 머물지 않고 5번 석굴로 갔다. 여기는 파다가 그만둔 흔적이 역력하다. 벽면과 바닥이 거칠거칠하고 미처 다 뚫지 못한 승방도 눈에 띈다.

벽화가 많은 석굴과 달리 관람속도가 빨라지는데 6번 석굴은 특이하게 이층으로 되어 있다. 1층은 그동안 보았던 석굴과 흡사하여 2층으로 바로 올라갔더니 전망이 좋다. 우리가 돌아볼 석굴들이 줄지어

6번 석굴의 본존불과 협시불 / 본존불을 중심으로 그 좌우에는 협시불이 조각되어 있다.

있다. 돌기둥보다 더 튀어나온 양쪽의 벽면까지 조각상이 서 있는데 여태껏 보지 못했던 희한한 장면이다. 석굴 내부에 있어야 할 조각상들이 외부로 내쫓기듯 나와 있다.

입구의 벽면에는 그동안 흔히 보았던 사람이나 보살이 아닌 불상이 가득 새겨져 있다. 불상들은 팔을 내린 모습과 들고 있는 모습이 번갈아 새겨져 박자에 맞춰 손뼉을 치는 듯하다.

정면에 모셔진 본존불 주변에도 보살이 아닌 불상이 모셔져 격이 한층 높아진 느낌이다. 이보다 더 눈길이 가는 것은 승방이다. 그동안 네모난 형태로 구멍만 뚫어 놓았던 출입구 앞에는 계단과 함께 돌기둥까지 서 있다. 돌기둥 위에도 자그마한 불상들이 새겨져 있는데 조금만 더 장식을 더하면 본존불의 자리와 다름없는 모습으로 변할 듯하다.

생각지 못한 장면들이 자꾸만 눈에 들어와 시간 가는 줄 모르고 있었더니 일행들이 보이지 않는다. 허겁지겁 내려와 달려가니 일행들은 벌써 7번 석굴 앞을 지나가고 있다. 보아하니 7번 석굴은 보지 않고 그대로 통과하는 모양이다. 두 개의 발코니가 서 있는 듯한 7번 석굴은 그동안 보았던 석굴의 입구와는 판이한 모습이다. 내부를 못 보고 가는 게 안타깝지만 시간은 없고 보아야 할 석굴은 아직도 많이 남아서 일행을 따라가기 바쁘다.

8번 석굴은 길 아래에 있다. 지금은 사무실로 사용하고 있어서 관람을 할 수 없다고 한다. 그러니까 7번과 8번 석굴은 그대로 통과한 셈이다.

들어가 보지도 못하고 지나치는 석굴이 늘어간다는 아쉬움이 들려는 순간에 9번 석굴이 나타난다. 9번 석굴의 외형을 보니 가이드가 왜 7번 석굴을 그대로 통과했는지 알만하다. 7번 석굴의 외형은 9번 석굴에 비하면 평범한 석굴에 불과했다. 9번 석굴은 앞에서 보면 2층인데 내부는 하나로 된 통층구조이다. 밖에서 보면 2층이나 3층이지만 안으로 들어가면 통층으로 된 우리나라의 목조전각을 보는 듯하다.

9번 석굴의 내부 모습은 외관보다 더 놀랍다. 정면 깊숙한 지점에는 여태껏 보았던 불상 대신 불탑이 조성되어 있다. 불탑을 에워싼 돌기둥들이 출입구까지 길게 늘어서 있어 엄숙한 분위기를 연출한다. 가운데가 볼록한 불탑의 표면은 아무것도 새기지 않아 매끈하다. 늘어

선 돌기둥마다 서 있는 부처를 그렸는데 꽃잎처럼 길쭉한 신광이 온몸을 감싸고 있다. 높은 곳에서 내려다보는 그 모습이 자비롭다. 탑이 있는 안쪽 공간의 천장은 둥글지만 열주와 벽면 사이의 천장은 편평하다. 이 편평한 천장마다 연꽃이 그려져 있다. 열주 뒤로 돌아가며 탑돌이라도 해보고 싶지만 벽화를 보호하려는 의도인지 들어가지 못하게 울타리를 쳐놓았

9번 석굴의 입구 / 석굴이 아니라 사원을 보는 듯하다.

다.

9번 석굴 앞에 있는 계단을 오르면 10번 석굴이다. 10번 석굴의 외관은 어딘지 모르게 9번 석굴을 닮았다는 생각이 든다. 이곳에서 내려다보면 2층 구조로 되어있는 9번 석굴의 외관이 한눈에 들어온다. 그런데 1층보다 훨씬 면적이 넓은 2층의 대부분을 광창이 차지하고 있다. 그것도 모자라 광창을 닮은 조형물을 5기나 더 새겨놓았다. 그러니까 9번 석굴의 2층은 광창으로 가득 찬 모습이다. 광창은 워낙 커서 더 이상의 광창은 필요 없을 법한데 왜 애써 5기나 더 만들어 놓았는지 쉽게 이해가 안 간다.

의아해하며 돌아서니 10번 석굴의 외관도 예사롭지 않다. 9번 석굴은 2층이 광창처럼 보이더니 10번 석굴은 전체가 광창으로 보인다. 광

<10번 석굴의 광창>　　　　　　**<9번 석굴의 광창>**

광창 같은 석굴 / 10번 석굴에 들어가면 마치 9번 석굴의 광창 속에 들어온 듯한 착각이 든다.

19번 석굴의 외부 / 화려하고 정교한 조각으로 가득 찬 외관은 석굴이 아닌 석조건축물을 보는 듯하다.

창이 큰 만큼 빛도 많이 들어가는지 네모로 나뉜 칸마다 하얀 차단막

을 붙여놓았다. 내가 서 있는 10번 석굴의 바닥과 9번 석굴의 광창이

있는 지점의 높이가 서로 같다. 10번 석굴로 들어가자니 마치 광창 속으로 들어가는 느낌이 난다. 10번 석굴 안에도 9번 석굴처럼 커다란 불탑이 조성되어 있다. 10번 석굴은 일천 년 동안 모래와 풀숲으로 덮인 채 잊힌 아잔타 석굴 중에서 가장 먼저 발견된 석굴이다. 1819년에 호랑이 사냥을 하던 영국인 장교 존 스미스는 아잔타 석굴을 발견하곤 10번 석굴의 기둥 한곳에다 사인을 새겨놓았다. 일제강점기에 일본인 집배원이 석굴암을 발견했다는 이야기와 유사하다.

아잔타 석굴은 굴마다 독특한 특징이 있어 관람하는 재미가 쏠쏠하다. 그렇지만 여러 석굴을 들락거리다 보니 여기가 몇 번째 석굴인지 헷갈리고 저마다의 특징도 눈에 잘 들어오지 않는다. 석굴들이 엇비슷하다고 느낄 때쯤 지금과는 확연히 다른 석굴이 나타난다. 19번 석굴이다.

지금까지 보았던 석굴과는 차원이 다르다. 외부까지 여러 조각상을 빼곡하게 새겨 놓았다. 현관처럼 돌출된 출입구에는 화려한 돌기둥이 서 있어 인상적이다. 내부로 들어가려니 석굴이 아니라 석조건축물 안으로 들어가는 듯하다. 외부보다 내부는 더 화려했다. 10번 석굴이 그림으로 채워져 있다면 19번 석굴은 그림을 하나하나 파내어 조각해 놓은 듯하다. 조각의 정교함과 정성이 말로 표현하기 어려울 정도로 대단해서 혀를 내두르게 만든다.

19번 석굴을 지나면서 만나는 석굴들은 평범해 보인다. 하도 대단한 석굴을 만나서 이보다 나은 석굴은 없으리란 생각이 들 즈음에 또 하나의 석굴이 나타난다. 26번 석굴이다. 옆쪽으로 작은 석굴이 더 있으나 관람이 가능한 마지막 석굴이다.

19번 석굴의 내부 / 뒤쪽 가운데에 있는 불탑에 서 있는 불상을 새겨 놓았다. 기둥에서 천장까지 섬세하고 화려한 조각으로 가득하다.

마지막에 만난 26번 석굴은 29개 안팎의 아잔타 석굴 중에서 가장 화려하다. 19번 석굴과 비슷한 면이 없잖아 있으나 그보다 더 크고 정교하다. 처음 만난 1번 석굴이 벽화로 넋을 빼앗더니 마지막 만난 26번 석굴은 조각으로 무아지경이 되게 만든다.

안으로 들어서니 이번에도 입이 다물어지지 않는 광경이 펼쳐진다. 시선을 어디에 두어야 할지 모를 정도로 볼거리가 많다. 아잔타 석굴에서 가장 공을 많이 들인 석굴이란 생각이 든다. 이를 자세히 설명하자면 끝이 없을 듯하다.

밖으로 나오니 가이드가 기다리고 있다. 일행이 모이자 지금부터 1시간 30여 분의 자유관람 시간을 준다며 정자가 있는 전망대도 다녀오라고 추천한다. 가이드의 안내가 끝나자마자 일행들은 썰물처럼 빠져나가고 우리만 남았다. 26번 석굴을 다시 보기 위해서였다.

26번 석굴의 외부 / 아잔타 석굴에서 가장 화려한 석굴이다. 출입구가 세 곳이고 위쪽에는 광창이 있다.

26번 석굴의 내부 / 19번 석굴의 내부와 흡사한데 규모가 더 크고 화려하다. 서 있던 본존불은 앉아 있다.

　남은 시간을 확인하며 급히 안으로 들어가려는데 가족으로 보이는 현지인들이 함께 사진을 찍자고 한다. 마음은 바쁘다며 거부하고 싶었으나 애원하는 듯한 어린이와 눈이 마주쳐 사진을 찍었다. 이를 지켜본 다른 사람들까지 합세하는 바람에 생각보다 시간을 많이 뺏겼다. 낯선 이방인과 웃으며 사진을 찍는 이들의 마음은 알다가도 모르겠다. 그 바람에 시무룩했던 나의 얼굴에도 웃음기가 돈다.

다시 들어간 석굴 안은 관리인만 남아 조용하다. 찬찬히 둘러보는데 관리인이 조각상들에 대해 해설해주겠다며 자꾸만 옆에 와서 얼씬거린다. 괜찮다고 해도 떨어지지 않아 몇 푼 드렸더니 서툰 영어로 설명해준다. 그는 말하는 영어가 서툴고 나는 듣는 영어가 서툴러 도통 무슨 뜻인지를 모르겠다. 미안한 일이었으나 시간을 아끼기 위해 설명을 듣는 와중에도 열심히 카메라 셔터를 눌렀다.

관리인의 설명이 끝나자 서둘러 밖으로 나왔다. 전망대까지 다녀오려면 시간이 촉박했기 때문이다. 되돌아가는 길에 19번 석굴에 다시 들렀다. 또 보아도 명불허전이다. 전망대를 포기하고 중간에 놓친 석굴을 보려다가 마음을 다잡았다. 시간이 없어도, 다리가 아파도 전망대까지는 다녀와야 아잔타를 보았다고 말할 수 있을 것 같았다.

전망대에서

갈수록 길은 가파른데 발걸음은 빨라진다. 일행 중 몇몇은 벌써 내려오니 마음이 급해진다. 중간쯤에서 고개를 돌리니 나뭇잎 사이로 석굴들이 아른거린다.

여름 같은 겨울 날씨에 숨을 헐떡이며 전망대에 도착하니 아잔타 석굴이 훤하게 내려다보인다. 규모가 워낙 커서 석굴들이 한눈에 다 들어오지 않는다. 사진을 찍어보니 한 장은 고사하고 두 장으로도 모자란다. 잠시 숨을 고르고 찬찬히 살펴보니 처음 본 1번 석굴부터 마지막으로 본 26번 석굴까지 하나씩 위치가 확인된다. 미공개로 가보지 못한 27번과 28번, 29번 석굴의 모습까지 보인다. 전망대에서 아잔타 석굴을 보니 천상에서 내려다보는 듯한데 석굴의 외형적 특성까지 잘 드러난다.

일반적으로 아잔타 석굴은 차이티아 석굴과 비하라 석굴로 나뉜다. 차이티아 석굴은 예배를 드리기 위해 불상이나 탑을 배치한 석굴이고 비하라 석굴은 승려들이 거주하려고 만든 석굴이다. 위에서 내려다보면 차이티아 석굴로 분류되는 9번, 10번, 19번, 26번, 29번 석굴은 공통적으로 아치형의 광창이 있다. 미공개된 29번 석굴을 제외하면 차이티아 석굴은 다 둘러본 셈인데 조각이 그만큼 화려했기 때문이다. 다른 관람객들도 차이티아 석굴만은 빠짐없이 들어가 보는 듯하다. 반면에 비하라 석굴로 분류되는 나머지 석굴들은 입구에 돌기둥이 늘어서 있다. 차이티아 석굴에 비해 간결하고 조각보다 벽화가 돋보이는 석굴이 많다.

아잔타 석굴을 이렇게 분류하면 무난해 보인다. 외부뿐만 아니라 내부까지 차이티아 석굴과 비하라 석굴은 확연히 차이가 난다. 그런데 조금만 시각을 달리해서 보면 무난해 보이는 분류 방법도 정답은 아닌 듯하다. 승려들이 거주하기 위한 비하라 석굴에도 불상이 새겨져 있다. 그래서 얼마든지 예배가 가능하다. 조각이 화려한 차이티아 석굴에도 아름다운 벽화가 그려져 있으며 벽화가 아름다운 비하라 석굴에도 섬세한 조각이 있다. 차이점 못지않게 공통점이 많음에도 불구하고 서로 구분하기 위해 차이점에 몰두한 듯하다.

전망대에서 바라본 아잔타 석굴 / 하얀색으로 표시한 1번에서 8번까지는 비하라 석굴이고 붉은색으로 표시한 9번과 10번은 차이티아 석굴이다.

전망대에서 바라본 아잔타 석굴 2 / 19번, 26번, 29번은 차이티아 석굴로 여기서도 아치형의 구조물을 볼 수 있다.

같은 비하라 석굴이라도 돌기둥이 4개, 6개, 8개 등으로 그 수가 다양하다. 별다른 조각이 없어 밋밋한 기둥이 있는가 하면 화려하게 장식된 기둥도 있다. 석굴의 크기도 다양한데 대체로 돌기둥이 많을수록 규모가 크다. 여기까지는 쉽게 이해가 가는데 돌기둥의 수가 필요 이상으로 많다는 점이 의문스럽다. 본디 기둥이라는 것은 지붕을 떠받쳐서 건축물을 튼튼히 하는 역할을 한다. 아잔타 석굴은 바위를 파서 만든 석굴인지라 기둥이 많이 필요하지 않다. 그런데도 차이티아 석굴과 비하라 석굴 구분할 것 없이 기둥이 지나치게 많다.

'왜 그럴까?'

이 의문은 몇 년 후에 다시 본 부석사의 무량수전을 통해서 풀렸다. 우리나라의 목조건축물이 생물처럼 자라듯이 석굴도 자란다는 사실을 발견한 것이다. 돌기둥이 불필요하게 많은 것은 그만큼 큰 건축물로 성장할 것이란 암시였다. 무량수전은 날갯짓하며 성장하고 아잔타 석굴은 돌껍질을 벗으며 자라는 것이다. 아직은 껍질을 다 벗지 않았다고 알려주듯 석굴의 외부는 자연 상태를 유지하고 있다.

전망대를 떠나기 전에 들고 있던 카메라를 아내에게 건넸다. 나도 한번 기념사진을 남기고 싶어서였다. 아잔타 석굴은 사진 찍히기 싫어하는 나조차 스스로 나서게끔 만든다. 아잔타에 갔노라고, 경이로운 아잔타 석굴을 보았노라고 자랑하게 만든다.

벌집 같은 용문석굴

인도에서 중국으로

불교의 전래처럼 석굴 또한 인도에서 중국을 거쳐 우리나라로 전해졌다. 나도 이 순서를 지켜 인도를 먼저 다녀왔으니 다음 차례는 중국이다.

인도에선 고민할 것도 없이 아잔타 석굴을 선택했으나 이번엔 상황이 좀 다르다. 중국은 3대 석굴이라 불리는 돈황의 막고굴, 대동의 운강석굴, 낙양의 용문석굴이 우열을 논하기 어려울 만큼 쌍벽을 이루고 있기 때문이다. 한꺼번에 세 곳을 다 돌아보고 오면 좋겠으나 석굴 간의 거리가 멀어 각기 따로 다녀올 수밖에 없다. 그러자니 시간이 부족해 셋 중 하나를 골라야 했다.

'어디로 갈까?'

고심 끝에 결정한 곳은 용문석굴이다. 이유는 용문석굴이 석굴암과 가장 비슷해 보였기 때문이다. 아내에게 용문석굴을 보러 중국에 가자고 하니 입시를 앞둔 딸들을 챙겨야 한다고 혼자 다녀오라 한다. 여행사를 통해 알아보니 혼자 가면 1인 기본요금에다 추가로 더 붙는다고 한다. 혼자 이것저것 챙겨 가기도 버거운데 돈을 더 내야 한다니 내심 꺼려졌다.

이렇게 망설이던 나에게 단비처럼 고민을 씻어주는 해결사가 나타났다. 앞서 석굴암 해설서라 소개한 『묘법연화경』이다. 석굴암을 풀어보면서 막히면 찾아 읽던 이 경전 속에는 석굴암의 비밀들이 고스란히 담겨있었다. 나 홀로 중국에 가지 않아도, 원효대사처럼 해골물을 마시지 않아도 원하던 답을 얻을 수 있게 된 것이다. 우승한 선수가 트로피에 입을 맞추듯 나도 모르게 읽고 있던 『묘법연화경』에 입을 맞추었다. 그리고 딸들 앞에서 자랑삼아 말했다.

"이제 아빠 혼자 중국까지 답사가지 않아도 된단다."

"왜요?"

"『묘법연화경』에서 답을 찾았지. 원효대사도 당나라 유학을 포기하고 돌아왔잖니?"

"깔깔깔 까르르……."

두 딸이 숨도 쉬지 않고 배를 잡고 웃는다. 혼자 가기 싫으면 싫다고 할 일이지 어디 감히 원효대사와 비교하냐고 놀리는 중이다. 그렇지만 『묘법연화경』에서 석굴암뿐만 아니라 불국사의 비밀까지 보이니 놀림의 웃음소리가 응원의 박수 소리로 들린다.

용문석굴 답사를 포기했으나 마음에 걸렸다. 이러다 글의 신빙성이 떨어지고 내 노력의 정도가 약해지는 것은 아닌지 은근히 걱정되었다. 안 간다던 용문석굴을 나도 모르게 가족들 앞에서 얘기하는 경우가 늘었다. 이를 눈치챈 아내가 함께 용문석굴을 보러 가자고 한다. 대신 준비할 시간이 없으니 이번에도 여행사의 패키지 상품을 이용하기로 했다. 두 딸은 괜찮다며 잘 다녀오라 한다.

결국 용문석굴을 다녀왔으니 원효대사 이야기는 꺼내지도 말았어야 했다. 가족들 앞에서 체면을 구겼으나 고심 끝에 다녀온 용문석굴은 구긴 체면을 보상해주고도 남았다.

서둘러 떠난 중국 여행

발등에 불이 떨어졌다. 보름 정도의 짧은 기간 안에 서둘러 여행사를 알아보고 떠날 준비를 해야 했다. 4박 5일 정도의 일정으로 인터넷에 올라온 중국 여행 정보를 검색해보니 용문석굴이 포함된 상품이 몇 개 없다. 그마저 오전에만 용문석굴을 보고 오후에는 소림사를 관람하는 일정이다. 선택의 여지가 없어 울며 겨자 먹기식으로 계약할 수밖에 없었다.

아쉬운 대로 계약은 되었으니 여유를 찾을 만도 했으나 더 바빴다. 크고 작은 동굴이 2,000개가 넘고 불상이 10만여 개나 된다는 용문석굴을 오전에만 본다는 것은 기념사진을 찍으러 가는 것이나 진배없다. 호텔에서 석굴까지 이동시간, 표를 끊기 위한 대기시간 등을 고려하면 답사할 시간은 2시간도 채 안 될 것이라 예상된다. 석굴암의 비밀을 풀어보겠다는 포부로 용문석굴을 찾아가는 나로선 터무니없이 짧은 시간이다. 그렇다고 안 갈 수도 없으니 해결책을 찾아야 했다. 몇 날 며칠이 걸려도 다 볼 수 없을 용문석굴을 두 시간 안에 끝마칠 나만의 답사법을 만들어야 했다.

먼저 간단하게나마 용문석굴에 대해 알아보았다. 용문석굴은 운강석굴을 만든 북위가 수도를 대동에서 낙양으로 옮기면서 본격적으로 조성한 석굴이다. 시기적으로 석굴암보다 이른 시기에 만들어진 석굴이라 석굴암의 모본이 되었을 것이라 짐작된다. 용문석굴은 이하伊河라는 강을 중심으로 서쪽에 있는 용문산과 동쪽에 있는 향산에 걸쳐 조성되어 있다. 그래서 서산석굴과 동산석굴로 나뉜다. 서산에는 용문석굴에서 가장 규모가 큰 봉선사동을 비롯하여 이름난 석굴이 많고 동산에는 뇌고대, 간경사 등의 석굴이 있으나 덜 알려진 편이다. 동산석굴 옆에는 향산사, 백거이묘 등이 있다. 관람은 대체로 서산석굴에서 동산석굴, 향산사, 백거이묘 순서로 진행된다. 나는 석굴이 아닌 향산사와 백거이묘는 여차하면 생략하기로 마음먹었다.

다음으로 꼭 봐야 할 석굴을 정했다. 고민 끝에 빈양동, 만불동, 연화동, 봉선사동, 간경사 등 다섯 석굴을 선택했다. 참고로 아잔타 석

진시황릉 병마용갱 / 진시황을 지키기 위한 무사들이 도열해 있다. 둘레에는 엄청난 수의 관광객들이 이를 에워싸듯 관람하고 있다.

굴은 1번부터 순서대로 번호가 매겨져 있는데 용문석굴은 대부분 마을 이름이나 절 이름처럼 동洞이나 사寺로 표기돼 있다. 이외에도 보고 싶은 석굴이 많았지만 시간이 없어 더 이상은 어려울 것이라 예상했다.

찾아볼 석굴이 정해지자 다음으로 석굴마다 사진으로 찍을 도상을 골랐다. 빈양동에서는 태안의 마애삼존불을 연구하는데 도움이 될 보살상을, 만불동에서는 만불이나 된다는 불상을, 연화동에서는 천장에 새겨진 커다란 연꽃을, 봉선사동에서는 엄청난 규모의 조각상들을, 간경사에서는 본존불을 둘러싼 나한상들의 모습을 확인해 보기로 했다.

나머지는 운에 맡기기로 했다. 욕심을 내다 정작 필요한 도상을 놓칠까 염려되었기 때문이다. 한 가지 다행스러운 점은 당시 내 몸의 상태가 나쁘지 않았다는 점이다. 한창 등산을 하던 때라 체력이 상당히 좋았다. 한여름 뙤약볕 아래에서도 굴하지 않을 몸과 마음의 준비를 하고선 중국으로 떠났다.

인도 여행이 그랬듯이 중국 여행도 석굴암을 풀어보려는 일념으로 석굴에만 관심이 쏠렸다. 용문석굴 외에 딱 하나 관심을 끄는 일정이 진시황릉 병마용갱이었다. 용문석굴에 앞서 다녀온 병마용갱은 엄청나게 규모가 컸다. 병마용갱은 흙으로 구워 만든 병사, 말, 수레 등이 있는 갱이다. 병사의 수만 무려 8,000여 점이나 된다는데 아직도 발굴이 진행 중이다. 이토록 많은 병사보다 더 나를 놀라게 만든 건 구경하러 온 사람들이었다. 내가 그동안 다녀온 그 어떤 유적지보다 사람들이 많았다. 소음 또한 엄청나 관람하는 내내 귀가 아플 지경이었다. 그래서인지 관람 시간이 짧았으나 짧다고 느껴지지 않았다. 오히려

내일 찾아갈 용문석굴도 비슷한 상황이 벌어질까 걱정스러웠다.

역시나 다음날 찾은 용문석굴도 병마용갱 못지않게 사람들이 붐볐다. 시간이 부족한 나는 발을 동동 구르는데 가이드는 일행을 세워두고 설명한다. 이미 표를 끊은 수많은 사람들이 입장하기 시작하자 다급해진 나는 애원하듯 부탁했다.

"저녁에 숙소로 바로 가면 안 됩니까?"

"안 됩니다."

"지금 바로 입장하면 안 됩니까?"

"안 됩니다."

일행과 떨어지면 위험해서 이것도 저것도 안 된다고 한다. 어찌할 바를 몰라 망설이는 나를 향해 아내가 살짝 귀띔해준다.

"우리는 따로 시간을 준다네요."

저간의 사정을 말했더니 입장하면 그때부터 우리는 알아서 관람해도 좋다고 했다는 것이다. 그래서 마음을 잠시 놓았다가 눈에 불을 켰다. 12시 안에는 관람을 마치고 향산사 입구에 모이라는데 시계를 보니 2시간이 채 안 남았다. 가이드가 따로 시간을 준다는 이야기는 단지 일행과 떨어지는 것을 허락한다는 뜻이지 시간을 넉넉히 준다는 의미는 아니었다. 혜택 아닌 혜택이었으나 좋고 싫고를 따질 겨를조차 없었다.

턱없이 짧은 시간 안에 석굴 답사를 마쳐야 하니 서바이벌 게임을 하는 듯하다. 입장하자마자 우리는 부리나케 달렸다.

벌집 같은 서산 석굴

　시간을 아끼기 위해 내달렸지만 이내 멈출 수밖에 없었다. 석굴로 오르는 계단이 벌써 사람들로 붐볐다.

　계단 옆에는 잠계사漲溪寺라 쓰인 안내판이 보인다. 잠계사는 말 그대로 내부에 물이 흐른다는 석굴이다. 바닥이 조금 촉촉해 보여 석굴암의 샘물을 연상시킨다. 굴 안으로는 못 들어가게 막아놓은 데다 시간도 없어 서둘러 사진만 몇 장 찍고 지나쳤다.

　첫 목적지인 빈양동 석굴이 가까이 있으나 갈수록 정체되어 마음이 조급해진다. 발걸음이 느려지니 자그마한 석굴들이 눈에 들어온다. 바위 곳곳에다 벌집처럼 구멍을 뚫어 놓아 중국인의 미감이 의심된다. 어떻게든 양만 늘리고 보자는 식으로 무분별하게 석굴을 파 놓은 것 같아 눈살이 찌푸려진다.

빈양 중동의 본존불 / 고졸한 북위의 양식이 돋보이는 본존불은 중국풍의 복식을 하고 있다. 흘러내린 옷자락이 대좌를 덮었다.

　본의 아니게 천천히 걸어서 도착한 빈양동 석굴 앞은 사람들로 넘쳐난다. 빈양동 석굴은 남동, 중동, 북동으로 나뉘는데 북위의 황제와 황후를 위해 조성한 석굴이다. 처음엔 쌍굴이었으나 후에 하나가 추가되어 세 개의 석굴이 되었다고 한다. 석굴은 사진으로 볼 때와 달리 생각보다 훨씬 크다. 여러 사람이 들어가서 감상할 공간이 있으나 여기도 막아놓았다. 석굴이 크긴 하지만 보러 온 사람이 많아도 너무 많아 막지 않을 재간이 없어 보인다. 석굴 앞에서 내부를 바라보는 것조차 줄을 서야 하고 그마저도 빨리 비켜주어야 한다.

세 곳의 석굴 모두 본존불은 석굴암과 달리 뒤쪽의 벽면에 새겨져 있다. 중동의 본존불은 갸름한 얼굴에 중국풍의 옷차림이다. 부처가 중국의 옷을 입고 있으니 북위 황제를 묘사하려는 의도가 엿보인다. 황제가 곧 부처임을 표방한 것이다. 흘러내린 옷자락은 대좌를 완전히 덮다시피 늘어져 있다. 일어서면 옷이 땅바닥에 질질 끌릴 텐데. 괜한 걱정을 하는 줄 알면서도 현실과 맞지 않는 도상을 보면 딴생각을 하게 된다.

빈양동 석굴은 사진으로 보던 것보다 규모가 훨씬 크다. 그래서 들어가서 보고 싶으나 막아놓았다. 석굴을 보호하기 위한 불가피한 조치겠으나 안타까움이 크다. 석굴 안에는 석굴암의 감실에서 보았던 유마거사와 문수보살이 새겨져 있다는데 밖에선 볼 수가 없기 때문이다. 유마거사와 문수보살은 석굴암에도 있어 찾아보고 싶은데 마음만 앞선다. 굴속으로는 들어가지 못해 밖에서만 서성이다가 세 개의 석굴을 한 장의 사진에 담아보려니 어렵다. 지나가는 사람들의 머리가 석굴보다 더 크게 잡힌다. 사람들을 피해 카메라 각도를 위로 잡으니 볼품없는 석굴들이 눈에 가득 들어온다.

'거참, 희한하네.'

용문석굴 빈양동 / 빈양 중동과 빈양 북동의 모습이다. 석굴 바깥으로 작은 석굴들을 무질서하게 파 놓았다.

명색이 황제와 황후를 위한 석굴인데 주변엔 멀쩡한 공간이 없다. 여기도 파고 저기도 파서 닥치는 대로 석굴을 만들어 놓았다. 우리나라 같으면 황제 석굴 근처엔 손도 대지 못하게 했을 텐데 당최 이해가 안 간다. 황제의 마음이 너그러운 건지, 미감이 떨어지는 건지 도무지 알 수가 없다.

이쯤 보았으면 장소를 옮겨야 할 시간이지만 발걸음이 떨어지지 않는다. 예상했던 것보다 볼거리가 훨씬 많다. 보면 볼수록 안 보였던 도상들이 눈에 들어와 시간 가는 줄도 모르고 카메라 셔터를 눌렀다. 지켜보던 아내가 그만 보고 가자며 보챈다.

다음 목적지는 만불동 석굴이다. 새겨진 불상 수가 만불이나 된다고 붙여진 이름이다. 만불동 석굴이야 똑같이 생긴 불상들이 가득한 곳이니 사진 몇 장만 찍고 가면 된다고 여겼다. 이런 계산은 입구에서

부터 착오가 생겼다. 석굴 바깥에도 조각상이 가득한데 하나 같이 명품이라 눈을 뗄 수가 없다.

입구는 석굴암처럼 두 금강역사가 지키고 있다. 그 옆의 우측 외벽에는 석굴암의 십일면관음보살과 비견될 만큼 아름다운 관음보살상이 새겨져 있다. 그런데 이마와 눈 부위가 흉측하게 잘려 나갔다. 용문석굴에서 가장 아름다운 보살이라는데 옛날 사진으로만 온전한 모습을 확인해 볼 수 있어 안타까움을 자아낸다. 우측면에는 세로로 길게 비구니가 관음보살을 조성했다고 기록되어 있다. 그래서 또 궁금해진다.

'왜 이토록 아름다운 보살이 바깥에 있을까?'

응당 석굴 안에 고이 모셔야 할 보살이 금강역사 옆의 옹색한 자리

만불동 석굴의 좌측 외벽 / 오른쪽의 관음보살상은 석굴암의 보살상을 연상시킨다. 빈틈없이 새겨진 작은 조각상들도 하나같이 정교하다.

에 서 있다. 주변으로는 관음보
살보다 작은 불상과 보살상들
이 빼곡하다. 석굴암에서는 팔
부신중들이 있는 자리인데 그
보다 격은 높지만 크기는 훨씬
작은 조각상들로 채웠다. 이는
출입구 안쪽도 마찬가지이다.
석굴암에서는 사천왕이 있는
자리인데 불상과 보살, 나한들
을 새겨놓았다. 작지만 하나같
이 정교하다.

순서를 기다렸다가 보게 된
내부의 모습 또한 특이하다. 본
존불을 비롯하여 제자상과 보

만불동 석굴의 우측 출입구 / 출입구에 새겨진
조각상들은 작지만 무척 정교하고 아름답다. 석
굴암에선 사천왕이 서 있는 자리이다.

살상들이 모두 뒷벽에 나란히 붙어있다. 좌우 벽면에는 헤아릴 수 없
을 만큼 많은 수의 불상들이 줄지어 있다. 크기가 3cm에 불과한데 각
기 표정이 다르다고 한다. 그래서 사진을 찍어 얼굴을 살피니 대부분
얼굴이 없다. 이렇게 작은 불상의 머리도 누군가 빠짐없이 훼손한 것
이다.

여기도 찍고 저기도 찍으니 또 시간이 흐른다. 만불동 석굴도 안으
로 들어가 볼 수는 없고 입구에서 쳐다만 볼 수 있다. 사방 가득 자그
마한 석불이 가득 새겨져 있다. 정말 만불이 되겠다 싶을 만큼 많은데
천장에는 연꽃도 있다. 연화동 석굴에서 보려고 계획 중인 연꽃이 만

만불동 석굴의 내부 / 정면에는 본존불을 중심으로 나한과 보살이 서 있다. 좌우 벽면에는 자그마한 불상들이 가득하다.

불동 석굴에도 있어 인상적이다.

　사람들이 몰려오는 듯하여 서둘러 연화동 석굴로 이동했다. 연화동 석굴은 천장에 새겨진 연꽃을 보기 위해 선택한 석굴이다. 만불동은 외부에 볼거리가 많았다면 연화동은 내부에 볼만한 조각이 많다. 마치 만불동의 외벽에서 보았던 조각들이 연화동의 내부로 들어와 있는 듯하다. 내외부를 가릴 것 없이 조각상을 무수히 새겨놓아 다소 어지럽다. 정선된 유물을 기대한 내 눈엔 거슬리는 측면이 없잖아 있다.

　연화동 석굴은 이름에서 알 수 있듯이 천장에 새겨진 연꽃이 가장 눈길을 끈다. 천장에서 피어나듯 도드라지게 새겨놓아 더 잘 눈에 띈다. 유심히 보면 연꽃만 있는 게 아니라 주변으로 천인들이 날고 있다. 각자 공양물을 손에 쥐고 있다. 천장에 연꽃을 새기는 방식은 연화동만의 특성이 아니라 모든 석굴의 공통된 특성인 듯하다. 훼손되거나 옅게 새겨 눈에 잘 안 띄어서 그렇지 대다수 석굴의 천장에는 연꽃이 피어있다.

용문석굴에 온 목적이 석굴암을 풀어보기 위한 것인 만큼 또 비교해보게 된다. 천장에 새겨진 연꽃이 크고 도드라져 석굴암의 연화문 덮개돌을 연상시키지만 이외에는 공통점보다 차이점이 더 눈에 들어온다. 동틀돌이 있는 자리엔 천인들이 있고 판석의 조각상이 있는 벽면에는 깊이가 얕고 크기가 작은 석굴들이 어지럽게 느껴질 정도로 많다. 본존불 역시 중앙이 아닌 뒷벽에 붙어있다. 좌상이 아닌 입상이라는 점도 석굴암과 다르다.

석굴암과 유사할 줄 알았던 연화동 석굴이 다른 석굴보다도 차이가

연화동 석굴 / 천장에 석굴암의 천개석과 비슷한 연꽃이 새겨져 있다. 잘 보면 본존불 광배의 끝부분과 연꽃이 붙어있다.

연화동 석굴의 북측면 / 벽면에는 감실처럼 자그마한 석굴들이 빼곡하게 새겨져 있다.

더 크게 느껴진다. 석굴암을 만든 신라인들이 여기를 다녀갔다면 아마 천장에 새겨진 연꽃만 벤치마킹했을 것 같다. 시간에 쫓긴 나는 당시엔 기대 이하의 성과에 약간은 실망하고 돌아섰다. 연화동 석굴 천장의 연꽃이 석굴암의 연화문 덮개돌과 닮았다는 사실은 이미 알만한 사람은 다 아는 사실이니 말이다.

이런 실망감은 나중에 집으로 돌아와서 찍어온 사진을 찬찬히 살피면서 환호로 바뀌었다. 닮은 점을 찾지 못해 아쉬워한 연화동 석굴은 어느 석굴보다 석굴암을 닮아있었다. 한번 눈에 들어오니 여기도 닮았고 저기도 닮았다. 안 보이던 야생화가 한번 눈에 띄자 잘 보이는 것과 같은 이치이다.

그중 가장 인상 깊은 공통점은 본존불의 광배와 천장의 연꽃이 서로 맞닿아있다는 사실이다. 연화동 석굴의 천장을 찍은 사진을 잘 보면 본존불의 광배 끝부분과 연꽃이 서로 붙어있다. 이 희귀한 장면을 보면서도 나는 처음엔 실망했다. 밑그림을 대충 그려서 광배와 연꽃의 공간을 제대로 구분하지 못한 결과라 여긴 것이다. 본존불의 두광과 천장의 연꽃이 명확히 구분된 석굴암과 붙어있는 연화동 석굴이 맥을 같이 하고 있다는 사실을 몰랐던 것이다.

가파른 계단을 올라 도착한 봉선사동 석굴은 규모가 어마어마하다. 크기만 큰 게 아니라 조각 솜씨도 빼어나서 용문석굴을 대표하는 석굴이다. 그런데 석굴 같지가 않다. 맨 뒤에 있는 비로자나불 바로 앞까지 도달해도 석굴 안으로 들어왔다는 느낌이 없다. 봉선사동 석굴은 폭은 넓지만 깊이가 얕아서 석굴이 아니라 커다란 마애불을 보는

봉선사동 석굴 / 용문석굴을 대표하는 석굴로 규모가 가장 크지만 깊이가 얕아서 석굴처럼 보이지 않는다. 비로자나불 주변의 네모난 구멍은 후대에 목조전각을 짓기 위해 파놓은 흔적이다.

듯하다. 본존불인 비로자나불은 측천무후를 모델로 제작되었다는 설이 있는데 그래서인지 여성 같기도 하고 남성 같기도 하다. 자애로우면서 근엄해 보이는 묘한 매력을 풍긴다.

비로자나불 주변으로는 후대에 목조전각을 짓기 위해 파놓은 네모난 구멍들이 여럿 보인다. 불상을 보호하기 위해 목조건축물을 지으면서 비로자나불의 두광을 손상시켰으니 그 의중을 알다가도 모르겠다. 나한과 보살, 사천왕과 금강역사의 두광에도 네모난 구멍이 뚫려 보호가 아니라 훼손한 듯하다. 별것도 아닌 것 같은 네모난 구멍이 내 눈에 거슬린 것은 그만큼 봉선사동 석굴이 대단해 보였기 때문이다. 멀쩡했을 처음의 석굴 모습을 상상해 보니 안타깝기 그지없다.

사실 이 정도의 훼손은 눈에 들어오지도 않을 만큼 석굴은 심한 손상을 입었다. 문화혁명 당시 홍위병들에 의해 파손된 것이라 한다. 비로자나불의 두 팔은 떨어져 나갔고 부처의 제자 가섭은 머리가 깨졌다. 남쪽 벽면에 새겨진 사천왕과 금강역사는 형체를 알아보기 어려울 정도로 파손되었다. 그럼에도 불구하고 지금 남은 모습만으로도 봉선사동 석굴은 대단해 보인다. 규모 그 이상의 아우라가 느껴진다.

뛰는 가슴을 진정시키고 조각상들을 하나씩 살펴보니 그제야 석굴암과 대비되는 장면들이 조금씩 보인다. 석굴암에선 제자들이 열 명이나 되는데 여기는 가섭과 아난 뿐이다. 조각상의 크기가 너무 크다 보니 다 새길 수 없어 생략한 듯하다. 보살상은 석굴암처럼 둘인데 범천과 제석천의 모습은 보이지 않는다. 그래도 석굴을 지킬 사천왕만큼은 네 명을 모두 새겼는가 싶었으나 다시 보니 그게 아니다. 사천왕과 나란히 서 있는 조각상은 또 다른 사천왕이 아니라 금강역사이다.

격이 높아진 사천왕과 금강역사 / 사천왕과 금강역사가 주실로 들어와 보살과 나란히 서 있다. 맨 오른쪽의 금강역사는 보살과 흡사한 장식을 몸에 걸치고 있다.

웃통을 벗고 있을 줄 알았던 금강역사가 목걸이와 귀걸이도 모자라 팔찌와 발찌에 영락까지 갖추고 있다. 험상궂은 얼굴과 근육질의 몸을 빼면 사천왕이 아니라 보살이라고 해도 믿어야 할 판이다. 사천왕의 발밑에만 악귀가 있으니 없는 쪽은 금강역사임을 명확히 알 수 있을 따름이다.

그래도 어렵잖게 조각상의 이름 정도는 맞추었다고 생각하던 차에 더 특이한 장면이 보인다. 비로자나불이 있는 지금의 자리는 석굴암으로 보면 주실에 해당한다. 비도를 지켜야 할 사천왕과 문지기 역할을 하고 있을 금강역사가 주실까지 들어와 있다. 본존불에 해당하는 비로자나불을 측면에서 협시하고 있으니 사천왕과 금강역사는 보살급의 대접을 받은 것이다.

<본존불의 두광>　　　　　<보살의 두광>

휘어진 두광 / 본존불의 두광은 위쪽이, 보살의 두광은 좌우가 많이 휘었다.

　사천왕의 발밑에 있는 악귀의 모습은 더 놀랍다. 발에 깔려 찌그러져 있어야 마땅할 것 같은 악귀가 의외로 여유롭다. 사천왕쯤이야 거뜬히 떠받치고도 남음이 있을 듯한 자세를 취하고 있다. 악귀 역시 사천왕과 금강역사 못지않게 후한 대접을 받은 것이다.

　찾아보니 규모에 걸맞은 예사롭지 않은 도상이 의외로 많다. 좀 더 자세히 보기 위해 조각상 근처로 다가가니 두광의 생김새가 특이하다. 비로자나불의 두광은 위쪽 끝부분이 휘었고 보살의 두광은 좌우가 휘어졌다. 멀리서 볼 때는 휘어진 줄 몰랐는데 가까이 붙어서 올려다보니 확연히 드러난다. 우리나라에선 저렇게 많이 휘어진 두광은 좀처럼 찾기 어려워 그 이유가 궁금해진다. 비로자나불은 키가 너무 커서, 보살은 모서리에 배치되어 두광이 휜 것으로 보인다. 그래서 휘어진 두광을 바로잡는 방법은 의외로 간단해 보인다. 비로자나불의 키를 낮추고 보살의 위치를 옮기면 되지만 그럴 의사는 전혀 없었나 보다. 위쪽에 있는 머리부터 조각했다고 가정해보면 두광을 일부러 휘어지게 만든 듯하다.

커다란 조각상들 사이엔 그보다 훨씬 작은 불상들이 빈공간을 메우고 있다. 조금이라도 빈틈이 보인다 싶으면 어김없이 무언가를 새겨 놓았다. 여백의 미는 필요치 않다는 듯이. 봉선사 석굴은 규모만 컸지 볼거리는 적다고 여겼는데 바라볼수록 의외의 도상들이 눈에 띈다. 조각상을 떠받들고 있는 대좌들도 예사롭지 않다. 시간에 쫓겨 떠나면서도 자꾸만 뒤돌아보게 만든다.

뛰다시피 걷는 와중에 이번엔 벌집 같다고 얕봤던 작은 석굴들이 발목을 잡는다. 사진이라도 한 장 찍으려고 쳐다보니 하나같이 정교하고 아름답다. 크기만 작을 뿐 갖출 건 다 갖춘 명작이라 발걸음이 느려진다. 명작의 수만큼 명공이 많았으리라 생각하니 전율이 인다.

석굴암과 유사한 동산 석굴

이제 남은 건 동산에 있는 간경사 석굴뿐이다. 하나 남았다고 여유를 부릴 겨를이 없다. 일행과 합류하기로 한 시간이 다가오고 있었기 때문이다.

용문석굴에서 가장 오래되었다는 고양동 석굴은 쳐다보지도 못하고 지나쳤다. 높은 곳에 위치한 작은 석굴들도 관람할 수 있게끔 잔도가 설치되어 있었으나 강 건너 동산에 있는 간경사 석굴을 놓칠까 봐 포기할 수밖에 없었다.

이수를 가로지르는 만수교 앞에 이르니 간경사 석굴로 가보라며 권하는 듯한 안내판의 글자가 눈에 띈다.

'간경사특굴전看經寺特窟展'

동산석굴 어딘가에서 간경사 석굴에 관한 전시회가 열리는 모양이다. 빨리 다리를 건너라는 듯 화살표가 유달리 크고 굵게 그려져 있다. 그 아래는 내가 찾던 나한상들이 있어 더 반갑다.

마음이 급해진 나는 전력으로 뛰어서 다리를 건넜다. 부처님오신날에 석굴암 가는 길을 달렸던 추억이 되살아난다. 내가 어쩌다 중국까지 와서 달리기하는 신세가 되었나 싶다. 아내는 뒤따라오며 먼저 가라고 손짓한다.

몇 초라도 아끼려고 나 홀로 먼저 다리를 건넜으나 어디로 가야 할

간경사특굴전 안내판 / 동산석굴에서 전시회가 열리고 있음을 알리는 듯하다.

지 헷갈린다. 이곳 안내판에는 간경사는 보이지 않고 다른 석굴들만 잔뜩 표시해 놓았다. 무작정 언덕을 뛰어오르니 뇌고동 석굴이 나온다. 빈양동 석굴처럼 3개의 석굴이 나란히 조성되어 있다. 놓치기 아까운 석굴인지라 여기까지 온 김에 잠깐

간경사동 본존불 / 중앙에 본존불이 있고 주위를 나
한이 에워싼 모습이 석굴암과 흡사하다. 천장에는
연화문 덮개돌을 연상시키는 연꽃도 새겨져 있다.

살펴보았다. 가운데 석굴의 벽면에는 25기의 나한들이 새겨져 있어 인상적이다. 중앙에는 본존불은 사라지고 대좌의 흔적만 남아있다. 입구가 막혀있어 시간을 아끼게 된 것을 위안으로 삼아야 했다.

이후로도 여러 석굴 앞을 헤매다 낯익은 석굴 하나를 만났다. 사진에서 많이 보던 석굴인 데다 규모도 상당히 커서 직감적으로 내가 찾던 간경사 석굴임을 알 수 있었다. 찾았다는 마음에 잠깐 안도의 한숨을 쉬는데 몇몇 사람들이 굴속을 드나들고 있다.

'이게 웬 횡재냐?'

자물쇠로 잠겨 있을 줄 알았던 출입문이 열려있다. 다리 앞에서 본 '간경사특굴전' 안내판이 사진전을 연다는 뜻이 아니라 석굴을 공개한다는 표시였던 것이다. 동산석굴 중에서 규모가 가장 큰 간경사는 특굴이라 불리는데 2016년 3월 10일부터 일반인에게 개방하게 되었다고 한다. 63년간 잠겨 있던 석굴을 개방했다는데 그런 줄도 모르고 찾아갔던 때가 2016년 8월이었다. 활짝 열린 출입문을 보니 석굴을 보기 위해 달려온 나를 반갑게 맞아주는 듯했다. 많고 많은 석굴 중에 처음으로 굴속으로 들어서니 이래저래 기분이 좋다.

달리느라 뜨거워진 발바닥을 식힐 겨를도 없이 이번엔 눈에 불을 켰다. 턱없이 모자란 시간이지만 뛰어온 덕에 그래도 십여 분은 석굴을 돌아볼 여유가 있다.

석굴은 천장 부분은 약간 둥그스름하나 아래쪽은 사각이다. 천장 가운데에는 연화동 석굴에서 본 것과 흡사한 커다란 연꽃이 새겨져 있다. 그 주변으로 천인이 날고 있는 모습도 흡사하다. 네모난 석굴의 중앙쯤에 석굴암의 본존불을 닮은 불상이 앉아있다. 그 주변으로 29명의 나한을 부조로 새겨놓았다. 역대법보기曆代法寶記의 기록에 근거한 29명의 나한을 조각한 것이라 한다. 내가 용문석굴에서 가장 보고 싶었던 나한들이다. 석굴암의 나한들을 본 적이 있는 사람이라면 단박에 알아차릴 수 있을 만큼 서로 닮았다. 하나씩 상세히 살피며 석굴암의 나한들과 줄긋기를 해보고 싶은데 그럴 시간이 없다. 본존불의 뒤로 돌아가니 마치 석굴암에 들어온 듯하다. 등판이 널찍하고 머리 위에는 천개석에 해당하는 연꽃이 피어 석굴암에서 보던 장면과 흡사하다.

간경사看經寺라는 이름은 인도에서 불경을 가져오다가 이수에 빠뜨려 이곳에서 말렸다는 데서 유래했다고 한다. 자세한 내용은 알 수 없

석굴암의 십대제자상을 닮은 전법조사상 / 석가모니불의 법을 이어받은 제자들인데 석굴암의 십대제자상과 도상이 흡사하다.

으나 경전과 관련이 깊은 석굴임에는 틀림이 없어 보인다. 측천무후가 남편인 고종을 위해 만든 석굴이니 봉선사동 석굴과 마찬가지로 당나라 황실의 석굴인 것이다. 쉽게 말하자면 용문석굴은 눈에 띄게 큰 석굴들은 황실 석굴이고 상대적으로 작은 석굴들은 귀족이나 일반 백성의 석굴이란 뜻이다. 이를 보면 우리나라의 석굴암 또한 신하가 아닌 왕이 나서서 만든 왕실 석굴이란 생각이 강하게 든다.

석굴 앞에는 횡목을 대고 목조전각을 지은 흔적이 남아있다. 여러모로 석굴암과 닮았다. 내가 중국의 3대 석굴 중에서 용문석굴을 택한 가장 큰 이유도 동산에 간경사 석굴이 있었기 때문이다.

흔히 창조는 모방에서 시작된다고 한다. 신라인들의 창의력이 뛰어나다고는 하나 각각의 도상은 모방할 수밖에 없다. 석굴암을 만들기 위해 모본으로 삼은 딱 하나의 석굴을 고르라면 동산에 있는 간경사 석굴이 아닐까 생각된다.

지금까지 중국의 용문석굴을 둘러보니 석굴암에 대해 새로운 궁금증이 또 생긴다. 용문석굴엔 석굴을 조성한 연대와 사람들을 기록한 조상기造像記가 많이 남아있는데 석굴암에는 눈을 씻고 봐도 없다는 점이다. 한자가 전해져서 널리 사용되고 있던 시절인 데다 석굴암을 만든 이들은 분명 용문석굴에 조상기가 많이 있다는 사실을 알고 있었을 것이기 때문이다. 따라서 석굴암에도 조성목적과 함께 만든 이의 이름자를 어딘가에 남겼을 것 같다.

만약 석굴암에도 조상기가 있었다면 어디였을까?

본존불 좌대의 석주 사이에 새겼을 것으로 생각해보았지만 여기는 어두운 데다 입구에선 잘 보이지 않는다. 조상기는 문패와도 같으니

석굴암을 닮은 본존불과 연꽃 / 석굴암의 본존불 뒤에서 연화문 덮개돌을 올려다보는 듯하다. 연꽃 주변엔 천인들이 날고 있다.

눈에 잘 띄게 굴의 입구에 남기지 않았을까 판단된다. 이를 입증이라도 하듯이 간경사 석굴의 입구에는 조상기 같은 명문이 남아있다. 까막눈인지라 눈앞에 두고도 뜻은 모르겠으나 덕분에 석굴암에도 명문이 있었을 것이란 추정에 힘이 실린다.

동산에 있는 간경사 석굴을 끝으로 용문석굴 답사가 끝이 났다. 남은 건 일행과 만나기로 한 향산사 입구까지 가는 일이다. 강 건너에는 벌집 같은 서산 석굴이

입구에 새겨진 명문 / 간경사 입구에는 석굴 조성과 관련된 것으로 보이는 명문이 새겨져 있다.

멀리서 바라본 봉선사동 석굴 / 주변의 석굴들에 비해 압도적으로 크다. 양옆으로 벌집 같은 석굴들을 거느리고 있는 듯하다.

병풍처럼 펼쳐져 있어 잠시 쉬어가면 좋으련만 그럴 시간조차 없다. 결승선을 앞둔 선수처럼 허겁지겁 달려가니 일행들이 우리 부부를 기다리고 있다. 많이 늦지 않은 게 다행이란 생각이 들 정도로 시간에 쫓긴 아슬아슬한 답사였다. 동산에 있는 석굴을 보느라 예상보다 조금 늦었다고 미안해하니 일행 중 한 분이 이렇게 말한다.

"동산에도 좋은 석굴이 있으면 같이 보자 하지 그랬어요?"

봉선사 석굴을 본 이후로는 지친 데다가 볼만한 석굴을 찾지 못해 대부분 여기까지 그냥 천천히 걸어왔다고 한다. 나는 자초지종을 설명하자니 난감해서 서산 석굴보다는 못하다며 얼버무리고 말았다. 놓친 석굴이 더 좋다고 말하면 기분만 더 언짢아질 것 같았다.

소림사로 가는 버스 안에서 잠시 눈을 감은 채 휴식을 취했다. 잠이 올 리 없었다. 몸은 버스에 올랐으나 마음은 여전히 용문석굴에 남아 있다. 철제 울타리 너머 석굴 속으로 들어가 보고 싶고 잔도를 걸으며 주먹만한 석굴까지 빠짐없이 둘러보고 싶다. 그땐 용문석굴이 또 다른 모습을 보여줄 것 같다.

반나절 만에 끝나 버린 나의 용문석굴 답사는 소개하기조차 민망할 정도로 짧았으나 여운은 길었다. 오래 보지 못하고 다 보지 못해 아쉬웠으나 놀라웠다. 아잔타 석굴에 이어 한동안 용문석굴앓이를 했다. 우리나라에 와서도 눈만 감으면 벌집 같은 석굴들이 봉선사동 석굴처

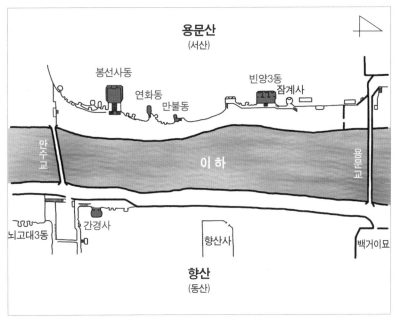

용문석굴 배치도 / 고동색으로 칠한 곳은 내가 목표로 삼았던 다섯 개의 석굴이다. 벌집 같은 용문석굴은 굴이 너무 많아 배치도에 다 담을 수가 없다.

럼 거대한 석굴로 자라는 모습이 떠오른다.

　용문석굴 답사는 시간에 쫓겨 놓친 게 많았으나 그래도 한번 다녀왔다고 이전과는 확연히 다르다. 막내딸에게 부탁한 석굴의 배치도를 보니 비교적 쉽게 윤곽이 잡힌다. 목표로 삼은 석굴들이 기준이 되어 다른 석굴들의 위치까지 알려준다. 석굴이 하도 많아 다 담을 순 없지만 용문석굴을 추억하게 만든다. 해골물을 마셨다는 원효대사의 이야기가 진실이 아니었듯이 벌집 같다며 의심했던 중국인의 미감은 딸리는 실력이 아니었다. 이젠 용문석굴이 벌집 같아서 위대하고 멋스러워 보인다. 찾아오지 않았으면, 두 눈으로 직접 보지 않았으면 오해했을 뻔했다.

　중국의 3대 석굴 중에서 용문석굴을 택하길 정말 잘했구나 싶은 생각이 든다. 용문석굴이 있어 석굴암의 비밀이 풀리고 석굴암이 있어 용문석굴의 비밀이 풀리는 듯하다. 어쩌면 막고굴이나 운강석굴에 갔더라도 비슷한 경험을 했을 것만 같다. 세 석굴 모두 중국의 북부를 통일하고 불교를 장려한 북위의 혼이 서려 있기 때문이다.

　용문석굴은 한번 봐서 또 보고 싶고 막고굴과 운강석굴은 보지 못해서 보고 싶다.

아담한 한국의 석굴들

제2석굴암

  인도와 중국의 석굴에 이어 우리나라의 석굴을 소개하려니 내세울 만한 것이 석굴암밖에 없다. 석굴암을 제외한 나머지 석굴들은 여러 모로 부족해 보인다. 그렇다고 빼기는 곤란해서 개중 가볼 만한 석굴

군위삼존석굴 앞 전경 / 모전 석탑 뒤로 동그란 석굴이 보인다. 석굴 앞으로 돌계단이 놓였으나 출입이 금지되어 있다.

군위삼존석굴 / 포탄을 맞은 듯 동그랗게 뚫은 석굴 안에 삼존불을 모셨다. 바위의 크기에 비해 석굴이 작고 주변에 또 다른 석굴이 있을 만한 곳이 없다.

들을 알아보니 의외로 많다. 여건상 이 모두를 소개할 순 없어 몇 곳만 골라보았다. 그중 첫손에 꼽히는 군위삼존석굴을 찾아간다.

경상북도 군위에는 제2석굴암이라 불리는 삼존불이 있다. 이름만 들으면 석굴암의 자식뻘로 보이지만 석굴암보다 100여 년 앞서 만들어진 석굴이라고 한다. 석굴암의 모태가 되었을 것으로 짐작되는 석굴이다. 군위삼존석굴 또는 군위 아미타여래삼존 석굴 등으로도 불리는데 안내판에는 팔공산 석굴이라는 이름까지 보인다. 이처럼 다양한 이름으로 불리지만 하나같이 '석굴'이라는 글자만은 들어가 있다. 누가 봐도 석굴처럼 보이기 때문일 것이다.

토함산 석굴암이 돌을 쌓아 만든 석굴이라면 군위삼존석굴은 바위면을 뚫어서 만든 석굴이다. 자연적으로 생긴 석굴이라는 이야기도 있으나 인공이 어느 정도 가미된 것으로 보인다. 인도의 아잔타 석굴이나 중국의 용문석굴에서 보았던 유형의 착굴식 석굴인 것이다. 국보로 지정되었을 만큼 가치를 인정받은 석굴인지라 자주 찾을 만도 한데 나는 여태껏 딱 한 번 가보았다. 호기심에 잔뜩 기대하고 갔으나 의외로 실망이 컸던 탓이다. 굴속으로 들어가기는커녕 가까이에서 볼 수조차 없게 출입구를 막아놓아 멀찍이 떨어져서 잠시 바라만 보고 왔을 뿐이다.

이처럼 다시 찾아올 일은 없을 것만 같던 석굴을 보러 간다. 그렇다고 그동안에 크게 달라진 것은 없다. 멀리서 바라보는 것이 전부일 것이나 석굴암을 풀어보겠다는 의무감에 다시 찾게 된 것이다. 깊이 4.3m, 너비 3.8m밖에 되지 않는 석굴이 하나뿐이니 오래 머물 생각이 없다. 인도의 아잔타 석굴까지 다녀온 마당에 우리 땅에 있는 제2석굴

망원렌즈로 찍은 석굴 / 앉아 있는 불상을 중심으로 좌우에서 보살이 협시하고 있다.

암을 찾아보지 않을 수 없어 마지못해 선택한 것이다.

주차장에 차를 세우고 근래에 세운 절집을 지나니 석굴이 보인다. 바위가 산처럼 커서 그런지 석굴이 상대적으로 더 작아 보인다. 동그랗게 생긴 모양새가 마치 포탄을 맞아 구멍이 뚫린 듯하다. 석굴을 더 크게 파거나 아니면 몇 개 더 만들어 놓았으면 어땠을까 하는 생각이 든다. 눈앞에는 개울을 건너 석굴로 향하는 돌다리가 놓였고 석굴 바로 앞까지 돌계단이 이어져 있다. 혹시나 하는 마음에 돌다리를 건넜으나 역시나 돌계단으로 오르는 길의 출입문은 잠겨 있다. 일반인은 밖에서 관람하라는 안내문을 읽으며 뒤돌아서니 예전의 답사와 다를 바가 없다.

예전처럼 멀찍이 떨어져서 석굴을 바라보니 또렷이 보이지는 않는다. 가운데에 앉아있는 불상이 있고 양쪽에는 보살이 서 있다. 비교적 흔하게 볼 수 있는 삼존불 양식이다. 망원렌즈로 사진을 찍어보니 맨눈으로 볼 때보다 선명하다. 굴속으로 들어가 보진 못해도 사진이나마 찍을 수 있어 다행이다. 나중에 집에서 컴퓨터로 확인하려고 잘 보이지도 않는 석굴의 내부를 몇 장 더 찍었다.

군위삼존석굴은 자연적으로 형성된 천연동굴에다 입구와 내부벽면을 조금 다듬어 완성한 석굴이라 한다. 자연 동굴에 인공이 조금 가미된 석굴이라는 이야기이다. 불상과 보살상은 따로 조성해서 배치했다더니 주변 바위와 색깔과 질감이 다르다. 불상을 안치할 동그란 공간 외엔 별다른 꾸밈이 없다. 그래서 약간 이질감이 느껴진다. 원시인이 살 것 같은 동굴 속에 세련된 사람들이 살고 있는 듯하다. 특히 보살상은 보관을 쓰고 목걸이와 팔찌 등의 장신구까지 갖추고 있다. 그에 비해 석굴은 별다른 장식 없이 구멍만 뻥 뚫려 있을 뿐이다.

먼발치에서 대충 바라보는 답사를 마치고 걸어나오니 석조비로자나불좌상이 모셔져 있다. 노천에 있으니 비바람을 피할 수 없다. 경상북도 유형문화재인데 딱히 내세울 게 없어 보

군위삼존석굴 석조비로자나불좌상 / 노천에 있어 비바람을 맞게 된다.

대접이 다른 갈항사지 불상들 / 보물로 지정된 석조여래좌상(왼쪽)은 보호각 안에 있고 문화재로 등록도 되지 않은 비로자나불상(오른쪽)은 울타리 안에 있다.

이는 석불이다. 어째서 이 불상은 석굴에 모실 생각을 안 했을까? 못나서일까? 석굴이 비좁아서일까?

군위삼존석굴 답사를 마치고 구미의 금오산 자락에 있는 갈항사지로 갔다. 군위삼존석굴은 들어가 볼 수 없으니 잠시 머물다 가겠다는 의중이 깔린 일정이다.

그렇게 찾아간 갈항사지는 여름철이라 풀로 뒤덮여 처량해 보였다. 나를 맞아준 것은 이번에도 노천에 모셔진 석조비로자나불좌상이었다. 하지만 모셨다는 표현이 무색할 만큼 자리가 충격적이다. 스테인리스로 만든 울타리 안에 있어 창살에 갇힌 듯하다. 머리는 사라졌는지 새로 만들어 올렸고 오른쪽 무릎은 떨어졌는지 붙인 흔적이 역력하다. 만신창이가 된 부처 앞에는 공양함이 놓여있다. 옆에 있는 보호각엔 보물로 지정된 석조석가여래좌상이 모셔져 있다.

마음이 심란해진다. 불상을 모시는 기준이 무엇이었을까? 오늘 본것만으로 정리해보면 국보급은 석굴에, 보물급은 보호각에, 유형문화재 이하급은 노천에 있다. 불상을 모시는 데에도 차별을 둔 듯한 느낌이 든다.

확대해서 본 석굴 / 석굴 속의 바위 표면에 새겨놓은 본존불의 광배가 희미하게 보인다.

　옛날에도 그랬을까?

　다 같은 불상인데 지금처럼 차별을 두지는 않았을 것이다. 갈항사지에는 국보로 지정된 석탑 두 기가 있다. 지금은 국립중앙박물관의 뜰에 옮겨 놓았다. 국보급이 되면 때론 자리를 지키지도 못하는 게 현실이다.

　집으로 돌아와 찍어온 사진부터 확인했다. 군위삼존석굴 사진을 확대해 보니 석굴의 내부가 보인다. 본존불 뒤로 불타오르는 듯한 광배가 새겨져 있다. 새김이 얕고 떨어져 나간 곳도 있으나 두광과 신광으로 나뉜 모습이 역력하다. 본존불은 밖에서 조각하여 모셨으나 광배는 바위에 새겨놓았다. 비록 거리는 짧지만 불상과 두광이 떨어져 있다는 사실이 주목된다.

'석굴암의 본존불만 두광이 떨어져 있는 게 아니네.'

그리고 보니 군위삼존석굴이 석굴암과 닮았다. 단순히 석굴이라 닮은 게 아니라 두광이 본존불과 떨어져 있다는 중대한 사실이 닮았다. 두광이 본존불과 떨어진 이유가 석굴을 간접조명하기 위함이 아닐 수도 있겠다는 생각이 든다.

석굴암만 닮은 게 아니다. 석굴을 조성한 방법을 보면 군위삼존석굴은 중국의 막고굴과 흡사한 점도 있다. 굴을 파고 불상은 따로 만들어 배치했으니 이는 막고굴의 방식이다. 석굴암과 막고굴의 혼용이다. 제2의 석굴암이라 불리는 군위삼존석굴은 제2의 막고굴이라는 생각까지 든다. 이 자그마한 석굴 하나에 석굴암과 막고굴이 다 들어있다.

다음에 찾아갈 석굴은 국보급 석불만 석굴에 모신 것은 아니라고 일러준다.

석굴암과 가장 흡사한 보안암 석굴

경상남도 사천시 곤양면 무고리에 있는 다솔사의 보안암에는 석굴암을 닮은 석굴이 있다. 보안암 석굴은 석굴암처럼 돌을 쌓아서 만든 석굴로 경상남도 유형문화재이다. 문화재급의 석굴 중에선 석굴암과 가장 흡사한 석굴이라 할 수 있다.

기대가 커서였을까? 석굴암과 유사하다기에 가족과 함께 보러 간 보안암 석굴은 기대에 한참 못 미치는 석굴이었다. 돌을 쌓아서 석굴을 만든 점, 내부에 본존불을 중심으로 나한들을 배치한 점 등 석굴을 조성한 수법만 엇비슷할 뿐 석공의 실력차는 비교할 수 없을 만큼 컸

보안암 석굴 / 자연석을 쌓아 만든 석굴로 현관처럼 생긴 입구에는 두 개의 돌기둥이 서 있다.

다. 그래서 보안암 석굴 역시 군위삼존석굴처럼 다시 찾을 일은 없을 줄 알았다. 다솔사에서부터 보안암까지는 평지도 아닌 산길을 2km가량 걸어서 올라가야 하는 데다 전망이 좋은 것도 아니기 때문이다.

그랬던 보안암 석굴을 다시 보기 위해 비 오는 날에 우산을 쓰고 길을 나선다. 다솔사에서 보안암 가는 길은 산길치고는 제법 넓지만 한산하다. 비가 내려서인지 오가는 사람이 없다. 여유롭게 걷다 보니 완만했던 길이 갑자기 급해진다. 보안암이 가까워진 것이다. 흙길은 어느새 돌길로 바뀌어 있고 눈앞엔 산성 같은 석축이 나타난다. 보안암이 작은 암자라는 사실이 믿기지 않을 만큼 석축의 규모가 크다. 석축 너머로 살짝 보이는 보안암은 안개에 싸여 신비스러운 분위기를

연출한다. 석굴 앞에 도착하니 가늘어진 비는 오락가락 내리고 안개
는 끼었다가 걷히기를 반복한다.

밖에서 바라보는 석굴의 모습은 커다란 돌무더기 같다. 크고 작은
자연석을 촘촘하게 쌓아놓아 고구려나 백제의 적석총을 보는 듯하다.
석굴 앞쪽에는 현관처럼 돌출된 출입구가 있다. 출입구의 지붕은 두
개의 돌기둥으로 받쳐놓았다. 흡사 아잔타 19번 석굴의 출입구를 보
는 듯한데 수준은 비교하기 민망할 정도로 떨어진다. 오늘같이 비 오
는 날을 대비해서 비라도 피하라고 대충 만들어 세운 듯하다.

누군가 예불을 드리고 있는지 입구에는 우산과 신발이 놓여있다.
근래에 만든 철문이 살짝 닫혀있어 내부는 잘 보이지 않는다. 생각보
다 예불이 길어지는 듯하여 주변을 돌아보려니 잠시 소강상태를 보이

**시멘트로 덮인 지붕 / 빗물이 새는 것을 막기 위해 지붕 위를 시멘트로 발라 놓았다. 돌 틈 사
이엔 군데군데 기왓장도 보인다.**

던 비가 다시 내리며 오늘의 목적을 알려준다. 보안암 석굴은 석굴암처럼 돌로 쌓아 만든 석굴이라 방수를 어떻게 했는지 알아보려고 일부러 비 오는 날을 택한 것이다.

석굴의 지붕을 살펴보려고 집 뒤의 언덕 위로 올라가 보니 실망스럽다. 그동안 빗물이 많이 샜는지 지붕 위를 시멘트로 발라놓았다. 닮지 않았으면 하는 부실한 수리까지 석굴암을 닮은 듯하여 씁쓸하다. 보안암 석굴도 석굴암처럼 방수 처리에 애를 먹고 있다는 징표로 보인다. 돌 틈 사이에 군데군데 기왓장이 있는 것으로 보아 예전에는 지붕 위를 기와로 덮었던 것 같다. 조금 떨어져서 석굴의 지붕을 바라보니 시멘트로 발라놓은 부분이 거북처럼 보여 인상적이긴 하다. 보안암 석굴처럼 규모가 작으면 커다란 거북이가 등껍질로 비를 막아 줄 수도 있을 듯하다.

별다른 소득 없이 내려와 다시 석굴 앞에 섰으나 아직 예불이 끝나지 않았다. 잠시 주변을 돌아보니 크고 작은 옹기들이 놓인 장독대가 어여쁘다. 옹기종기 모여앉아 이야기꽃을 피우는 듯하다. 이들을 지켜주고 싶었는지 석굴에서 이어진 돌들이 오붓하게 감싸고 있다. 이끼가 낀 돌 틈 사이에선 풀들이 자라고 뒷산의 나무들은 암자를 에둘렀다. 수명을 다한 듯한 맷돌과 절구통은 이제 사람의 입이 아닌 눈을 즐겁게 한다. 땅바닥엔 납작한 자연석이 점점이 박혀 발을 떠받들며 나를 예불이 끝난 석굴로 인도한다.

석굴 앞의 돌계단은 그동안의 노고를 말해주듯 반질반질하다. 조심스레 밟으며 석굴 안으로 들어서니 가운데에는 거무튀튀한 얼굴에 무표정한 석불이 앉아 있고 주변에는 조잡한 모습의 나한상들이 놓여있다. 석불의 머리 위엔 대충 다듬은 장대석이 사각으로 맞물려 천장을 이루고 앞에는 특이한 문양의 받침돌 위에 넓적한 돌판이 올려져 있다. 석굴 안의 모습이 겉모습과 별반 다르지 않다.

보안암 석굴은 대충 보면 그저 그런 석굴 같은데 예사롭지 않다. 너무 허름해서 예사롭지 않고 너무 자연스러워서 예사롭지 않다. 그럼에도 석굴암을 빼닮아서 예사롭지 않다. 따져보니 내부의 사진 촬영은 금한다는 사실까지 닮아있다.

석굴암이 세상의 다른 석굴과 구별되는 중요한 사실 하나는 돌을 쌓아서 인공적으로 만들었다는 점이다. 이것만 보면 보안암 석굴만큼 석굴암을 닮은 석굴이 없다. 가운데에 본존불이 있고 주변에 나한상들이 있으며 두 개의 돌기둥이 있다는 사실까지 닮았다. 석공의 솜씨가 다를 뿐 큰 틀에서 보면 석굴의 구조나 만드는 방식이 같다. 그래서 보안암 석굴을 만든 석공은 석굴암의 비밀을 알고 있는 사람이었지 싶다.

이런 생각이 들게끔 만드는 대표적인 유물이 입구에 서 있는 돌기둥이다. 허름한 두 개의 돌기둥은 볼수록 얄궂다. 쌓아놓은 돌무더기 같은 보안암 석굴은 돌기둥이 있어 그나마 석굴처럼 보인다. 돌기둥은 보안암 석굴의 얼굴인 것이다. 얼굴이면 예쁘고 반듯하게 다듬을 만도 한데 어째 석공은 그럴 의도가 전혀 없어 보인다. 돌기둥의 역할을 할 수 있을 최소한의 손질만 가했다. 돌기둥은 가늘기도 하지만 휘어진 정도가 심하다. 위쪽은 첨차석처럼 튀어나온 돌과 맞물렸는데 살짝 기대기라도 하면 금방이라도 부러질 것만 같다. 어쩌면 후대의 작품일 수 있겠으나 주변의 돌도 허름하여 처음부터 야무진 모습은 아니었을 것이다.

이를 만든 석공은 둘 중 하나인 듯하다. 용기가 가상하거나 아니면 내공이 뛰어난 인물일 것이다. 보안암 석굴은 국보는커녕 보물보다 낮은 유형문화재로 지정되어 있어 석공의 실력이 의심되나 비범한 사람이었지 싶다. 불상이 거무튀튀해도, 돌기둥이 허름해도 개의치 않을 명공이었을 것이다. 보안암 석굴이 석굴암처럼 자란다는 사실을 알았을 것이기 때문이다.

허름한 돌기둥 / 휘어져서 부러질 듯한 허름한 돌기둥 두 개를 석굴 앞에 세워놓았다. 오래 볼수록 묘한 매력을 풍긴다.

방수 처리 방법을 보려고 보안암에 갔다가 석굴암의 과거를 보고 온 듯하다.

십일면관음보살이 나툰 듯한 석굴

군위삼존석굴과 보안암 석굴은 석굴암과 흡사한 부분이 많다. 하지만 지금 소개하는 석굴은 석굴암과 연결 짓기가 쉽지 않다. 사진으로

봐선 석굴암과 닮기는커녕 석굴 같지도 않다. 세간에 잘 알려지지도
않아 나는 유홍준 교수가 쓴『나의 문화유산답사기』8권에 소개된 글
을 읽고서야 그 존재를 알았다.

일반인에겐 다소 생소한 이 석굴은 충청북도 단양군 대강면 용부원
2리 마을 뒤편의 산언덕에 있다. 찾아가는 길이 만만치 않은데 차량용
네비게이션 덕분에 헤매지 않고 바로 마을 입구에 도착할 수 있었다.

주차장까지 마련된 마을 입구에는 '죽령 옛고개마을'이라는 안내판
이 서 있다. 2013년 1월 11일에 한국에서 가장 아름다운 마을로 선정
되었다고 한다. 죽령옛길을 따라 마을로 들어서니 용부원 2리 경로
당이 나온다. 인터넷으로 검색해 본 결과 이곳을 지나야 한다니 제대
로 찾아오긴 한 모양이다. 포장된 길을 따라 계속 걸으면 가파른 언덕

보국사지 전경 / 흡사 마중이라도 나온 듯한 커다란 석불이 절터에 서 있다.

보국사지 석조여래입상 / 우리 땅에선 좀처럼 보기 힘든 커다란 석불인데 머리가 없다. 늦가을이라 이를 가려줄 나뭇잎도 없다.

길이 나온다. 슬슬 죽령옛길이 시작된다. 여기서 조금 더 오르니 언덕 위에 석불 하나가 마중이라도 나온 듯 물끄러미 바라보며 서 있다. 내가 찾던 보국사지 석조여래입상이다.

보국사지라는 이름의 절터에 서 있는 이 석불은 마중이라도 나온 듯한데 머리가 없다. 답사를 다니며 머리 없는 석불을 많이 봐서 무덤덤한 마음으로 다가갔다. 가까이 갈수록 석불은 더 커 보이고 나는 왜소해진다. 우리나라에선 좀체 볼 수 없는 커다란 석불이다.

석굴을 찾아간다더니 석불이었냐고 반문할지 모르겠다. 정확히 말하자면 석불을 만나 보고 석굴도 찾아보기 위해 온 것이다. 그런데 둘 다 온전하지 못하다. 머리가 없는 석불은 쓰러져 몸이 여러 부위로 잘

뒤에서 바라본 석실 전경 / 연꽃 대좌 위에 올라선 석불 주변으로 돌들이 흩어져 있다.

린 것을 붙여 세워놓았다. 석굴은 무너지고 흩어져 돌무더기 상태가 되었다. 그러니 석굴이라기보다 석실이라는 표현이 더 적절하다.

그럼에도 굳이 석굴이라 표현한 것은 석굴암을 닮았기 때문이다. 이번엔 석굴 같지도 않은데 석굴암을 닮았다고 하냐며 반문할 듯하다. 나도 처음엔 석굴이란 생각이 들지 않았으나 이젠 볼수록 석굴 같다.

석불을 유심히 살펴보면 왼손으로 옷자락을 가볍게 쥐고 오른손엔 무언가를 들었을 것만 같은 자태가 석굴암의 십일면관음보살을 연상시킨다. 한편으론 감실의 연꽃 위에 앉아 있던 보살이 일어선 것 같기도 하다. 이렇게 보이니 덤덤했던 마음이 출렁인다. 나에게 머리 없는 불상의 머리를 되살릴 수 있는 능력이 딱 한 번 주어진다면 이 불상을 선택하고 싶은 심정이다. 안타까운 마음에 사진이나마 머리 부분을 가려 찍으려 해도 늦가을이라 가려줄 나뭇잎조차 없다. 때마침 흐렸던 날씨가 개며 햇살이 드니 석불이 하얗게 빛난다.

주변에는 둥근 담장처럼 석불을 에워쌌을 것으로 추정되는 돌들이 널브러져 있다. 보안암 석굴처럼 지붕까지 돌로 덮지는 않았을지라도 석실처럼 꾸미려는 의도가 다분해 보인다. 석불 뒤로 돌아가서 조금 높은 곳에서 내려다보니 석실의 느낌이 완연하다. 석실이 온전하진 않지만 연꽃 대좌 위에 올라선 석불이 가운데 모셔져 있으니 이 또한 석굴암을 떠올리게 만든다.

연꽃 대좌 아래쪽에는 8개로 나뉜 지대석이 납작하게 깔렸다. 사다리꼴을 한 지대석은 연꽃 대좌를 떠받들며 점점 넓게 퍼질 것만 같다. 시골 돌담 같이 흐트러진 주변부도 반듯하게 다듬어져 어엿한 석실이 완성될 듯하다. 석굴은 석실이 되고 부조로 조각된 십일면관음보살은 입체적인 석불로 변하며 석굴암을 닮아갈 것이다.

　석굴암의 씨앗들이 흩어져 있는 보국사지 석굴은 석굴암의 과거이 자 미래 같다. 그런 씨앗의 과거와 미래가 잊혀서인지 보국사지 석불 은 석조여래입상이라는 평범한 이름으로 불린다. 보면 볼수록 석굴암 의 십일면관음보살이 죽령의 옛길에 나툰 듯한데 말이다. 보국사지를 석굴이라 인정하고 이름을 붙이자면 죽령 석굴이나 소백산 석굴이라 할 만하다.

석굴을 보는 눈

　보국사지 인근의 월악산에도 석굴암을 닮은 절터가 있다. 미륵대원 지라 불리는 곳으로 석불을 비롯하여 석탑, 석등, 돌거북 등 석물들이 즐비하여 사람들이 많이 찾는다. 불상이 서 있는 금당은 삼면이 돌로 둘러싸여 있어 석굴처럼 보인다.

　그래서 여기를 석굴암과 닮은 석굴로 소개하려고 다시 가보려니 몇 년째 수리 중이다. 예전에 찍어둔 사진들은 대부분 잃어버려 자세한 소개가 어렵게 되었지만 하나는 기억했으면 좋겠다. 미륵대원지의 금 당은 사각이라 석굴암의 전실과 형태가 같다. 석굴암의 전실이 주실 로 바뀌는 중인 것이다. 본존불은 얼굴이 납작하고 몸이 세 갈래로 갈 라져 있어 안쓰러운데 이젠 걱정할 필요가 없을 듯하다. 점점 온전한 석불로 완성될 것이기 때문이다. 머리 위에 쓴 판석으로 된 팔각의 갓 은 석굴의 천개석과 지붕이 되어줄 듯하다. 사진으로 보는데도 돌갓 이 우산처럼 사방으로 활짝 펼쳐져 둥근 지붕을 만들 것만 같다.

그러고 보니 우리나라도 생각보다 석굴이 많다. 군위삼존 석굴, 보안암 석굴, 보국사지 석굴 외에도 서산의 마애삼존불, 태안의 마애삼존불, 양산의 미타암 석굴 등이 있다. 양산에 있는 미타암 석굴이야 굴 안에 석조아미타불입상을 모셔놓았으니 석굴처럼 보이나 국보로 지정된 두 마애삼존불까지 석굴이라 하니 선뜻 동의하기 어렵다는 사람도 있을 것이다. 이는 지금까지 석굴에 대한 고정관념이 우리 마음속에 깊이 자리 잡고 있었기 때문이다. 석굴은 깊이가 좀 깊어야 한다고말이다.

미륵대원지 / 삼면이 돌로 둘러싸인 미륵대원지의 주실은 원형이 아닌 사각이라 석굴암의 전실을 보는 듯하다. 석불은 판석으로 된 팔각의 갓을 쓰고 있다.

벌집 같은 중국의 용문석굴을 두고 석굴이 아니라고 하는 사람은 없다. 크기가 너무 작아서 사람이 들어갈 수조차 없는 석굴을 우리는 망설임 없이 석굴이라 한다. 석굴의 크기에 대해선 굉장히 관대한 것이다.

반면에 석굴의 깊이에 대해선 비교적 엄격한 편이다. 불상을 완전히 감쌀 수 있는 깊이는 되어야 석굴이라 인정하는 분위기이다. 마애불처럼 바위를 조금만 깎아낸 것은 석굴로 인정하지 않는다. 크기는 작아도 석굴이라 하면서 깊이가 얕으면 석굴로 보지 않는 것이다. 크기가 작은 석굴이 석굴이듯이 깊이가 얕은 석굴도 석굴이다.

그래도 의심스럽다면 자연을 관찰해보면 수긍이 좀 된다. 아름드리 느티나무는 자그마한 씨앗에서 시작되었고 날아가는 새들은 알에서 탄생했다. 석굴 역시 벌집 같은 작은 굴과 석굴 같지도 않은 밋밋한 바위에서 시작된 것이다. 일반적으로 석굴은 바위를 뚫어서 만든 것이라 고정되어 있다고 생각하기 쉽다. 고정된 것은 석굴이 아니라 우리들의 생각이었던 것이다.

신라의 수도인 경주에는 단석산 신선사 마애불상군, 굴불사지 사면석불, 골굴사 마애여래좌상 등 다양한 크기와 형태의 석굴이 존재한다. 감실부처, 칠불암 등이 있는 경주 남산은 그 자체가 거대한 석굴이라 할 만하다. 중국의 용문석굴처럼 벌집 같은 석굴로 가득한 셈이다. 다만 깊지 않은 석굴이 흩어져 있어 석굴이라 인식하지 못했을 뿐이다. 석굴도 성장한다는 생각으로 대하면 모두가 석굴로 보인다. 세상의 석굴들은 서로 닮은 듯하나 닮지 않았고 닮지 않은 듯하나 닮은 것이다.

<서산 마애삼존불>   <태안 마애삼존불>

<미타암 석굴>   <신선사 마애불상군>

<굴불사지 사면석불>   <골굴사 마애여래좌상>

<감실부처>   <칠불암 마애불상군>

한국의 석굴들 / 석굴 같지 않은 마애불이나 사면불, 불상군 등도 알고 보면 석굴이다.

이렇게 우리나라의 석굴까지 답사해보니 석굴을 보는 눈이 달라져 만든 이의 의중이 조금 읽힌다.

기본적으로 석굴은 돌로 만든 공간이다. 불에 타거나 쉽게 무너지지 않아 부처의 영원성이 담보된다. 그래서 나라마다 제각기 굴을 팠다. 돌이 무른 인도와 중국은 깊게 파고 돌이 단단했던 한국은 얕게 팠다. 깊이나 크기가 다를 뿐 세 나라 모두 명실공히 석굴을 만든 것이다.

여기까지는 무난하게 이해되는 수준이었는데 다음 단계가 조금 어려웠다.

만물이 자라듯 석굴도 자라는데 나라별로 키우는 방법이 다양해진다. 인도와 중국은 조각을 추가하거나 석굴을 더 크게 팠다. 깊게 팔 수 없었던 한국은 급기야 돌을 쌓아 석굴암을 만들었다. 이렇게 되면 나라마다 갈수록 석굴이 달라지는 듯하나 큰 틀에선 다르지 않다. 세 나라 모두 광창, 작은 불상, 감실 등과 같은 석굴의 씨앗을 굴의 안팎에 심어놓은 것이다.

어렵게 찾은 만큼 잊지 말았으면 한다. 그리고 방심도 금물이다. 우린 아직 석굴암을 모르기 때문이다.

"석굴도 생물처럼 자란다."

3부

석굴암을
꽃피우다

금강역사의 발가락이 미완성된 까닭

삼세번의 답사

석굴암의 원형을 찾아 떠났던 석굴 답사를 마치고 석굴암으로 되돌아왔다. 그동안은 석굴에 대한 오해를 풀며 기본기를 다졌다면 이제는 본격적으로 석굴암을 꽃피울 시간이다. 수년 동안 이어온 석굴암의 원형 찾기를 마무리할 단계에 접어든 것이다.

이를 위해선 석굴암의 내부로 들어가야 했다. 지금껏 수차례 석굴암을 오갔으나 주실엔 고작 두 번밖에 들어가 보지 못했기 때문이다. 삼고초려 정도는 되어야 소임을 다한 것이란 생각에 또다시 부처님오신날이 돌아오기를 기다렸다. 그런데 부처님오신날이 다가올수록 고민이 커진다. 사람들이 한꺼번에 몰려 제대로 관람하지 못할 게 불을 보듯 빤하다. 행운의 감금에 이어 셀프감금까지 체험했으니 마땅한 대안이 떠오르지 않는다. 고심 끝에 마음을 내려놓기로 했다.

예전의 편한 옷차림과 다르게 넥타이를 매고 구두까지 챙겨 신고선 경주로 향했다. 예상대로 석굴암 주차장은 사람들로 붐빈다. 입구를 막은 문이 열리자 기다리던 사람들이 썰물이 빠지듯 석굴암을 향해 내달린다. 지난날의 내 모습을 보는 듯하여 멋쩍은 웃음이 난다. 오늘은 달리기를 일찌감치 포기했으니 마음이 느긋하다. 애지중지하던 카메라도 차에 두고 왔다.

천천히 걸었지만 일찍 출발한 덕에 줄을 서고 얼마 지나지 않아 석굴암 안으로 들어갈 수 있었다. 유리로 막은 전실 안으로 한 발을 내딛자마자 가슴이 두근거린다. 욕심을 버리고 둘러보자고 작정하고 왔건만 마음은 벌써 주실에 가 있다.

비도의 돌기둥을 지나자 예전의 일이 재현된다. 나는 천천히 주변을 둘러보고 싶은데 줄지어 이동하는 인파 속에 떠밀린다. 이러다간 보고 싶었던 장면들을 놓칠 것 같아 대열에서 살짝 빠져나왔다. 그러자 안내원과 눈이 마주쳤다. 언짢은 소리를 듣게 될지 몰라 조금은 긴장되었다.

"……."

내 마음을 알아차리기도 한 듯 안내원은 아무런 말이 없다. 나는 회심의 미소를 지었다. 오늘의 내 작전이 맞아떨어졌기 때문이다. 최대한 예를 갖춘다고 정장을 하고선 애절한 눈빛으로 바라보니 안내원도 제지하지 않은 듯하다. 경계대상 1호인 카메라도 없었으니 그에 걸맞은 대접을 받았지 싶다. 덕분에 석굴암을 꽃피울 귀하디귀한 시간을 얻었으니 꿈만 같다.

그래도 눈치 없게 나만 주실에 오래 머문 듯하여 밖으로 나와서 다시 줄을 섰다. 또 만난 안내원은 이미 경계의 눈초리를 거둔 상태였다. 이후로 한 번 더 줄을 섰으니 삼고초려와 더불어 우요삼잡까지 마친 모양새가 되었다.

세 번에 걸친 부처님오신날의 석굴암 답사는 이렇게 막을 내렸다.

찾아간 횟수에 비해 오랜 시간 석굴에 머무는 행운을 얻어 여기까지 온 듯하다. 집으로 돌아와 글을 정리하는 중에도 그날의 감동들이 생생하다.

실수가 낳은 발견

석굴암 이야기가 행운의 감금으로 시작되었다면 이번 발견은 실수에서 비롯되었다. 석굴암의 비밀을 간직한 블랙박스 같은 존재라며 호들갑을 떨었던 금강역사상에 새겨진 문양이 곡옥인 줄 알았더니 그게 아니었다.

처음에 난 이 도상을 곡옥이라 여기고는 천마총과 국립경주박물관 등을 다녀왔다. 금관에 달린 곡옥을 보기 위해서이다. 눈으로 직접 관찰하고 내린 곡옥의 정체는 누에였다. 금관에 붙어있는 곡옥의 생김새를 보면 한쪽은 굵고 다른 한쪽은 가늘다. 굵은 쪽에만 구멍이 있는데 이는 눈처럼 보인다. 맨 앞쪽엔 입처럼 보이는 선이 새겨져 있다. 그러니까 곡옥은 물고기나 올챙이, 누에 같은 동물의 형상임을 알 수 있다. 그중에서도 누에를 가장 많이 닮았다. 우리 조상들이 예부터 옷감을 얻기 위해 누에를 많이 길렀다는 역사적 사실만 보아도 곡옥은 누에임이 분명하다. 그래서 석굴암의 금강역사상 좌우에 붙어있는 도상도 누에라 여긴 것이다.

하지만 다시 보니 금강역사상에 새겨진 도상은 금관에 붙어있는 곡옥과는 확연히 다른 점이 있었다. 곡옥은 누에를 형상화한 것이 분명해 보였지만 금강역사상에 있는 도상은 누에처럼 보이지 않았다. 누에였다면 눈이나 입가에 주름을 나타내었을 텐데 없다. 상대적으로 길이도 짧아서 누에 같지 않다. 더군다나 이 도상은 오목하게 들어가 있는데 누에와 같은 도상의 특징을 살리려면 볼록 튀어나오게 새겼을 것이다.

곡옥이 아니면 저 도상은 무엇일까?

자세히 보니 저 오목한 도상 속에 또 다른 무언가가 새겨져 있다. 도상에 가려 보이지 않아야 할 금강역사의 옷자락이다. 가려져 있어 보이지 않아야 할 옷자락 끝이 보인다는 것은 도상 속이 비었다는 이야기이다. 그동안 천의 끝자락이 한 바퀴 휘감겨 만들어진 빈 공간을 보고 곡옥이라 여긴 것이다. 저 도상이 왜 오목한 모습을 하고 있었는지 비로소 이해가 된다. 저 도상은 아무것도 없이 비어있는 허공일 뿐이었다. 아무런 형상도 없는 허상을 보고 곡옥이라 여겼던 것이다.

'이런 황당한 일이.'

몇 년의 노력이 수포로 돌아간 기분이다. 앞서 풀어본 석굴암의 면면들이야 진실일지라도 곡옥으로 푼 석굴암은 엉터리란 이야기가 된

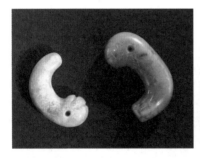

황남대총 출토 곡옥(왼쪽)과 금강역사(오른쪽)의 도상 / 곡옥에는 입과 눈이 표현되어 있지만 금강역사에 새겨진 도상에는 아무런 표시가 없다. 몸의 길이도 다르다.

다. 석굴암의 비밀을 풀어줄 블랙박스라고 말하며 핵심 중의 핵심이라 여겼던 도상이 허상이라니 이보다 더 허탈할 수 없다. 석굴암의 금강역사상에 새겨진 도상은 곡옥이라는 말만 믿고 대충 살펴본 것이 화근이었다. 자세히 살피지 않은 내 잘못이 크지만 유리로 막혀있어 자세히 보기 어려운 석굴암의 현실이 원망스럽기도 하다.

그런데 한동안 풀이 죽어있던 나를 기쁘게 만드는 일이 생겼다. 존재하지도 않는 도상을 곡옥이라 여기고 푼 석굴암의 비밀들이 엉터리인 것만은 아니었던 것이다. 몇 군데 수정은 불가피했지만 곡옥으로 풀었던 석굴암의 비밀들이 대부분 맞아떨어졌다. 거기다 곡옥을 보기 위해 찾아간 천마총에서 금관의 비밀까지 보고 왔으니 이 무슨 횡재인가 싶다. 처음부터 금강역사상에 새겨진 도상은 곡옥이 아니라는 사실을 알았다면 밝히지 못했을 일들이니 행운의 감금 이후 다시 찾아온 행운이란 생각이 든다.

관음보살의 위신력

내가 금강역사의 천의 자락이 만든 빈 공간을 곡옥이라 여겨 푼 석굴암은 이러했다.

금강역사의 장딴지 옆에는 곡옥이 붙어있다. 금관에 많이 달린 곡옥은 누에를 상징한다. 누에가 고치를 짓듯이 곡옥은 금실로 금관을 짜서 금모를 만들고 금모에서 황금새가 탄생한다.

지금 석굴암을 지키는 금강역사의 발은 미완성이다. 장딴지에 붙어있는 곡옥을 기준으로 완성과 미완성으로 나뉜다. 곡옥이 금관을 황금새로 탄생시키듯이 금강역사를 탄생시킨다. 곡옥은 주로 왕과 왕비의 금관에서 발견되니 그 시작점은 본존불이나 십일면관음보살이다.

따라서 곡옥은 금강역사의 옷자락 끝에 매달려 있지만 금강역사의 것이 아니다. 왕과 왕비 같은 본존불과 십일면관음보살이 곡옥을 굴린 것이다. 곡옥은 옷자락을 타고 구르며 십대제자와 보살, 범천과 제석천, 사천왕을 만들고 금강역사의 장딴지에서 멈추었다.

그렇게 신라인들은 금강역사의 발가락을 미완성으로 남겨 곡옥이 불보살들을 탄생시키는 장면을 연출해냈다.

다소 황당하게 들리지 않을까 살짝 염려된다. 하지만 곡옥을 십일면관음보살의 위신력으로 바꾸어 보면 느낌이 달라진다. 조각상들이 점점 십일면관음보살을 닮아가는 모습이 그려진다. 『묘법연화경』에는 이를 쉽게 상상해 볼 수 있는 장면이 있다.

마땅히 범천왕의 몸으로 제도할 이에게는 범천왕의 몸을 나타내어 법을 설하고, 마땅히 제석천왕의 몸으로 제도할 이에게는 제석천왕의 몸을 나타내어 법을 설하고, 마땅히 자재천의 몸으로 제도할 이에게는 자재천의 몸을 나타내어 법을 설하고,(중간 생략)

마땅히 천신·용·야차·건달바·아수라·가루라·긴나라·마후라가와 사람과 사람 아닌 이들의 몸으로 제도할 이에게는 다 그 몸을 나타내어 법을 설하고, 마땅히 집금강신으로 제도할 이에게는 집금강신을 나타내어 법을 설하느니라. 무진의여, 이 관세음보살이 이와 같은 공덕을 성취하고 가지가지 형상으로 여러 국토에 다니면서 중생들을 제도하여 해탈케 하느니라.

『묘법연화경』의 25품인 「관세음보살보문품」에 나오는 이야기이다. 이뿐만이 아니다. 보통 관음보살이라 줄여서 부르는 관세음보살은 범천이나 제석천뿐만 아니라 천신, 사람, 사람이 아닌 이, 부처, 왕, 비구니, 부인, 아이, 집금강신 등 온갖 형상으로 나타난다고 한다. 관음보살은 부처의 위신력을 그대로 다 물려받은 것이다.

십일면관음보살과 본존불까지 합치면 석굴암에 조성된 조각상들은 모두 32구가 된다. 비어있는 감실 두 곳에 봉안되었을 것까지 포함한 숫자이다. 주목되는 점은 32라는 숫자가 관세음보살의 삼십이응신三十二應身과 딱 맞아떨어진다는 사실이다. 관음보살은 사람의 근기에 따라 32가지의 형상을 보인다는 의미이다. 그러니까 석굴암에 있는 낱낱의 조각상들은 모두 십일면관음보살의 응신이었던 것이다. 험상궂은 금강역사와 사천왕이 관음보살이고 십대제자가 관음보살이라는 의미이다. 관음보살이 곧 본존불이니 모두가 부처라는 이야기이다.

천개석과 본존불의 두광, 천장 동틀돌을 합한 숫자인 32와 석굴암 조각상의 개수 32가 일치하고 관세음보살의 32응신과 정확히 맞아떨어진다. 관세음보살이 온갖 모습으로 나타나 중생을 제도하는 공덕을 일일이 다 표현할 수는 없는지라 32라는 숫자에 의미를 두어 석굴암의 조각상도 32구로 조성한 것으로 판단된다. 그리되면 팔부중상은 처음 계획에는 없던 조각상이 된다. 미완성된 금강역사의 발가락은 관음보살의 위신력이 곧 도달하게 될 것임을 알리는 징표인 것이다.

이런 사실을 염두에 두고 판석의 조각상들을 바라보면 그동안 무심

<**아 금강역사**>　　　　<**십일면관음보살**>　　　　<**훔 금강역사**>

십일면관음보살에서 금강역사까지 / 천의 자락을 타고 이어지던 십일면관음보살의 신통력은 판석의 조각상들을 탄생시키고 금강역사의 장딴지 근처에서 멈추었다.

했던 도상들이 눈에 들어온다.

　조각상들의 크기가 같다.

　사각의 테두리가 있다.

　모두 두광이 있고 대좌에 올라선 모습이다.

　조각상들이 여성화되어 있다.

　조각상마다 비슷한 형태의 천의자락이 흘러내린다.

　본존불을 모시는 맨 뒷자리에 십일면관음보살이 있다.

　십일면관음보살부터 금강역사까지 판석의 크기와 모양이 같다. 그래서 십일면관음보살을 중심으로 병풍처럼 좌우로 펼쳐지고 다시 하나로 모일 듯하다. 옷자락을 타고 관음보살의 위신력이 전해져 모두 관음보살을 닮아가는 것이다. 판석에 새겨진 사각의 테두리는 이들이 한 몸이라는 사실을 보여준다. 관음보살의 위신력으로 점점 관음보살을 닮아가고 결국엔 부처가 되는 이치이다. 그래서 머리에는 두광이 생기고 발밑에는 연꽃이 피어난다. 뭉툭한 금강역사의 발은 정교해지고 바위 같은 받침돌은 연꽃으로 변하게 되는 것이다. 불성을 듬뿍 받아서 범천과 제석천뿐만 아니라 험상궂은 사천왕과 금강역사마저 여성처럼 부드러워진다.

사천왕의 발밑에서 신음하는 악귀도 예외가 아니다. 사천왕이 밟은 것은 악귀의 얼굴이 아니라 악마 같은 마음이라 볼 수 있다. 감화된

<석굴암의 악귀>

<원원사지의 악귀>

악귀의 반란 / 어깨로 사천왕의 두 발을 떠받들던 석굴암의 악귀는 원원사지에 와서는 두 발을 잡고 날아가는 경지에 이르렀다.

악귀의 몸에선 보살이 갖는 목걸이를 비롯하여 발찌와 팔찌까지 생겼다. 악귀가 걸친 장신구는 위신력이 본존불에서 십일면관음보살로, 십일면관음보살에서 사천왕으로, 사천왕에서 악귀로 전해지고 있음을 보여준다.

경주시 외동읍에 있는 원원사지에 가보면 악귀의 진면목을 알 수 있다. 어깨로 사천왕의 두 발을 떠받들던 석굴암의 악귀는 원원사지에 와서는 두 발을 잡고 날아가는 경지에 도달해 있다. 벌린 입은 좋아서 어쩔 줄 모르는 악귀의 웃음 같다. 이런 악귀들을 향해 해학적이란 표현을 쓰곤 하지만 오해한 측면이 있다. 악귀는 장난기가 발동한 게 아니라 극락행을 체험하는 중이다. 이후로 사천왕을 볼 때면 발밑을 먼저 보는 습관이 생겼다. 예전과 달리 악귀들의 유쾌한 반란을 보는 듯하여 찌푸린 내 얼굴이 다 펴진다.

옷자락 끝이 금강역사의 장딴지에 있다고 위신력이 여기에서 멈추었다고 생각하면 오산이다. 관음보살의 위신력은 전기가 흐르듯 끊임없이 전달된다. 금강역사가 환조에 가깝게 두드러져 보이는 것은 침입자를 경계하면서도 에너지가 몸속에 응집되어 있기 때문이다. 미완성된 금강역사의 발은 위신력이 곧 당도할 것임을 보여주고 빵빵한 금강역사의 몸은 위신력이 끊임없이 이어진다고 알려준다. 신라의 석공은 부처의 위신력을 몰라볼 우리를 위해 눈에 잘 띄는 금강역사의 몸과 장딴지에 이를 남겨 놓은 것이다.

드디어 금강역사의 옷자락 끝이 왜 곡옥을 닮았는지도 알 수 있게 되었다. 식물이 돋아날 때 줄기의 끝은 굽은 곡옥처럼 말린 형태가 된다. 식물은 줄기의 끝이 펼쳐지면서 길게 뻗어 나간다. 지금 석굴암은 식물이 나고 자라듯이 태어나고 성장하는 중이다.

이는 쇠붙이를 자석에 붙이면 자석처럼 변하는 현상과 흡사하다. 자석과 클립만 있으면 간단히 실험해 볼 수 있는데 다들 초등학교 시절에 한두 번쯤 경험해 보았을 것이다. 자석에 붙은 클립이 자성을 이어받아 자석처럼 변하면 다른 클립이 줄줄이 달라붙는다. 이때의 자석은 본존불이나 십일면관음보살 같고 클립은 그 외의 조각상들 같다. 이런 사실을 신라인들은 나선형의 천의와 미완성된 발로 나타내었다. 불성이 자성처럼 전해진 것이니 곡옥으로 착각해서 푼 석굴암이 귀하디귀한 정보를 제공해 준 셈이다.

식물의 새순 / 둥글게 말리며 자라는 식물의 새순이 금강역사의 옷자락 끝을 닮았다.

자성이 전달된 클립 / 자석에 붙은 클립이 자석처럼 변해서 다른 클립을 끌어당기고 있다.

"미완성된 금강역사의 발은 불성의 전파과정을 보여준다."

하얀 그림자

빛과 어둠의 조화

소파에 누워 눈만 끔벅거리고 있으니 아내가 한마디 한다.

"뭣이고, 조각상이 따로 없네."

꼼짝도 안 하고 누웠다며 핀잔을 주는 말이다.

"뭐하긴, 석굴암 연구 중이지."

누워서 석굴암을 연구하고 있다니 기가 차는지 아내는 뒷골이 당긴다며 목덜미를 부여잡는다. 이러는 나도 생뚱맞지만 부득이한 선택이다. 본존불과 멀찍이 떨어져 있는 두광이 본존불 머리 뒤에 붙었다가 떨어지는가 싶더니 하늘로 솟구치고 판석의 조각상과 감실의 보살들은 제각각 다른 모습으로 변신하며 서로의 자리를 맞바꾸기도 한다. 아내의 말처럼 움직임이 없을 법한 조각상들이 병풍처럼 접혔다 펼쳐지는 일은 다반사고 급기야 석굴마저 꿈틀거린다.

이러니 머리가 어지러워 책상에 앉지 못하고 누워 있을 수밖에 없다. 어렵게 찾은 기이한 장면들이 달아날까 봐 일어나기는커녕 눈을 뜨는 것도 조심스럽다. 몸은 누웠으나 마음은 석굴 속을 넘나든다. 몸서리칠 정도로 감동적인 장면이 이어질 때마다 나는 몸살 아닌 몸살

광창의 부재 / 광창으로 사용된 것으로 판단되는 돌의 윗부분에는 삼각형 모양의 구멍이 다섯 개 파여있다.

을 앓는다.

　석굴암은 가보고 싶어도 마음대로 드나들 수 없으니 나의 석굴암 연구는 늘 이런 식이었다. 기껏해야 석굴암 밖에서 줄자를 들고 광창의 부재를 재어 보거나 일출을 감상하는 정도에 그쳤다.

　이런 연구방식은 다빈치 선생을 만나고 나서 조금 바뀌었다. 여기서 말하는 다빈치는 아내와 딸이 다니는 화실의 선생님 별명이다. 화가이자 작가인 선생님은 레오나르도 다빈치처럼 그림 실력이 출중한 데다 창의력, 추진력 등이 남달라서 붙여진 별명이다. 1권의 편집본이 나왔을 때 조언을 듣고자 선생님을 찾아갔다. 편집본을 읽어본 선생님은 그림에서 빛을 중요하게 여겨서인지 특별히 광창에 더 관심을 보였다. 편집은 그 정도면 되었다면서 광창에 대해 이야기를 나누었는데 덕분에 귀한 정보 하나를 얻었다. 광창의 부재에 남아있는 창살의 구멍이 왜 삼각형인지를 알게 된 것이다.

석굴암의 수광전 옆에는 광창의 부재로 판단되는 유물이 있다. 몸체에는 삼각형 모양의 구멍이 다섯 군데 파여있는데 창살이 꽂혔던 흔적으로 보인다. 광창으로 사용된 돌이라면 엄청 중요한 유물일 텐데 두 동강 난 채 야외에 방치된 모습이 안쓰럽다. 광창에 남아있는 구멍의 모양이 삼각형이니 창살의 단면도 삼각형일 것이라 판단된다. 길쭉한 삼각기둥 모양의 창살이 광창에 꽂혔던 것이다.

'왜 하필이면 원기둥이나 사각기둥이 아닌 삼각기둥이었을까?'

이런 궁금증을 들은 선생님은 다음 날에 그림까지 그려와선 설명을

<빛을 정면에서 비추었을 때>　　　　　　<빛을 측면에서 비추었을 때>

창살의 그림자 실험 / 창살을 삼각기둥처럼 만들면 어느 방향에서 빛을 비추더라도 그림자 사이의 간격이 일정하게 유지된다. 문 앞에 생긴 그림자가 광창처럼 보인다.

해준다. 창살의 모양이 삼각기둥이면 빛이 옆에서 들어와도 그림자가 굵어지지 않는다는 것이다. 창살을 사각기둥이나 원기둥처럼 만들면 그림자가 굵어지거나 그림자 사이의 틈이 좁아진다는 이야기이다.

나는 지금껏 창살의 그림자를 지워보려고 갖은 상상을 다 했었는데 헛수고를 한 것이다. 그렇다고 허탈해지기는커녕 귀가 솔깃해진다. 신라인들이 그림자의 굵기까지 고려했다면 아침 햇살을 이용했다는 뜻이 된다. 창살 사이로 빛이 드나들었으니 구멍 파인 부재가 광창이었음을 말해준다. 따라서 신라인들은 창살의 그림자를 지우려 했던 게 아니라 적극적으로 활용했다는 의미가 된다. 이제 창살의 그림자를 지우는 방법 대신 활용할 방법을 찾아야 했다.

다빈치 같은 선생님을 만나 작은 변화가 생겼다. 머리로 상상만 하던 내가 집으로 돌아와 도화지로 삼각기둥을 세 개 만들었다. 그림자가 잘 보이게끔 문 앞에 적당한 간격으로 세우고 손전등을 여러 각도에서 비추어보았다. 예상한 대로 그림자의 두께나 틈새의 변화가 거의 없었다. 이와는 달리 사각기둥을 세 개 만들어 세운 후 옆에서 빛을 비추니 창살의 그림자가 눈에 띄게 굵어진다. 좌우로만 움직였던 손전등을 앞뒤로도 옮겨보니 그림자의 크기가 커졌다가 작아지니 재미있다. 영암사지에 이어 다시 그림자놀이에 빠져 밤이 깊은 줄도 몰랐다.

시간 가는 줄을 모르고 놀다가 잠시 손전등을 내려놓고 창살의 그림자를 다시 바라보았다. 순간 내 눈에서 빛이 나올 것만 같았다. 낮에는 귀가 솔깃해지더니 밤에 눈이 솔깃해지는 희한한 경험을 한다. 나는 단지 종이로 창살만 만들었을 뿐인데 순식간에 광창이 만들어져 있다. 방문에 창살의 그림자가 드리우니 광창처럼 뚫린 듯하다.

'그렇다면 빛으로 석굴을 뚫겠다는 의도인가?'

할 말을 잃게 만든다. 몸에선 또 소름이 돋는다. 손전등에서 나오는 빛의 폭이 묘하게 창살의 크기와 맞아서 생긴 착시현상임에도 착시가 아닌 실제처럼 보인다. 사람에게 빛을 비추면 그 사람을 닮은 그림자가 생기듯이 광창을 통과한 빛이 광창을 닮은 그림자를 만들어 놓았다. 그 그림자는 평소에 알던 검은 그림자가 아닌 '하얀 그림자'이다. 손전등에서 시작된 빛은 자신을 닮은 하얀 그림자를 만들고 창살은 자신을 닮은 검은 그림자를 만든 것이다. 빛과 어둠이 조화를 이루어 신세계를 연출한다.

생각이 여기까지 미치자 나는 흥분의 도가니에 휩싸였다. 이날도 예외 없이 잠을 설쳤다.

빛으로 그린 그림

며칠 후에 선생님으로부터 전화가 왔다. 보여줄 게 있으니 화실로 오라는 연락이었다. 이번엔 또 무엇을 보여주려나 싶어 갔다가 절로 헉 소리가 나온다. 어젯밤에 만들었다면서 석굴암 모형을 내밀어 보인다. 본존불은 물론이고 광창까지 있는데 창살은 이쑤시개로 만들었다. 전실은 후대에 추가한 것 같다는 나의 의견을 받아들여 금강역사부터 주실까지 만든 모형이었다. 하룻밤에 만들어서 허술하지만 그래도 비례는 맞추었다며 멋쩍어한다. 며칠 전 나는 종이로 창살을 만들어 그림자놀이를 했는데 선생님은 모형까지 만들어 석굴암의 일출을 재현해본 것이다.

전깃불을 끄고 손전등으로 모형을 비추며 일출에서 일몰까지의 과정을 연출하는데 그 상상력이 대단해서 긴가민가할 정도이다. 나더러 상상이 지나친 게 아니냐는 사람들의 감정이 이러했을 것만 같다. 석굴암 때문에 잠을 설친 것은 나만이 아니었던 것이다.

아니나 다를까 선생님은 한동안 석굴암에 빠져 다른 일을 할 수가 없었다며 이제는 그만하고 싶다고 말한다. 그러면서 대뜸 석굴암 모형을 나한테 준다. 옆에서 지켜보던 아내는 고양이한테 생선을 맡긴다며 걱정 아닌 걱정을 한다.

나는 밤늦게 집으로 돌아와서는 모형을 갖고 한참을 놀았다. 이쑤시개로 만든 창살을 가운데로 모아보기도 하고 본존불의 머리에 그림

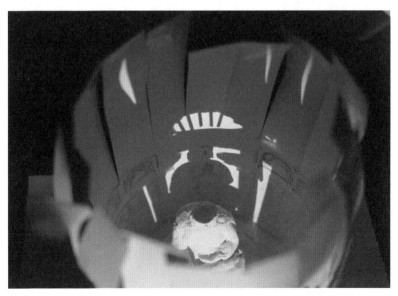

내려다본 석굴암 모형의 내부 / 비도와 광창으로 들어온 빛은 석굴암 모형의 내벽에 비도와 광창을 닮은 그림자를 만든다.

외부에서 본 석굴암 모형 / 비도와 광창의 그림자가 새어 나오니 뒷벽에도 비도와 광창이 있는 듯하다.

자가 닿지 않도록 창살의 아래쪽을 없애보기도 했다. 그러다 며칠 전 그림자놀이를 했던 기억이 떠올라 둥근 천장을 해체했다. 광창의 그림자가 보고 싶었기 때문이다. 종이로 만든 벽면에는 감실과 십일면 관음보살, 십대제자 등도 그려져 있었다. 뚝딱 만든 것 같지만 웬만한 건 다 갖춘 실감 나는 모형이었다.

　햇빛은 거의 동시에 비도와 광창으로 들어올 것 같아 손전등을 멀찌감치 모형에서 떨어뜨렸다. 그렇게 빛을 비추자 석굴암 모형의 뒷벽에 본존불과 돌기둥, 그리고 창살의 그림자가 만들어진다. 기대한 것처럼 비도와 광창이 하나 더 생긴 듯하다.

　종이로 만든 모형이면 이를 바깥에서도 확인해 볼 수 있지 않을까 싶어 뒤에서 보니 잘 안 보인다. 종이가 생각보다 두꺼운 데다 두 장이 겹쳐져 빛이 잘 새어 나오지 않는다. 선생님께는 미안한 마음이 들었지만 천장에 이어 벽체도 뜯었다. 종이 한 장을 걷어내자 그제야 그림자가 드러난다. 사진을 찍어보니 이번엔 뜯어낸 천장의 모습이 벌어져서 어색하다. 그래서 임시방편으로 대강 붙이니 다시 둥근 천장의 모습이 되살아난다. 멀리서 손전등을 비추니 석굴암의 외벽에 실제 같은 비도와 광창이 그려진다.

파면 팔수록 신비한 석굴암이다. 그동안 상상력이 지나친 게 아니라 턱없이 모자랐던 것 같다. 오늘도 쉬이 잠을 이룰 수가 없다.

'도대체 석실 안에서 무슨 일이 일어나고 있는 것일까?'

석굴암은 막혀있어 뒤로는 갈 수가 없고 설령 뒤에서 본다고 하더라도 빛과 그림자가 돌과 흙을 통과해서 보일 리도 없다. 이처럼 석굴암은 모형처럼 빛을 비추어 안을 들여다보거나 뒤에서 바라볼 수가 없으니 상상하여 그려보았다. 해가 뜨면 전실에서 바라보는 모습처럼 뒷벽에 그림자가 나타날 것 같아 흑백으로 그렸다. 본존불의 시야를 가리는 당파풍 석물은 지우고 광창은 상상하여 그려 넣었다. 세부 묘사는 생략하고 그림자처럼 흑백으로 실루엣만 그렸더니 놀라운 현상이 벌어진다. 본존불의 앞모습이 뒷모습 같고 뒷모습이 앞모습 같다. 하얀 공간에 검은 그림자가 생긴 것 같고 검은 공간에 하얀 그림자가 생긴 것 같다. 빛이 닿은 곳은 벽이 아닌 허공처럼 느껴져 석굴암의 뒤가 열린 듯하다.

그동안 나는 창살의 검은 그림자만 보았지 광창의 하얀 그림자를 보지 못했다. 본존불과 돌기둥의 검은 그림자만 보았지 비도의 하얀

석굴암의 그림자 / 주실의 뒷벽에 생길 그림자만 상상하여 그린 그림이다. 검은 그림자와 하
얀 그림자가 또 하나의 석굴암을 만드는 듯하다.

그림자를 보지 못했다. 벽면에 밑그림을 그려서 색을 입힌 것만 벽화
인 줄 알았지 빛으로 그린 벽화가 존재하는 줄 몰랐다. 광창의 위치나
크기, 생김새 등은 상상을 가미하여 그렸으니 실제와 똑같지는 않겠
으나 뒷벽에 그림처럼 그림자가 생긴다는 사실만은 변함이 없다.

본존불의 뒷벽에 빛으로 그린 벽화가 있다고 생각하니 비로소 창살
의 비밀이 풀린다. 신라인들은 실제 광창과 똑같은 광창을 뒷면에다
가 만든 것이다. 그러기 위해 창살의 굵기가 변하지 않도록 삼각기둥
모양으로 만들었다. 비도와 광창으로 이루어진 석굴의 정면을 뒤쪽에
다가 하나 더 만든 것이다. 이는 망치와 정이 아닌 빛으로 석굴을 뚫

었다는 이야기가 된다. 비도가 비도를 낳고 광창이 광창을 낳은 모습이다. 그들은 바위를 파지 못해 인공석굴을 만든 게 아니었던 것이다. 동쪽에서 뜨는 해를 끌어다가 어두운 석굴을 밝히고 심지어 굴을 뚫어 석굴이 자라게끔 만들어 놓았다. 태양과 같은 본존불의 위신력을 실제 태양으로 보여주고 있으니 하늘의 뜻이 그대로 지상에 구현된 모습이다. 무량수전은 봉황이 날갯짓하듯이 자라고 영암사지의 금당은 반야용선이 나아가듯 성장하고 있다면 석굴암은 빛으로 석굴을 키우고 있다.

'아! 석굴암'

어색한 석굴암이 위대한 석굴암으로 바뀐다. 상식을 뛰어넘은 기발한 발상에 말문이 막힌다. 돌로 만들어 정지된 줄로만 알았던 석굴암이 움직이는 듯하다. 아니 움직인다. 생기를 가득 머금은 석굴암은 씨앗이 터지듯 폭발하며 온 세상으로 퍼진다. 광창과 비도의 하얀 그림자가 이를 소리 없이 전해준다.

"석굴암은 빛굴암이다."

겉과 속이 다른 석굴암

무덤을 닮은 석굴

이번엔 이야기를 꺼내기도 전에 걱정이 앞선다. 행여 석굴암을 비하한다고 비난하지는 않을지 염려된다.

석굴암은 돌로 짜서 만든 인공석굴이니 일종의 건축물이라 할 수 있다. 건축물이면 내부공간과 함께 외형에도 정성을 들이게 마련인데 어쩐 일인지 겉과 속이 다르다. 그냥 다른 정도가 아니고 달라도 너무 다르다. 내부는 커다란 꽃 속에 들어온 듯 아름다운데 외부는 돌덩이와 흙덩이로 덮여있을 따름이다. 그래서인지 석굴암에 오면 너나없이 내부에만 관심이 쏠린다. 건축이란 내부공간을 마련하기 위한 목적이 크겠지만 겉모습도 신경을 쓰는 게 일반적이다. 세상에 이름난 건축물들은 외모가 출중한데 석굴암은 무슨 영문인지 내부공간에만 잔뜩 정성을 들였다.

이처럼 석굴암은 규모에서 밀리는 것도 모자라 외형은 감추고 싶을 만큼 초라하다. 돌덩이와 흙덩이로 덮여 마치 봉분처럼 보인다. 앞쪽에 목조전각이 있어 가려지긴 했으나 신라왕릉처럼 볼록하게 솟은 표면이 잔디로 덮여있는 모습은 영락없는 무덤이다.

'어떻게 이런 일이.'

석굴암이 무덤이라니 눈으로 보고도 믿기지 않는다. 위대한 건축물인 줄 알았던 석굴암이 무덤 같아서 께름칙하다. 외형을 멋지게 만들지는 못했을망정 꼭 저랬어야 했는지 의구심이 든다. 석굴암의 원형을 찾던 중에 최대의 난제에 부딪힌 기분이다. 처음에 난 마땅한 답을 찾지 못해 봉분을 닮았다는 사실만 거론하고 은근슬쩍 넘어갔다. 무덤이란 사실을 인정하기 어려웠고 그럴만한 이유를 찾지 못했기 때문이다.

석굴암의 외형이 무덤을 닮았다는 것은 나만의 주장이 아니다. 오래전부터 알려진 사실이다. 봉분은 주변에서 흔히 볼 수 있기에 한국인이라면 어렵지 않게 짐작해 볼 수 있다. 다만 여태껏 불편한 진실로 받아들여져 주목하지 않았을 뿐이다.

봉분을 닮은 석굴암 / 봉분의 앞쪽이 열려서 출입구에 목조건물이 들어선 듯하다.

<무덤을 닮은 외형>

<무덤과 구조가 유사한 내부>

<무덤에서 볼 수 있는 천장의 연화문>

<불탑이 있는 아잔타 석굴>

석굴암이 무덤임을 보여주는 도상들 / 봉분 같은 외형뿐만 아니라 내부구조와 천장의 연화문, 다른 나라 석굴의 사례 등으로 볼 때 석굴암은 무덤일 가능성이 짙다.

석굴암이 정말 무덤이 맞는지 궁금하여 살펴보니 그렇게 볼 소지가 의외로 많다.

우선 지금껏 이야기했듯이 겉모습이 봉분을 닮았다. 둥그스름한 데다 잔디로 덮여있어 신라의 왕릉을 보는 듯하다. 추가로 설명할 필요조차 없을 만큼 확실한 증거이다. 간단히 말하자면 무덤을 닮았으니 무덤이라 말하는 것이다.

석굴은 다양한 나라에서 오래전부터 무덤으로 사용되었다. 인터넷 검색창에 석굴, 무덤 등의 단어를 함께 치면 터키의 아민타스 석굴 무덤, 발리의 구눙까위 석굴 무덤 등이 나온다. 인도의 아잔타 석굴과 엘로라 석굴 안에는 부처의 무덤인 불탑이 있다. 이뿐만 아니라 앞서 소개했던 막고굴에는 승려의 무덤이라 할 수 있는 즉신성불굴卽身成佛窟이 있다. 석굴을 파고 벽화를 그렸던 승려가 이 석굴에 들어가 생을 마감한 것이다. 부처의 열반상이 있고 승려의 무덤까지 존재하는 막고굴은 확대해석하면 거대한 무덤이라는 이야기이다. 아름다운 벽화와 화려한 조각품이 많아 수많은 관광객이 몰리는 곳이지만 석굴은 무덤이라는 생각을 지울 수가 없다.

석굴암은 외형뿐만 아니라 내부의 모습도 무덤을 닮았다. 우리는 석굴암의 구조를 이야기하면서 주실, 비도, 전실 등의 용어를 사용한다. 이는 벽화가 그려진 고구려의 고분에 즐겨 사용하는 용어이다. 이런 용어는 일본인들이 처음 사용하였다고 한다. 석굴암을 무덤 취급했다고 비난을 하지만 석굴암의 내부가 무덤 구조와 흡사하기 때문에 이런 용어를 사용한 것으로 보인다. 그럼에도 석굴암이 무덤이라는 사실에 주목하는 글은 찾아보기 어렵다. 외형이 봉분을 닮았다는 사실만 언급하고 넘어가는 정도이다. 일본인이 사용했다는 이유와 성스러운 석굴 사원을 무덤으로 여긴다는 혐오가 겹쳐 석굴암이 무덤을 닮았음에도 인정하고 싶지 않은 심리가 작용하고 있는 듯하다.

아잔타 석굴 중에서 가장 화려했던 26번 굴속에는 길이가 7m에 달하는 부처의 열반상이 있다. 열반은 일체의 번뇌나 고뇌가 소멸된 상태를 일컫는데 속되게 말하면 죽음이다. 석굴 속은 살아 숨 쉬는 조각상들로 가득해서 생기가 넘치는 줄로만 알았더니 죽음을 암시하는 열반상이 있는 것이다. 석가모니불은 누워서 열반에 들었기에 열반상은

열반상 / 아잔타의 26번 석굴 안에는 길이가 7m에 달하는 부처의 열반상이 있다.

모두 와상臥像으로 표현된다. 대체로 크게 조성되어 가까이에선 한 화면에 담기지 않을 만큼 길다. 아잔타의 26번 석굴은 중심부에 있는 좌상보다 옆에 있는 열반상이 더 눈길을 끈다. 석굴 하나에 삶과 죽음이 공존하고 있다는 사실을 강조하는 듯하다.

석굴암의 입구는 석탑처럼 금강역사상이 지키고 있다. 분황사석탑, 장항리사지 오층석탑 등에는 면석에 출입문이 있는데 그 좌우에 금강역사상이 있다. 금강역사가 지키고 선 석탑은 부처의 무덤이니 석굴암도 무덤일 수 있겠다는 생각이 들게 만든다.

석굴암의 비도와 주실 사이에는 돌기둥이 있다. 고구려 고분 중에도 입구에 돌기둥 두 개가 나란히 세워져 있어 쌍영총雙楹總이라 불리는 무덤이 있다. 아직 돌기둥 두 개의 쓰임에 대해서는 밝혀진 바가 없으나 석굴암이 무덤일 가능성을 한층 더 높여준다. 천장 가운데에 연꽃이 있는 것도 고구려 고분과 석굴암의 공통점이다.

이처럼 석굴암이 무덤임을 입증하는 증거물은 생각보다 많다. 찾으면 더 있을 것 같다. 외형뿐만 아니라 내부 모습까지 닮았으니 싫건 좋건 무덤임을 인정하지 않을 수 없다. 석굴암이 여태껏 풀리지 않고 베일에 싸여있었던 것은 우리의 마음 한구석에 무덤에 대한 편견이 자리했기 때문은 아닌지 모르겠다. 인류가 남긴 최고의 문화유산 중에는 무덤이 많지만 그렇다고 무덤에 대한 편견이 쉽게 사라지진 않는다. 어릴 적부터 무덤들이 모여있는 공동묘지는 소름이 돋을 만큼 무섭다는 생각이 드는 존재였는데 어른이 된 지금도 크게 달라지진 않았기 때문이다.

정말 석굴암이 무덤이라면 부처님을 무덤 속에 모신 꼴이다. 금관의 비밀을 풀어보면서 했던 걱정이 석굴암에서 그대로 재현된다. 금관을 장례용품이라 말하기가 껄끄러웠듯이 석굴암을 무덤이라 주장하려니 아무래도 마음에 걸린다.

하지만 석굴암의 생김새가 흔들리는 나의 마음을 다잡아준다. 석굴암은 무덤을 닮았다고.

하늘을 닮은 석굴

석굴암이 무덤일 수 있겠다는 생각이 드니 덩달아 달리 보이는 게 있다. 앞서 꽃비라고 풀었던 동틀돌이다. 석굴암이 무덤이라면 동틀돌은 꽃비 이외에 또 다른 무언가를 상징하고 있을지도 모른다는 생

각이 든다. 그것은 지금껏 아닐 것이라 여겼던 별자리이다. 고구려나
가야, 고려 등의 고분에는 별자리가 그려져 있으니 석굴암이 무덤이
라면 동틀돌 역시 별을 상징하고 있을 가능성이 엿보인다.

이런 생각에 힘을 실어주는 듯한 유물이 있었으니 '천상열차분야지
도'라는 석각천문도이다. 경북대학교출판부에서 펴낸 양홍진 박사의
『디지털 천상열차분야지도』에 이 천문도가 만들어지게 된 사연이 소
개되어 있다.

이 천문도는 원래 평양성에 있던 것으로, 전란으로 강에 빠뜨려 원본을 잃
어버렸으나 그 사본을 전해 주는 사람이 있어 조선에 이르러 다시 만들게 되
었다.

국보로 지정된 천상열차분야지도는 우리나라에서 볼 수 있는 1,467
개의 별을 돌에 새긴 천문도이다. 조선 태조 때에 다시 만든 것이니 어
느 시대의 천문도인지는 확실치 않다. 평양성에 있었다고 하니 고구
려의 별자리를 새겼을 것으로 보는 견해가 많다. 여기서 내가 주목한
것은 별자리보다 해, 별, 달에 대한 우리 조상들의 생각이다. 이 천문
도에는 해, 별, 달에 대한 명문이 있는데『디지털 천상열차분야지도』
에는 그에 대한 해설문도 실려 있다.

해는 큰 양(陽)의 정기(精氣)로 모든 양기의 으뜸이다.(중간 생략)
해는 낳고 키우는 은덕을 주관하므로 임금의 모습이다. 그러므로 도가 있
는 나라에 가면 해가 밝게 빛나며 임금은 길하고 번창하여 백성이 편안하고

영화롭게 된다.

별은 빛나는 것으로 양(陽)의 정기(精氣)이다. 양의 정수는 해가 되고 해가 나뉘어 별이 된다. 그러므로 성(星)의 글자도 해(日) 아래에 생(生)을 썼다. 석가에서도 "별은 흩어진 것으로 하늘에 흩어져 있다."라고 말한다.

달은 큰 음(陰)의 정기(精氣)로 모든 음의 으뜸이다. 해의 짝이 되며 여왕의 모습이다.

'천상열차분야지도'의 해와 별, 달에 대한 설명을 읽는 순간 막혔던 의문이 풀린다. '해는 임금, 별은 양의 정기, 달은 여왕'이라는 설명이 석굴암과 맞아떨어진다.

천장 가운데에 있는 연화문 덮개돌은 태양으로, 두광은 달로 연상된다. 그렇다면 본존불은 태양으로, 십일면관음보살은 달로 연결된다. 여왕을 상징하는 달은 왕에 해당하는 해의 짝이 되는 존재이니 왕비라고 해석해도 무방할 것이다.

별은 양의 정기로 해가 나뉘어 만들어진다고 했으니 천개석을 에워싼 동틀돌이라 볼 수 있다. 해의 상징인 천개석에서 별의 상징인 동틀돌이 탄생하는 듯하다. 이는 별을 뜻하는 '星(성)'자에서도 확인해 볼 수 있다. '日'자 아래에 '生'자가 있으니 별은 해에서 태어난 것으로 해석

천상열차분야지도 각석 / 1395년(태조 4)에 돌에 새겨 만든 천상열차분야지도가 국립고궁박물관 안에 전시되어 있다.

<탑>　　　　　　　　<탑과 불상>　　　　　　<탑과 불상과 보살상>

아잔타 석굴과 엘로라 석굴의 내부 / 각기 다른 석굴을 이어보면 탑 속에서 불상과 보살상이
태어나는 모습이 그려진다.

이 된다.

　이렇게 해의 상징인 천개석에서 별로 태어나는 동틀돌이 모두 30개
이다. 해와 달은 각기 하나씩인데 별은 이처럼 많다. 해는 본존불을,
달은 십일면관음보살을 상징하고 있으니 별을 상징하는 나머지 조각
상들이 30기가 되어야 한다. 그런데 본존불과 십일면관음보살을 제외
한 조각상들의 수를 헤아려보니 30기가 훌쩍 넘는다.

　'어찌된 것일까?'

　잘못 풀었나 하는 순간 아차 싶다. 석굴암에는 처음 계획엔 없었던
조각상들이 있으니 팔부신중들이다. 이들이 개수에 포함이 되는 바람
에 모두 합쳐 38기나 되었던 것이다. 그래서 이번엔 전실에 있는 8기
의 팔부신중을 제외하고 헤아려보았다.

　금강역사: 2
　사천왕: 4

천부와 보살: 4

십대제자: 10

감실: 10

합계: 30

팔부신중을 빼고 헤아렸더니 정확히 30이란 숫자가 나온다. 땅이 하늘을 닮아 그 수가 서로 같아진 것이다. 해는 임금이자 부처이니 별은 결국 부처의 분신인 셈이다. 따라서 천개석은 본존불과, 본존불의 두광은 십일면관음보살과, 동틀돌은 나머지 조각상들과 줄긋기가 가능해진다.

여기서 한 가지 유의할 게 있다면 동틀돌이 30개라고 해서 딱 별 30개만 나타냈다고 생각하면 이 또한 옳은 답은 아닐 것이다. 판석의 조각상들은 수많은 권속을 거느린 존재들이니 사실은 수많은 별을 상징한다. 적어도 수천의 권속은 거느리고 있으니 동틀돌 하나가 수천 그 이상의 별인 것이다. 그렇다면 석굴암의 천장은 해와 달이 무량수의 별들과 함께 반짝이며 부처의 탄생을 축복하는 모습이 된다. 삶을 마감하고 하늘로 되돌아가 별이 된 영혼이 천하로 내려와 부처가 되는 선순환이 석굴 하나에서 이루어지고 있다.

아잔타 석굴이나 엘로라 석굴 안에 탑과 불상이 있는 것도 석굴암과 별반 다르지 않다. 무덤이라 할 수 있는 불탑에서 불상이 탄생하고 있으니 삶과 죽음이 하나이다. 인도의 석굴, 중국의 석굴, 대한민국의 석굴이 이와 같으니 세상의 석굴은 결국 하나인 셈이다.

재미 삼아 사진에 담긴 천장의 동틀돌을 선으로 연결하여 별자리로 만들어 보았다. 어렵지 않게 북두칠성이 만들어지고 카시오페이아자리도 그려진다. 하늘을 뜻하는 둥근 천장에 별자리가 새겨지니 환상이라는 말밖에 떠오르지 않는다. 보는 이의 마음 따라 또 다른 별자리가 새겨지고 어여쁜 꽃비도 내린다. 석굴암의 천장은 이렇게 별과 꽃이 함께 어울려 세상에 둘도 없는 아름다운 하늘을 만들고 있다.

석굴암이 무덤이라니 한동안 불편한 진실로 여겨 남모르게 속앓이를 했으나 이젠 당당히 외치고 싶다.

"무덤 같은 석굴암은 하늘을 닮아간다."

석굴암의 주역들

태양을 상징하는 천개석은 왕을, 달을 상징하는 두광은 왕비를 표현한 것임을 알아보았다.

'그렇다면 왕과 왕비는 누구였을까?'

석굴암은 애초에 무덤이었으니 왕과 왕비는 세상을 떠난 사람이라 볼 수 있다. 경덕왕 대에 석굴암을 짓기 시작했으니 왕은 경덕왕의 아버지인 성덕왕이고 왕비는 경덕왕의 어머니인 소덕왕후가 된다.

이와 달리 『삼국유사』의 기록대로 김대성이 전생의 부모를 위해 석굴암을 지은 것으로 판단하면 김대성의 전생 부모가 왕과 왕비가 되는 셈이다. 재력이 아무리 많다 한들 신하의 신분으로는 불가능한 일이며 반란자로 몰려 목숨을 부지하기도 어려울 일이다.

왕을 부처로 여기고 그를 형상화한 석불을 조성한다는 것은 왕권강화를 의미한다. 동서고금을 막론하고 석굴암과 같은 위대한 건축물은 왕권을 지키기 위한 목적으로 만들어지는 것이 대부분이다. 경덕왕이 석굴암을 조성한 이유가 왕권을 강화하기 위한 것이라 짐작되는 이야기가 『삼국유사』에 전해온다.

왕은 옥경(玉莖)의 길이가 여덟 치나 되었는데, 자식이 없어 왕비를 폐하고 사량부인(沙梁夫人)으로 봉하였다. 후비 만월부인(滿月夫人)은 시호가 경수태후(景垂太后)로, 각간 의충(依忠)의 딸이었다.

왕은 하루는 표훈대사(表訓大師)를 불러 명하였다.

"하늘이 짐을 돕지 않아 후사를 얻지 못했으니, 원하건대 대사께서 상제에게 청하여 사내아이를 점지하게 해주시오."

표훈대사가 하늘로 올라가 천제에게 말하고 돌아와 아뢰었다.

"천제께서는 '딸을 구하는 것은 되지만, 사내아이는 마땅치 않다'고 하셨습니다."

왕이 말하였다.

"딸을 아들로 바꿔 주시오."

표훈대사는 다시 하늘로 올라가 청하였다.

천제가 말하였다.

"할 수 있다. 그러나 만약 사내아이가 태어난다면 나라를 위태롭게 할 것이다."

표훈대사가 하늘을 내려오려 할 때, 천제가 다시 불러 말하였다.

"하늘과 인간 사이를 어지럽혀서는 아니 되는데, 지금 대사는 이웃 마을처럼 오가면서 천기를 누설하고 있으니, 지금 이후로는 오는 것을 금하노라."

표훈대사가 와서 천제의 말을 전하니, 왕이 말하였다.

"나라가 비록 위태롭게 되더라도 아들을 얻어 후사를 삼고 싶소."

그리하여 달이 차서 왕후가 태자를 낳으니, 왕은 매우 기뻐하였다.

태자가 8세가 되었을 때 왕이 죽고 태자가 즉위했으니, 이 사람이 혜공대왕(惠恭大王)이 된다. (왕이) 어렸으므로 태후가 섭정에 나섰으나 정사가 다스려지지 않았고, 도적이 벌떼처럼 일어나도 막지 못하였으니, 표훈대사의 말이 징험된 것이다. 소제(小帝)는 원래 여자였다가 남자로 태어났기 때문에 돌 때부터 즉위하기까지 항상 부녀자들의 놀이를 일삼고 비단주머니 차는 것을 좋아하며 도사(道師)들과 희롱하였다. 그래서 나라가 크게 어지러워져 결국 선덕왕(宣德王)과 김양상(金良相)에게 시해되었다. 표훈대사 이후로 신라에는 성인이 태어나지 않았다고 한다.

경덕왕이 아들 혜공왕을 얻게 된 이야기이다. 그런데 좀 지나친 감이 없잖아 있다. 법과 백성 위에 존재하는 지엄한 왕의 성기를 들먹이고 있으니 말이다. 왕의 성기가 여덟 치(24cm)면 일반적인 성인보다 훨씬 크다. 왕의 힘을 성기에 빗대어 강조한 것으로 볼 수도 있겠으나 글의 맥락으로 보면 왕을 비하시키고 있음이 분명하다. 『삼국유사』는 석굴암 창건 후 오백 년이나 더 지난 시대에 기록된 책인데 그때까지도 이런 이야기가 전해지고 있었다는 말이 된다.

그것도 모자라 딸로 태어날 사람이 아들로 바뀌었고 왕위에 올라 나라를 위태롭게 만들었다고 몰아간다. 당연히 쫓겨나야 할 왕으로 취급하고 있는 것이다. 혜공왕은 여자처럼 행동하며 나라를 크게 어지럽혔으니 시해되었고, 경덕왕은 아들 복이 없는 사람인데 딸을 아들로 바꾸어 능력도 없는 자식에게 왕위를 물려준 무책임한 왕으로 만들고 있다.

원래 여자의 몸이라 부녀자들의 놀이를 좋아했다고 놀림당한 혜공왕은 성덕대왕신종과 석굴암을 완성한 왕이다. 비록 아버지인 경덕왕이 시작한 일이긴 하나 그 완성은 모두 혜공왕의 몫이었던 것이다. 이런 업적은 온데간데없고 비단주머니를 차고 놀며 나라를 어지럽힌 실정만 부각되어 죽어 마땅한 왕으로 묘사된다.

역사적 평가가 이상한 것은 또 있다. 표훈대사 이후로 신라에는 성인이 태어나지 않았다는 기록도 문제가 있어 보인다. 딸을 아들로 바꾸면 나라를 망치게 된다는 사실을 알았음에도 왕에게 이를 그대로 고하여 비극의 역사를 자초한 표훈대사를 성인이라고 하니 말이다. 『삼국유사』의 기록을 액면 그대로 받아들이면 표훈대사는 재주만 뛰어난 인물이지 성인의 반열에 오를 인물이 못 된다. 일연스님이 지어낸 이야기가 아니라면 혜공왕을 시해한 세력들에 의해 만들어져 후대로 전해졌기 때문에 이런 모순들이 발생했을 것이다.

이처럼 『삼국유사』의 석굴암 관련 이야기는 대부분 곧이곧대로 믿기 어려운데 그나마 경덕왕이 아들 얻기를 소망했다는 정도만이 사실로 판단된다. 『묘법연화경』 제25품 「관세음보살보문품」의 내용을 살펴보면 경덕왕이 석굴암을 지어 득남을 기원했던 것으로 보이기 때문이다.

만약 어떤 여인이 아들을 낳기 위하여 관세음보살에게 예배하고 공양하면 문득 복덕이 많고 지혜가 있는 아들을 낳게 되느니라.

설령 딸을 낳기를 원하면 문득 단정하고 잘생긴 딸을 낳으리니 숙세(叔世)에 덕의 근본을 심었으므로 모든 사람이 사랑하고 공경하리라.

관세음보살의 여러 위신력 중의 하나를 알려주는 대목이다. 관세음보살은 아들과 딸을 골라 낳게 해 줄 뿐만 아니라 똑똑하고 예쁜 자녀로 만들어 주기까지 한다. 그러다 보니 백성들에게 가장 인기 있는 보살이 되었는데 왕이라 한들 다를 바 없었을 것이다. 복덕이 많고 지혜로운 아들을 얻고자 후사가 없는 경덕왕이 석굴암 조성에 골몰하였을 가능성이 농후하다.

아들을 낳아 후사를 도모하여 왕권을 강화하겠다는 목적은 왕실에서 비밀리에 추진했을 것이다. 대규모 공사를 벌이면서 백성들 앞에 대놓고 아들을 낳아서 왕권을 강화하겠다고 말할 군주는 세상에 없을 것이기 때문이다.

그럼, 경덕왕은 백성들에게는 무슨 명분을 내세웠을까?

김대성 설화에서 알 수 있듯이 효를 강조했을 가능성이 짙다. 경덕왕은 아버지인 성덕왕과 어머니인 소덕왕후를 위해 석굴암을 지어 효의 모범을 보인 것이다. 그런데 효를 내세워 석굴암과 불국사를 짓기엔 백성들이 감수해야 할 짐이 너무 크다. 그러니 또 다른 목적을 내세울 필요성이 있었을 것인데 그것은 바로 호국이다.

『묘법연화경』은 『금광명경』, 『인왕경』과 더불어 호국삼부경으로 불린다. 나라를 지키기 위한 목적으로 많이 유포되는 대표적인 세 가지 불교경전 중의 하나이다. 전쟁이나 내란뿐만 아니라 가뭄과 지진 등의 천재지변으로부터 안전한 나라를 기원하며 이 경전들을 강독講讀한다. 석굴암이 『묘법연화경』을 근거해서 지은 사찰이니 자연스럽게 호국과도 연결이 된다.

참고로 불교에서 말하는 호국은 칼과 창을 사용한 무력이 아님을 알아야 한다. 임진왜란 때 승병들이 몸소 칼과 창을 들고 전쟁에 뛰어든 것은 숭유억불 정책으로 말미암아 실추된 지위를 향상시키기 위한 임시방편의 자구책이었다. 패전의 역사를 돌이켜보면 대부분 내란이 큰 원인이었음을 알 수 있다. 나라를 지키기 위해 백성들의 마음을 하나로 모으는 것이 불교에서 말하는 호국이다. 본존불이 마귀를 항복시키듯 칼과 창이 아닌 자비와 지혜로 침입자를 교화시키려는 의도이다. 몽고 침입을 불력으로 막기 위해 팔만대장경을 새긴 까닭도 이런 생각의 연장선에 있는 것이다.

사실 호국과 왕권 강화는 성격이 비슷하다. 왕이면 누구나 이를 위해 전력투구한다. 석굴암도 예외는 아닐 것인데 이외에 또 다른 건립의 목적이 있어 보인다. 그것은 바로 만인의 성불이다. 석굴암엔『묘법연화경』의 가르침에 걸맞게 누구나 성불할 수 있다는 메시지가 곳곳에 스며있다. 신라인들은 무덤 같으면서 하늘 같은 석굴암을 만들어 극락왕생의 길을 열어준 것이다. 살아생전에 이를 추진한 인물이 경덕왕이다.

십대제자를 비롯하여 사천왕과 금강역사들은 인도인이나 서역인을 닮았지만 본존불과 십일면관음보살만큼은 신라인을 닮았다. 우리의 왕과 왕비를 표현했기 때문이리라. '미스 신라'라는 십일면관음보살의 애칭이 무례한 표현일지 모르겠으나 국적은 제대로 밝혔지 싶다.

"석굴암은 경덕왕이 아버지인 성덕왕과 어머니인 소덕왕후를 위해 지은 절이다."

목조전각은 헐어야 할까?

비 내리는 석굴암

오전에 가물가물하던 비가 오후 들어 제법 많이 쏟아진다. 비 내리는 날의 석굴암이 보고 싶어 기다리던 터라 더 반갑다. 굵은 빗소리가 출발 신호인 양 서둘러 석굴암으로 향했다.

매표소 앞에 도착하니 마감 시간인 오후 6시가 얼마 남지 않았다. 관리인이 일주문 앞의 출입구를 닫고 있어 표를 끊고 급히 달려가니 다행히 문을 열어준다.

비가 오는 데다 시간까지 늦어서인지 석굴암 가는 길은 무척이나 한산하다. 사방은 떨어지는 빗소리와 흐르는 물소리만 가득하다. 보이는 건 눈앞의 흙길과 주변의 나무 몇 그루뿐이고 나머지는 모두 안개다. 귀에 거슬리는 소음들은 빗소리가 막아주고 눈에 거슬리는 모습들은 안개가 가려준다. 천이백 년 전의 석굴암으로 가는 듯하다.

석굴암에 도착하니 관리인 한 사람 외엔 아무도 없다. 입구의 매표원으로부터 연락을 받았는지 나더러 마지막 손님이라 한다. 마칠 시간에 와서 폐를 끼치나 싶어 조바심이 나는데 천천히 보라는 관리인의 말 한마디에 마음 편히 석굴암의 본존불을 알현한다. 바깥에는 비

전실의 목조건물 / 전실에 목조건물이 있는데 그 앞에 관람공간을 마련하기 위해 덧지붕을 달았다. 비가 내리는 날에는 아주 요긴해 보인다.

가 내리건만 석굴 안은 말짱하다. 햇살 쨍한 날과 다를 바 없다. 한참을 바라보다 밖으로 나오니 관리인도 정리를 한다. 곧이어 석굴암의 출입문이 자물쇠로 채워진다.

석굴 밖으로 나와 돌계단을 내려서니 모퉁이에 모아둔 옛 석재들은 속절없이 비를 맞고 있다. 평소 답답하고 불필요한 존재로만 느껴졌던 목조건물이 오늘따라 요긴해 보인다. 비바람이나 눈, 안개로부터 석굴암을 보호해 줄 나무집이 있어야 할 것 같다.

하지만 목조건물이 들어서면 비뿐만 아니라 빛도 막힌다. 석굴의 안전을 생각하면 목조건물이 있어야 할 것 같고 석굴의 조명을 생각하면 없어야 할 것 같다. 석굴암의 전실은 목조건물의 존재여부 외에도 팔부신중의 배치방법과 조성시기 등을 두고 논쟁이 끊임없이 이어져 원형논란의 진원지가 되고 있다.

절곡형 vs 전개형

현재 석굴암의 전실에 들어서면 제일 먼저 팔부신중들을 만나게 된다. 팔부신중은 이름처럼 8기라서 좌우로 각각 4기씩 배치되어 있다. 사천왕상이나 주실의 조각상들에 비해 조형미가 확연히 떨어져 후대에 조성된 것으로 판단된다.

석굴암의 모본이 되었다고 여겨지는『묘법연화경』의 서품에 팔부신중들이 등장한다.

그때에 법회(法會)에 있었던 비구, 비구니, 우바새, 우바이, 천, 용, 야차, 건달바, 아수라, 가루라, 긴나라, 마후라가, 사람인 것, 사람 아닌 것과 여러 소왕(小王), 전륜성왕 등 모든 대중들이 일찍이 없었던 일이라 환희하고 일신으로 부처님을 우러러 뵈옵고 있었습니다.

부처님이 광명을 밝히자 비구, 비구니, 우바새, 우바이 외에 천, 용, 야차, 건달바, 아수라, 가루라, 긴나라, 마후라가 등이 환희했다고 하는데 이들이 바로 팔부신중들이다. 처음에는 인도의 악신들이었는데 부처의 설법에 감동하여 호위를 자처한 수호신들이다.

이처럼『묘법연화경』에는 팔부신중의 이름이 빠짐없이 등장하지만 조각상과 연결짓기가 쉽지 않다. 논란의 여지가 없는 팔부신중은 아수라이다. 파손은 많이 되었으나 얼굴이 셋이고 팔이 여러 개라서 쉽게 아수라임을 알 수 있다. 아수라상은 유달리 크기가 작은데 반대편에도 이와 비슷한 크기의 조각상이 배치되어 있다. 금시조라고도 불리는 가루라이다. 투구 좌우에 날개가 있어 가루라임을 알 수 있다. 아수라와 가루라는 뒤늦게 발견되어 맨 뒷자리에 서로 마주 보게끔 배치된 것이다. 다른 팔부신중보다 유독 작은 두 조각상이 마주 보고 있어서 팔부신중들 역시 좌우대칭으로 배치되었음을 금방 눈치챌 수 있다.

'아'형 금강역사 앞에 있는 팔부신중은 머리 위에 용이 새겨져 있어 '용' 팔부신중임을 알 수 있다. 앞쪽에 있는 아수라보다 크고 조각이 훨씬 정교하다.

나머지 팔부신중들의 이름은 모호해서 자신할 순 없지만 시험지에 빈칸을 남기지 않는다는 자세로 연결지어 보았다. 대체로 팔부신중들 역시 바깥에서 안으로 들어갈수록 진화하는 모습을 보이고 있다.

일제강점기에 실시한 보수공사에서는 뒤늦게 발견된 아수라상과 가루라상을 각기 안쪽으로 꺾어 배치하였는데 이를 절곡형이라 부른다. 광복 후인 1963년에 우리 손으로 실시한 복원공사에서는 꺾여 있는 양쪽 팔부신중을 다른 신중들과 나란히 배치하여 전개형의 전실로 바꾼다. 전실이 절곡형인가 전개형인가를 두고 시작된 석굴암의 원형 논란은 지금까지 계속되고 있다.

팔부신중이라는 이름으로 보아서는 전실의 구조는 절곡형이 아닌 전개형이 맞다는 생각이 든다. 팔부신중이 각 4기씩 마주보게 되니 좌우대칭을 추구한 석굴암의 기본구조에도 어울린다. 3기의 신중은 서

<제1상 아수라>　**<제3상 긴나라>**　**<제5상 마후라가>**　**<제7상 용>**
우협시 팔부신중 / 왼쪽부터 아수라를 비롯하여 4기의 팔부신중이 나란히 배치되어 있다.

<제8상 천>　**<제6상 야차>**　**<제4상 건달바>**　**<제2상 가루라>**
좌협시 팔부신중 / 오른쪽의 제2상부터 제8상까지 4기의 팔부신중이 나란히 배치되어 있다.

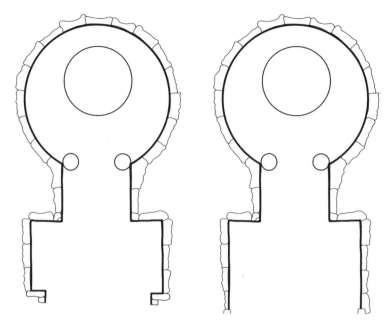

절곡형(왼쪽)과 전개형(오른쪽) / 왼쪽은 팔부신중 한 쌍이 굴절된 절곡형이고 오른쪽은 현재의 모습처럼 펼쳐진 전개형이다.

로 나란한데 1기만 꺾인 형태를 하고 있다면 모두 팔부신중으로 부르긴 곤란해 보인다. 꺾여 있는 신상은 다른 신중이 아닌가 하는 생각이 들기 때문이다. 팔부신중들 중 굳이 한 쌍만 꺾어놓은 절곡형은 팔부신중을 모두 같은 존상으로 보는 입장에선 어색한 게 사실이다.

따라서 같은 팔부신중들이니 나란히 배치하는 전개형이 옳다는 생각이 들지만 면면을 살펴보면 꼭 그렇지만은 않다.

앞서 말했듯이 꺾여 있었던 두 팔부신중은 다른 신중들에 비해 확연히 크기가 작다. 이름이 아닌 유물이 보여주는 도상으로만 따지면 같은 종류의 신상이 맞는지조차 의심스럽다. 여기다 팔부신중들을 나란히 펼쳐야 전실의 예배공간이 넓어진다는 주장 역시 설득력이 약하다. 전실에서 예배를 드리는 방식은 후대에 생겨난 예법이다. 꺾인 팔부신중을 펼쳐야 비슷해진다고 하는데 전실과 주실의 면적이 왜 같아야 하는지 의문이다. 덧붙여 본존불과 한 몸인 십일면관음보살을 제외하면 판석에 새겨진 조각상의 개수가 주실이 14개이고 비도와 전실을 합친 것도 14개로 같아진다고 하는데 이 역시 수긍이 안 간다. 비도에 있는 사천왕상들은 전실보다 주실 조각상에 가깝다.

학계는 전실의 형태를 두고 절곡형과 전개형으로 양분된 상황인데 희한하게 설명하는 방식은 엇비슷하다. 다 같이 자와 컴퍼스를 이용하여 석굴암의 단면도 위에 원과 선을 그려 입증하려고 한다. 그려놓은 원과 선을 보면 필요에 따라 연장되거나 전실을 벗어나 신빙성이 떨어짐에도 수치상으로 더 정확하다고 주장한다.

주실을 설명할 때는 그 정도가 더 심해진다. 돌을 다듬은 수준이 정교해서 단 1mm의 오차도 없다지만 현실은 그렇지가 않다. 비도의 돌기둥을 붙잡고 있는 첨차석은 너무 커서 사천왕상과 천부상이 새겨진 면석의 일부를 깨뜨리고 있다. 주실은 동그랗게 보이지만 실제는 일그러진 구의 형태이다. 본존불과 떨어져서 뒷벽에 있는 두광은 본존불의 머리와 일치되지 못하고 약간 비껴 있다. 수치의 정확도로 설명이 어려운 부분이 한둘이 아니다.

따라서 전실이 어떤 형태였는지는 수치가 아닌 다른 요인에서 찾아야 할 듯하다. 섣불리 판단하다가 석굴암의 원형을 잃어버릴까 염려된다.

두 얼굴의 금강역사

전실의 형태를 풀기 위해 미루었던 팔부신중들을 살피기 시작했다. 전실의 비밀은 팔부신중들이 지니고 있으리라 판단되었기 때문이다.

솔직히 팔부신중의 모습은 실망스럽다. 눈동자는 초점을 잃은 듯 멍하고 손은 이상하게 비틀어 억지스럽다. 팔부신중 중에서 제일 뛰어나다는 용 팔부신중도 손과 발의 표현이나 눈매가 사천왕이나 주실의 보살과 비교하면 완전히 다르다. 딱딱한 옷 주름은 부드러우면서도 날렵해 보이는 사천왕의 차림새와 비할 바가 못 된다. 머리 위에 새겨진 용은 지나치게 윗부분에 있어 위태로워 보인다.

금강역사에서부터 십일면관음보살까지의 판석에는 모두 사각의 테

금강역사와 팔부신중 / 전실의 제일 안쪽에 있는 팔부신중과 금강역사는 너무 가까이 붙어 있다. 금강역사가 팔을 뻗기라도 한다면 팔부신중의 얼굴을 때릴 것만 같다.

두리를 하고 있는데 오로지 팔부신중들만 테두리가 없다. 이는 팔부신중들은 처음엔 조성되지 않았을 수 있다는 증거일 가능성이 높다. 대충 보면 별것 아닌 테두리로 보이겠지만 그렇지가 않다. 돌을 몇 번 쪼아 만든 단순한 선이 아니다. 자세히 보면 선으로 표현한 것이 아니라 넓은 면을 깔끔히 정리하고선 테두리의 안쪽 면을 더 깊게 파서 면과 면의 높이 차이로 선을 드러내고 있다. 생각 이상으로 정교한 작업이며 상당한 공력이 들어간 모습이다. 반면 팔부신중상의 판석은 테두리가 없을 뿐만 아니라 표면의 정리가 덜 되어 거칠고 울퉁불퉁하다.

여러모로 석굴암의 팔부신중상은 후대의 작품이라 판단된다. 석굴암이 만들어지는 시기에 중국에서는 팔부신중상을 볼 수 없다고 한다. 있다 해도 석굴암의 팔부신중처럼 완전한 여덟 구는 아니라는데 그렇다면 더더욱 팔부신중들은 후대의 작품으로 보아야 할 것이다. 석실의 조명이나 집의 구조를 어떻게 할 것인지는 마음껏 구상할 수 있을지언정 불교교리와 관련이 될 신상들은 창의적으로 만들거나 변형시키기 곤란하기 때문이다. 신들의 도상은 불교의 발상지인 인도나 징검다리 역할을 한 중국을 따르게 마련이다. 교리에 해당하는 영역에 창의력을 발휘하면 사이비 소리를 듣기 딱 십상인 것이다.

팔부신중은 볼품이 없어 금강역사로 시선을 옮기려던 찰나에 예전에는 안 보였던 어색한 장면이 눈에 들어온다. 팔부신중과 금강역사가 너무 가까이 붙어있다. 금강역사가 치켜든 팔을 뻗기라도 하면 팔부신중의 얼굴을 때릴 것만 같다. 금강역사는 제 역할을 다하고 있는데 그 옆에 바짝 다가온 팔부신중이 더 문제가 있어 보인다. 아무래도 팔부신중은 나중에 추가된 것으로 보인다. 두 조각상을 번갈아 보다가 금강역사와 눈이 마주쳤다.

'엥'

금강역사마저 조금 실망스럽다. 눈은 멍하고 입은 힘없이 벌어져 있다. 다들 칭찬이 자자해서 멋진 줄 알았더니 자세히 보니 부족함이 드러난다. 입체불처럼 도드라져 힘은 있어 보이나 배 근육은 눈사람처럼 생겼고 양쪽으로 흘러내리는 옷자락은 뻣뻣하다. 팔부신중에 비할 바는 아니지만 최상급의 사천왕상과 주실의 조각상과는 뚜렷한 차이를 보인다.

참 난감하다. 금강역사상은 분명 처음부터 석굴암에 존재했을 터인데 왜 조각의 수준이 다를까? 이에 대한 의문은 엉뚱한 곳에서 풀렸다.

하루는 국립경주박물관에 갔더니 석굴암 근처에서 발견한 '훔' 금강

금강역사의 머리와 손 / '훔' 금강역사의 머리와 두 기의 왼손이 발견되어 국립경주박물관에 전시되어 있다.

<현재 금강역사 얼굴>   <발견된 금강역사 얼굴>

두 얼굴의 '훔' 금강역사 / '훔' 금강역사의 얼굴이 나중에 발견되어 두 얼굴이 되었다. 지금의 금강역사상 얼굴보다 발견된 금강역사상의 얼굴이 더 나아 보인다.

역사상의 머리와 팔, 손 등이 전시되어 있었다. 금강역사상은 두 기 모두 석굴암에 남아있는데 한 기가 더 있으니 의아했다. 안내판에는 현재 전실 금강역사상 이전의 미완성품, 전실을 증축하며 폐기된 완성품, 원래 4기의 금강역사상이 있었다는 견해 등이 있다고 한다. 머리 외에 왼손만 두 기가 발견된 점으로 보아 지금의 금강역사상 이전에 2기가 존재했음을 짐작해 볼 수 있다.

이보다 더 놀라운 사실은 발견된 금강역사상의 얼굴이 현존하는 금강역사의 얼굴보다 낫다는 점이다. 매서운 눈매와 꾹 다문 입에서 위엄이 느껴진다. 저 정도의 얼굴이라야 사천왕상의 얼굴과 견줄만하지 싶다.

지금의 금강역사상에 새겨진 천의를 보면 왠지 좀 딱딱한 느낌이 든다. 사천왕이나 보살들의 천의에서 보이는 유연함이 없다. 팔부신중뿐만 아니라 금강역사상도 김대성이 석굴암을 조성할 당시의 석공이 만든 작품이 아니라는 이야기이다. 팔부신중과 사천왕의 차이만큼은 아닐지언정 분명 수준이 다르다. 다른 석공이 새겼거나 제작한 시기가 달랐던 것이다. 먼저 설치된 금강역사가 어떤 이유로든 파손되어 새로 조성한 것으로 보인다. 석굴암을 지키던 금강역사라면 소중히 다루었을 법한데 발견되는 파편들을 보면 아무렇게나 내던져진 듯하다. 더군다나 파손의 정도가 너무 심해 고의성마저 내비치는 것이다.

　만약 일부러 훼손하여 새로 만들어 배치한 것이라면 금강역사상 어딘가에 성덕왕의 명복을 비는 명문이 있었기 때문이 아닐까 짐작된다. 같은 시대에 만들어진 성덕대왕신종에는 종을 만든 목적과 더불어 만든 사람들의 이름이 기록되어 있다. 직책이 낮았을 장인들의 이름자까지 밝힌 것이다. 좁은 면적의 쇳덩이에 이런 기록을 남길 정도인데 상대적으로 여유 공간이 많은 석굴암에 아무런 기록을 남기지 않았다고는 믿기 어렵다.

　본존불 좌대의 석주 사이에 새겼을 것으로 생각해보았지만 여기는 어두운 데다 입구에선 잘 보이지 않는다. 조상기는 문패와도 같은데 일부러 눈에 잘 띄게 굴의 입구에 남기지 않았을까 판단된다. 입구를 지키고 있는 금강역사상 어딘가에 조상기를 남겼다면 금강역사상의 안위도 위태로워진다. 혜공왕을 시해한 반란자들이 가만두었을 리 만무하다.

　그렇지 않고 금강역사상이 지진이나 산사태 등의 자연적인 재해로 파손되었다면 지금과는 다른 모습이었을 것이다. 제 역할을 못 할 만큼 파손이 심했더라도 지금처럼 버려지듯 내던져지지는 않았을 것이다. 그동안의 공로를 생각해서라도 양지바른 곳에 묻어 주었지 싶다.

얼굴 생김새가 확연히 다른 두 금강역사는 생각보다 많은 사실을 들려준다.

두 얼굴의 금강역사는 석굴암에 또 다른 금강역사가 존재했음을 알려준다. 처음 조성된 석굴암은 금강역사까지였음을 말해주고 금강역사상도 사천왕상 못지않게 멋졌음을 입증해준다. 거기다 석굴암에도 조상기가 있었을 가능성을 높여준다.

주실을 닮아가는 전실

석굴암의 원형에 팔부신중이 없다면 전실 또한 존재할 수 없다. 전실이 없으니 복원한 목조전각도 원래는 없었다는 의미가 된다. 현재 전실에 있는 목조전각은 1961년부터 1964년까지 3년간 진행된 수리공사로 지어진 건물이다.

유홍준 교수는 『나의 문화유산답사기』 2권에서 잘못된 공사로 석굴암이 목굴암木窟庵이 되고 말았다며 안타까워했다. 석실에 이슬이 맺힌다고 수굴암水窟庵, 광창을 막아 어둡다고 암굴암暗窟庵, 에어컨을 가동하게 되었다고 전굴암電窟庵 등의 표현까지 써가며 비판했다.

그렇다면 목조전각은 헐어야 할까?

책의 영향 때문인지 몰라도 하루빨리 목조건물을 없애야 한다는 분위기로 가고 있다. 나 역시 전실의 목조전각은 헐어서 목굴암을 석굴암으로 되돌려야 한다고 생각했다. 목조전각을 석굴암의 애물단지로 여긴 것이다.

김대성이 설계한 원안대로 석굴암을 복원한다면 목조전각은 없애는 게 맞다. 문제는 그리되면 팔부신중도 없애야 한다는 점이다. 팔부신중 역시 처음엔 없었던 것으로 판단되기 때문이다. 이런 점에서 팔부신중과 목조전각은 운명공동체인 셈이다.

팔부신중도 없애야 하나 싶어 다시 보니 그제야 이색적인 장면이 눈에 들어온다. 오른손엔 경권을, 왼손엔 창을 든 팔부신중의 모습이 예사롭지 않다. 표정은 어리숙한데 두 손으로 나에게 사인을 보내는 듯하여 피식 웃음이 난다. 창을 세워 잡은 왼손이 정병을 쥔 보살의 손 같다. 무기로 사용될 창은 단단히 움켜잡아야 함에도 손목까지 꺾고선 살포시 쥐었다. 오른손엔 문수보살의 지물인 경권까지 쥐고 있으니 손만 보면 팔부신중이 아니라 보살 같다.

다른 팔부신중도 수호자들에게서 볼 수 있는 서슬 퍼런 경계의 눈빛이 없다. 남성적임에도 발이 밋밋하고 차렷 자세처럼 옆으로 벌린 모습이다. 이는 불법을 수호하는 팔부신중들이 취할 자세로 보기 어렵다. 경호원이라면 무술로 상대방을 제압하거나 위급한 상황에 대처할 수 있는 자세여야 한다. 발을 나란히 옆으로 벌린 자세는 매우 정적인 모습으로 보살이나 불상이 취할 만한 자세이다.

누가 봐도 팔부신중인데 보살 흉내를 내고 있으니 나도 모르게 웃음이 나온 것이다. 그 표정이 사뭇 진지하여 더 재미있다. 장차 부처가 될 귀한 몸이라고 신호라도 보내는 듯하다. 장래희망을 발표하는 어린이의 순수함이 팔부신중에게서 느껴진다. 조각 솜씨가 딸린다고

<경권과 창을 든 팔부신중>   **<정병을 든 보살>**

보살을 닮은 팔부신중 / 창을 잡은 팔부신중의 왼손은 정병을 잡은 보살의 왼손과 닮았다. 팔
부신중의 오른손엔 문수보살이 갖고 있는 경권을 쥐고 있다.

등한시한 팔부신중이 오늘따라 사랑스럽다.

　이런 팔부신중을 살리려면 운명공동체인 목조전각도 그대로 두어
야 한다. 다행스러운 사실은 전실에 팔부신중과 목조건물이 존재하더

라도 석굴암의 원형은 대부분 유지된다는 점이다. 목조건물을 낮게 짓거나 2층으로 지으면 광창의 설치를 방해하지도 않을 것이며 아침 햇살을 받아 본존불의 백호가 빛나는 모습 또한 볼 수 있기 때문이다. 보지 않았으면 모를까 팔부신중들의 모습을 본 이상 이들이 없는 석굴암은 허전하다. 명실공히 석굴암의 구성원이 된 것이다. 그동안 석굴암의 원형과 다르다는 이유로 이들을 주실 조각상과 자꾸만 멀어지게 했나 싶다.

어리숙한 줄로만 알았던 팔부신중은 전실의 미래까지 보여준다. 전실도 팔부신중처럼 변하게 됨을 알려준다. 잘 보면 전실이 절곡형일 때 주실과 더 가깝다. 전실은 주실처럼 바뀔 것이니 원래는 절곡형이었음을 알 수 있다.

목조건물도 마찬가지이다. 주실은 돌집이고 전실은 나무집이다. 전실이 주실처럼 변할 것이니 나무집이 장차 돌집으로 변하게 되는 것이다. 비하해서 부른 목굴암이 곧 석굴암인 것이다. 수굴암과 암굴암도 그렇다. 부처에게 공양할 샘물이 흐르니 수굴암이고 무덤처럼 어두우니 암굴암이다. 나중에 확인해보겠지만 석굴암엔 전굴암의 특징까지 있었다. 신기하게도 석굴암은 비하해서 부르는 이름까지 승화시키는 마력을 지녔다.

"전실은 주실을 닮아가고 팔부신중은 본존불을 닮아간다."

본존불의 좌향은

토함산 중턱에 석굴을 지은 까닭

높은 곳일수록 집짓기가 어렵다. 그 재료가 무겁고 단단한 돌이라면 어려움은 훨씬 커진다. 절을 짓기에 엄청 힘이 드는 곳임에도 신라인들은 토함산 중턱의 높은 곳에 석굴암을 지었다. 암자가 아닌 석불사라는 이름의 당당한 절을 그토록 높은 곳에 지은 데엔 그럴 수밖에 없는 까닭이 있었을 것이다.

『묘법연화경』의 첫 구절을 보면 왜 토함산에 석굴암을 지었는지 알 만한 대목이 나온다.

나는 이와 같이 들었다.
어느 날 부처님께서 왕사성 기사굴 산중에 계셨다.

대부분의 불교 경전처럼 『묘법연화경』도 여시아문如是我聞으로 시작한다. 나는 이와 같이 들었다는 뜻이다. 여기서 말하는 나는 석가모니의 제자인 아난이다. 말로만 전해져오던 부처의 가르침이 제자 아난의 기억에 힘입어 글로 기록되어 오늘날 우리들이 보고 있는 경전이 만들어진다. 『묘법연화경』도 부처님이 설법할 당시의 기록이 아니라 사후에 아난이 보고 들은 바를 옮긴 것이다.

부처님이 계신 곳이 왕사성의 기사굴 산중이라는데 이는 인도의 영취산을 말한다. 경주의 토함산을 영취산으로 여기고 부처님이 머물 석굴암을 지었던 것이다. 참고로 기사굴耆闍崛의 '굴'은 동굴이 아니라 우뚝 솟은 곳이라는 의미이다. 석굴암은 바위를 파서 만든 세상 대부분의 석굴과 달리 돌을 쌓아 만든 인공건축물이다. 석굴을 완성하긴 어렵지만 대신 석굴을 지을 곳을 선택할 수 있는 장점이 있다. 그렇다면 석굴암을 짓기 전에 가장 중요한 고려대상 중의 하나가 위치 선정이었을 것이다.

석굴암은 산꼭대기는 아니지만 정상 못지않게 시야가 트인 장소에 지어졌다. 우리 눈이 끝닿는 곳엔 바다가 있고 수평선 너머엔 매일같이 해가 솟는다. 목조건물로 막혀있는 현재의 석굴암에도 어김없이 아침 햇살이 비친다. 일출과 떼려야 뗄 수 없는 장소인 것이다.

본존불의 얼굴과 몸은 풍만하다. 석굴암은 실제 석가모니불의 행적에 맞춰 조성한 것이 아니라 『묘법연화경』의 내용을 충실히 반영한 절이기 때문이다. 만약 석굴암을 역사적 사실에 근거하여 만들었다면 본존불은 지금처럼 당당한 모습이 아니라 6년간의 고행으로 비쩍 마른 몰골이 되어야 할 것이다. 깨달음을 얻은 곳도 높은 산이 아니라 부다가야의 보리수나무 아래이니 실제와는 많은 차이가 있다.

따라서 신라인들은 『묘법연화경』을 그대로 재현하면서 가능하면 실제 석가모니불의 행적과 맞추려고 애썼다는 것을 알 수 있다. 경전의 내용과 실제 석가모니불의 행적을 맞물려 판단해보면 석굴암 조성의 해답이 보인다. 『묘법연화경』의 서품에는 석굴암 본존불의 모습과 역할을 짐작해 볼 수 있는 대목도 나온다.

　그때 부처님은 미간(眉間)의 백호상에서 광명을 놓아 동방으로 일만 팔천 세계를 골고루 빠짐없이 비추었다.

　백호에서 광명이 나오는 모습을 표현하려면 태양이 안성맞춤이다. 일만 팔천 세계를 비출 백호의 광명을 새벽별이 대신하기엔 작고 너무 어둡다. 같은 태양이라도 한나절보다 아직 어둠이 가시지 않은 아침에 뜨는 해가 제격인데 석굴의 어둠은 백호의 역할을 더욱 돋보이게 했을 것이다.

　본존불의 백호는 다이아몬드로 만들었다거나 유리로 만들어 뒷부분을 금으로 받쳤다는 등의 설이 있다. 지금의 가치로 따져보면 금이나 다이아몬드가 훨씬 비싸지만 그 당시엔 유리가 더 귀한 대접을 받았다. 유리잔이 국보로 지정될 만큼 귀한 보물이었던 것이다. 최상의 보물을 부처님의 백호로 마련하고자 했겠지만 중요한 것은 보석의 값어치가 아니라 역할이다. 백호의 재료가 무엇이었는지 확실치 않지만 역할만은 분명해 보인다. 부처님의 미간에서 나오는 광명을 표현하기 위한 최고의 반사경이 되어야 한다. 그렇다면 다이아몬드이든 유리이든 거울처럼 빛을 잘 반사시켜야 할 것인데 뒷부분을 무언가로 받친 이유도 여기에 있을 것이다.

　백호의 광채가 널리 동방 세계를 비추는 장면을 연출하려면 태양 외에 망망대해가 필요하다. 토함산의 동쪽엔 동해가 있으니 본존불의 광명은 자연스럽게 동방 세계를 비추게 된다. 이런 효과를 극대화하려면 낮은 지대보다 높은 위치에 있는 토함산 중턱이 제격이다.

이로써 석굴암 건립에 앞서 어떠한 기준으로 위치를 선정했는지 짐작해 볼 수 있게 된다.

먼저 인도의 영취산과 비슷한 위치이자 동해가 내려다보이는 경주의 토함산이 선택되었다고 판단된다. 다음으로 부처님께 공양할 샘물이 있는 곳, 재료가 되는 화강암의 채취와 운반이 용이한 곳, 석굴의 하중을 받쳐줄 암반이 있는 곳, 자연재해로부터 안전한 곳 등을 두루 따져보았을 것이다. 지금의 석굴암 자리는 이러한 까다로운 조건을 만족시켜 주는 곳이다. 인도의 영취산보다 더 영취산 같은 명당이다.

여기에다 무덤 같은 석굴암이 하늘을 닮아간다는 점에서 높은 산에

석굴암에서 바라본 전경 / 석굴암 안마당에 서면 탁 트인 전망을 볼 수 있다. 본존불은 이 풍광의 가운데 지점이 아닌 구석진 오른쪽 끝 지점을 보고 있다.

위치한 또 다른 이유를 찾을 수 있다. 1시간 넘게 걸어서 토함산을 올라 석굴 속으로 들어가면 극락을 보는 듯하다.

이런 이유로 석굴암을 토함산 중턱에 지은 듯한데 이해가 안 가는 부분이 하나 있다. 안마당에 서면 전망이 탁 트여 동해가 훤히 보인다. 그렇다면 본존불은 풍광의 가운데 지점에 맞도록 안치할 법한데 구석진 오른쪽 끝 지점을 향하고 있다. 본존불이 동해를 보게끔 할 요량이면 절대로 채택되지 않을 위치라서 고개가 갸웃거려진다.

동짓날의 일출

나이 한 살 더 먹는 설날이 일 년의 시작인 줄 알았더니 신라 때에는 동지를 한 해의 시작으로 여겼다 한다. 민간에서는 아직도 동지를 한 해의 시작으로 보는 풍습이 남아있다. 동지를 '작은설'이라고도 부르며 붉은 색감의 팥죽을 끓여 귀신을 쫓고 새해의 무사안일을 빈다. 팥죽 속에는 찹쌀 반죽으로 만든 동그란 새알심을 넣었는데 자신의 나이 개수대로 먹어야 한다고 했다. 어릴 적 욕심이 많았던 나는 새알심이 적다며 심술을 부리면서 한편으로는 '다음에 노인이 되면 어떻게 다 먹지?'하고 괜한 걱정도 했었다.

석굴암 이야기를 하는 중에 뜬금없이 동지 팥죽 이야기를 꺼내는 것은 본존불이 동짓날 해 뜨는 방향으로 안치되었다는 주장 때문이다. 이전에는 석굴암의 본존불은 동해에 위치한 대왕암을 바라보고 있다고 여겼다. 죽어서도 용이 되어 동해로 침략해 오는 왜구를 물리치겠다는 문무왕의 유언과 맞물리며 석굴암을 호국의 상징처럼 생각

본존불의 좌향

동짓날의 일출각 / 예상 일출 시간보다 조금 늦게 뜬 해가 본존불의 좌향보다 오른쪽으로 많이 치우쳐 있다.

했던 것이다.

그런데 석굴암의 본존불이 대왕암이 아닌 동짓날 해 뜨는 지점을 바라보고 있다는 새로운 학설이 서울대 남천우 박사에 의해 제기된다. 동짓날 해 뜨는 방향이 동동남 29.4°이고 대왕암 방향은 28.5°라고 하는데 석굴암의 본존불은 30°를 향하고 있다는 것이다. 그렇다면 본존불이 바라보는 지점은 대왕암보다 동짓날 해 뜨는 쪽에 더 가깝다. 이는 분명 석굴암의 성격을 다시 생각해보게 하는 의미 있는 발견임에 틀림없어 보인다. 석굴암의 본존불이 동짓날의 해 뜨는 방향을 향하고 있다는 사실은 동해의 일출과 연결되고 광창을 통해 석실 내부를 밝혔다는 주장에 힘을 실어주기 때문이다. 앞서 살펴본 것처럼 동지는 일 년의 시작점이자 액운을 쫓는 날이라 더욱 의미가 있어 보인다.

그래서 동짓날 새벽에 나침반과 카메라를 챙겨 석굴암으로 향했다. 두 시간여를 달려 석굴암 주차장에 도착하니 찬바람이 귓가를 때린다. 휑했던 주차장엔 두꺼운 옷차림에 모자까지 뒤집어쓴 사람들이 하나둘 모여든다. 연신 손에 입김을 불어대며 속삭이는 사람들의 목소리에선 설렘이 묻어난다.

부지런히 걸어서 도착한 석굴암 안마당은 아직 어둑어둑하다. 곧 일출이 시작되려는지 동쪽 하늘이 발그스름해진다. 그런데 오늘 해가 떠오를 것으로 기대되는 곳은 전망의 가운데가 아닌 오른쪽에 치우친 지점이다. 까딱 잘못하면 토함산의 나무들이 해안선을 가려 일출을 보지 못할까 염려될 정도이다. 실상이 이러한데 석굴암의 본존불은 이런 구석진 곳을 바라보고 있다. 더구나 여기는 그동안 알려진 것처럼 문무왕의 수중릉으로 생각되는 대왕암도 아니다.

예보된 시각보다 십여 분 이상 늦게 뜬 해는 나침반을 꺼낼 필요조차 못 느낄 만큼 기대했던 지점을 훌쩍 넘긴 위치에 있다. 운무에 가려 수평선에서 금방 올라온 해는 아니라지만 본존불이 바라보는 방향을 많이 벗어난 상태이다. 이는 해가 뜬 후 생각보다 빠르게 남쪽으로 이동을 했기 때문이다. 이렇게 빨리 이동해 버리면 석굴암의 비도나 광창으로 아침 햇살이 들어올 겨를이 없을 것만 같다. 수평선에서 바로 해가 올라오는 맑은 날이면 가능할지 모르겠으나 일 년 중 이런 날을 만나기는 무척 어렵다. 그나마 운이 좋아 이런 날을 만날지라도 해가 뜨자마자 남쪽으로 이동해 버리면 석굴을 제대로 밝히기는 어렵다. 따라서 본존불이 동짓날 해 뜨는 방향을 바라보고 있다는 사실은 맞을지라도 신라인들이 동짓날을 염두에 두고 그렇게 설정한 것으로 보이지는 않는다.

아침까지 굶어가며 동짓날 일출을 보러왔건만 별 소득도 없이 고민만 늘었다. 석굴암 주차장에 도착하여 내려가려는데 할머니 두 분이 손을 들며 차를 세운다. 마침 차 안엔 나 혼자뿐이라 태워드렸다.

"아이구 고마배라. 우리 같은 늙은이도 태워주네예."

말씨에서 벌써 사는 곳이 짐작이 가는데 부산에서 왔다고 하신다.

"요 밑에 버스 타는 데까지만 태워 주이소. 지금은 버스도 안 오고 택시도 전화를 안 받네예."

"버스도 없는데 올 때는 어떻게 오셨어예?"

"우리는 어제 저녁에 석굴암에 와서 새벽까지 새알심을 맨들었어예."

"예에, 새알심요? 팥죽 끓였어예?"

"오늘 아침은 팥죽을 공양했는데 못 드신나 보네예."

일출을 보느라고 아침까지 굶은 터라 팥죽 이야기에 배가 더 고파진다. 돌아오는 내내 동짓날 일출은 뒷전이고 팥죽 생각만 가득했다.

성도일의 일출

본존불이 동짓날 해 뜨는 지점을 바라보고 있는 게 아니라면 언제일까?

일반인에겐 덜 알려졌지만 불가佛家에선 4대 명절로 부를 만큼 중요시하는 날이 있다. 부처의 탄신일, 출가일, 성도일, 열반일이다. 이 중 널리 알려진 날은 탄신일인 부처님오신날로 음력 4월 8일이다. 양력으로는 5월 중순쯤에 해당하는데 이때의 일출각은 동쪽으로 치우쳐 본존불의 좌향과는 거리가 멀다. 열반일과 출가일의 일출 지점도 차이가 커서 오직 성도일의 일출각만이 석굴암의 방향과 맞아떨어진다. 석가모니가 깨달음을 얻은 날인 성도일은 음력 12월 8일로 양력으로는 대략 1월 중순쯤에 해당한다. 성도일엔 해가 동짓날보다 조금 일찍 떠서 몇 분 안에 본존불의 좌향과 일치되는 지점으로 이동하게 된다.

동짓날의 해 뜨는 지점은 석굴암의 방향과 너무 붙었고 다른 날은 너무 멀다. 따라서 해가 뜨자마자 방향이 어긋나는 동짓날보다 몇 분 안에 방향이 일치되는 성도일이 석굴암의 방향이라 판단된다.

나는 성도일을 기다려 일출을 보러 갔으나 아쉽게도 이번에도 동짓날처럼 운무가 끼어 수평선에서 바로 올라오는 해는 볼 수 없었다. 그렇지만 해가 뜨는 위치가 동짓날보다 동쪽으로 이동한 지점이었기에 잠시나마 본존불의 시야에서 머물게 된다는 사실을 확인할 수 있었다. 아침 햇살이 본존불에 제대로 닿으려면 동짓날보다는 성도일이 제격인 것이다.

따라서 석굴암의 본존불은 성도일에 떠오르는 해를 겨냥하여 안치한 것으로 판단된다. 본존불의 시선보다 조금 동쪽에서 해가 떠서 곧이어 백호에 닿을 수 있도록 설정한 것이다. 본존불이 동해를 바라보고 있는 이유는 동쪽에서 해가 뜨기 때문이고 동짓날 해 뜨는 지점을 바라보는 까닭은 그래야 성도일의 아침 햇살을 잘 받을 수 있기 때문일 것이다.

본존불의 손 모양은 항마촉지인을 하고 있는데 이는 명상에 잠겼던 석가모니가 깨달음을 얻은 후 지어 보였던 수인이다. 무명의 바다에

본존불의 좌향

성도일의 일출각 / 예상 일출 시간보다 조금 늦게 뜬 해가 본존불의 좌향과 비슷한 지점에 있다.

서 벗어나 진리를 깨닫는 순간을 대중의 눈에 잘 드러내 보이자면 일출만큼 극적인 장면은 없을 듯하다. 본존불은 수인뿐만 아니라 좌향도 성도일과 연관이 깊다는 사실을 알 수 있다.

이와 같은 사실들은 정밀하게 측량해서 밝힌 게 아니라 내 눈으로 대충 확인해서 얻은 결론이다. 그렇다고 장비를 동원해 더 정밀하게 측량할 필요성까지는 느껴지지 않는다. 성도일은 음력이라 해마다 해 뜨는 지점이 달라지기 때문이다. 정확한 일출 지점이 없는 것이다. 변함없는 사실은 성도일의 해 뜨는 지점은 동짓날의 해 뜨는 지점보다 조금 동쪽에 있다는 점이다. 성도일 아침에 떠오른 태양이 동짓날 해 뜨는 지점으로 이동하면 본존불의 시선과 일치하도록 설계된 것이다. 백호와 두광이 아침 햇살과 맞닿아 신화 같은 장면이 연출된다.

그렇다면 동짓날 해 뜨는 지점이 풍광의 가운데에 오는 곳을 찾았으면 어땠을까 하는 욕심이 생긴다. 동해 앞바다가 훤하게 보일 만큼 전망이 좋은데 본존불이 구석진 지점을 향하고 있다는 사실이 마음에 걸린다. 석굴암을 지을 곳은 샘물, 암반 등을 다 갖추어야 하니 이 조건만큼은 차선을 선택할 수밖에 없었지 싶다.

하지만 이는 짧은 생각이었다. 해 뜨는 지점은 동지가 지나면 다시 동쪽으로 이동한다. 무더운 여름을 제외하면 꾸준히 햇빛을 받을 수 있는 곳이 지금의 방향이다. 해를 받아들여 석굴을 밝히고 겨울을 따뜻하게 만들려는 의도까지 숨어있다. 토함산 석굴암은 천혜의 자연조건에다 신라인의 지혜가 보태져 천하의 명당이 되었다.

이처럼 석굴암에 와서 직접 일출을 보니 예상과는 사뭇 달랐다. 본존불은 대왕암이나 동짓날 해 뜨는 지점을 바라보고 있는 줄 알았더니 성도일의 해 뜨는 곳을 바라보고 있다. 나라의 안녕이나 한 해의 풍년을 기원하는 줄 알았더니 깨달음을 염원하고 있다.

신라인들은 수십 년의 노력 끝에 석굴암을 완성하고 낙성식落成式을 열었을 것이다. 매서운 한파가 몰아치는 겨울임에도 왕을 비롯하여 석굴암 조성에 참여했던 많은 이들이 운집했을 것이다. 이른 새벽부터 분주히 움직이며 추운 날씨에 얼고 망치질에 뭉개진 두 손을 모아 간절히 빌었을 것이다. 감동에 겨워 울었을 것이고 그 눈물마저 얼었을 것이다. 이처럼 감동과 환희, 눈물로 여울진 낙성식의 백미는 동해의 일출이었을 텐데 그날은 동짓날이 아니라 성도일이다.

"석굴암의 본존불은 성도일의 해 뜨는 지점을 향하고 있다."

나를 깨우는 원근법

어긋난 두광

앞서 1권에서는 두광이 본존불과 떨어진 이유를 석굴의 조명을 위해서라 설명했다. 광창으로 들어온 빛을 두광으로 되쏘는 간접조명이 가능하도록 두광을 본존불의 머리에서 떼어놓았다고 생각한 것이다. 나는 진짜라는 표현까지 사용하며 두광이 본존불과 떨어진 이유가 간접조명에 있다고 강조했다. 그런데 이제 진짜라는 말은 빼야 할 듯하다. 연구를 거듭할수록 색다른 점이 발견되기 때문이다.

측면에서 본 두광 / 측면에서 보면 두광이 본존불의 얼굴을 많이 벗어나 어색해 보인다.

신라인들은 본존불의 머리 뒤에 있어야 할 두광을 멀리 떼어 놓는 것도 모자라 그 자리를 빛으로 뚫어버렸다. 나의 상상처럼 석굴이 뚫린다면 두광이 사라질 판이다. 빛으로 석굴을 뚫는 것까진 좋았는데 하필이면 그 위치가 두광이 있어야 할 곳이라 고민이 깊어진다. 내가 잘못 푼 게 아니라면 간접조명보다 더 중요한 무언가가 두광에 숨어 있을 것만 같다.

이처럼 두광은 여러모로 의미심장한 곳인데 의외로 관심이 덜한 듯하다. 전실에서 본존불을 바라보면 두광과 잘 어울린다고 판단해서이지 싶다. 참배자의 입장에서 본존불과 두광이 잘 어울리는 전실에서 예불을 드리라고 두광을 지금의 위치에 두었다고 보는 것이다.

본존불과 두광의 불일치 / 정면에서 바라보면 본존불이 두광의 중심에서 벗어나 있다.

'과연 그럴까?'

전실에서 본존불을 바라보면 두광과 어울려 보이지만 자세히 보면 각도가 맞지 않다. 본존불의 얼굴이 두광의 중심에서 왼쪽으로 조금 벗어나 있다. 이를 바로잡으려고 옆으로 이동하면 이번엔 좌우대칭이 무너진다. 비도에 있는 두 돌기둥의 간격이 어긋나고 판석의 조각상과 감실의 보살들마저 좌우 비례가 흐트러진다. 이는 일제강점기에 보물을 탐낸 도굴꾼들이 본존불의 엉덩이를 지렛대로 들어 올려 위치가 틀어졌기 때문이란 견해가 있으나 정확한 이유는 아직 밝혀지지 않았다. 본존불과 돌기둥 사이로 보이는 판석의 조각상이나 감실보살을 보려고 좌우로 많이 움직이면 두광이 얼굴에서 크게 벗어나 더 어색하다.

예불 장소라는 전실 앞에 서면 분위기가 이상해진다. 좌우에는 팔

<멀리서 바라본 본존불과 두광>   <가까이서 바라본 본존불과 두광>

본존불과 두광의 크기 변화 / 멀리서 바라보면 얼굴과 두광이 잘 어울리지만 가까이서 보면 얼굴에 비해 두광이 작아 보인다.

어색한 두광 / 주실로 들어가면 본존불의 두광은 상대적으로 작아지거나 머리에서 벗어난다.
뒤에서 보면 천개석이 두광처럼 보인다. 모두 본존불과 어울리지 않는 모습이다.

부신중들이 포위하듯 좌우로 늘어섰는데 손에는 칼과 창까지 들었다. 비도의 양옆에는 금강역사가 위협적인 자세로 노려본다. 이런 분위기 속에서 예불을 드려야 한다면 마음이 불안할 것 같다. 왕 앞에서 무릎을 꿇고 문초를 당하는 사람처럼 느껴져 본존불이 엎드려 절받는 모양새가 되고 만다. 전실이 예불을 위해 마련된 장소가 맞는지 의심이 간다.

전실에 머물러 있으면 주실로 들어가고픈 마음이 간절해진다. 전실까지 뻗어 나온 비도가 블랙홀처럼 사람을 끌어당긴다. 전실은 위압적인데 주실은 참배객의 마음을 어루만지듯 평화롭다. 자연스레 발걸음은 주실로 향하게 된다.

본존불을 바라보며 끌리듯 주실로 다가가면 어색한 장면이 또 연출된다. 본존불의 머리는 점점 커지고 상대적으로 두광은 작아진다. 두광을 본존불과 떨어뜨려 놓았기 때문에 생기는 기이한 현상이다.

주실을 돌아 본존불의 옆모습을 바라보면 두광은 본존불과 완전히 떨어진다. 두광의 역할을 완전히 상실하고 만다. 전실에서 볼 때는 두광이 본존불 근처에는 있었는데 주실로 들어와 보니 완전히 별개의 존재로 느껴진다. 대신 그동안 보이지 않던 천개석이 눈에 들어오기 시작한다. 두광과 천개석이 함께 보이니 두광이 천개석 같고 천개석이 두광 같다. 본존불은 두 개의 두광을 가진 희한한 모습이 된다.

본존불 뒤로 돌아가면 지금까진 보이지 않던 십일면관음보살이 나타난다. 여기서 보면 두광이 십일면관음보살의 머리 위에 있다. 두광의 앞쪽엔 본존불이 있고 아래쪽엔 십일면관음보살이 있어 두광을 서로 나누어 가진 듯하다.

뒤돌아서면 본존불의 커다란 등판이 앞을 가로막는다. 고개를 들어 본존불의 머리를 바라보면 있어야 할 두광은 없고 천개석이 본존불의 머리를 감싸고 있다. 이번엔 천개석이 본존불의 두광처럼 보인다. 순간 머리가 복잡해진다. 마땅히 본존불의 것으로 여겼던 두광이 주실로 들어와 보니 본존불의 것으로 보이지 않는다.

본존불을 돌아 나오면 들어올 때와 반대 현상이 벌어진다. 본존불과 멀어질수록 머리 위로 두광이 떠오른다. 희한하게도 두광은 본존불과 멀어지면 두광 같고 다가가면 사라진다.

신라인들은 어쩌자고 두광을 본존불과 분리시켜 이런 얄궂은 장면을 만들었는지 쉽사리 이해가 안 간다. 이해가 안 가는 건 또 있다. 상황이 이러한데 우리들은 석굴암을 칭송하기 바쁘다. 두광 같지도 않은 두광을 보면서도 세상에 하나뿐인 놀라운 발상이라 추켜세운다. 두광은 옆에서 보면 엉뚱한 곳에 박혀있어 아무리 봐도 어색한데 왜 놀랍다는 건지 모르겠다. 위대한 석굴암이 다시 어색한 석굴암으로 돌변하는 듯하다. 직감적으로 여기엔 뭔가 다른 이유가 있다는 생각이 든다.

상식을 깨는 두광

본존불과 두광은 석굴암의 핵심 중에서도 핵심이다. 빛으로 석굴을 파는 신라인들이 핵심을 평범하게 놔둘 리 없다.

주위를 살펴보면 본존불을 에워싼 천부와 보살, 십대제자 등도 모두 두광을 갖고 있다. 십대제자들은 정면일 때도, 측면일 때도 변함없이 두광이 동그랗다. 두광이 후광이면 측면에서 보면 타원형으로 바뀌어야 할 듯한데 전혀 그렇지가 않다. 이들은 마치 투명 헬멧을 쓰고 있는 것 같다.

순간 눈이 번쩍 뜨이는 듯하다. 미술을 공부했고 학생들에게 미술을 가르치고 있으면서도 아직 부조와 환조의 차이를 몰랐다는 생각이 든다. 판석의 조각상에 새겨진 납작한 두광은 원처럼 2차원적인 빛이 아니라 구처럼 3차원적인 빛임을 일깨워준다. 두광은 머리 뒤에서 빛나는 후광後光인 줄 알았더니 머리에서 사방팔방으로 발산되는 기운이다. 그러니까 주실 전체가 바로 본존불의 두광이라는 이야기이다. 두광이 본존불과 떨어진 이유이기도 하다.

고개를 들어 감실보살들을 올려다보니 두광과 신광을 다 갖추고 있다. 두광이 머리에서 나온다면 신광은 몸에서 발산하는 기운이다. 격이 높은 본존불에도 없는 두광과 신광을 격이 낮은 보살들에게 주어져 있으니 이 또한 이상하다. 처음엔 욕심을 내려놓은 본존불이 두광과 신광마저 벗어버린 것이라 여겼으나 정답이 아니었다. 신령스러운

<제석천>   <보현보살>   <목건련>

본존불과 다른 두광의 모습 / 제석천과 보현보살, 목건련 등은 옆에서 보아도 두광이 온전하게 드러난다. 두광은 얼굴 뒤에만 존재하는 게 아니라 머리를 둘러싸고 있기 때문이다.

기운이 머리에서만 나올 리 없지 않은가? 두광과 신광이 하나된 모습이 주실이다. 본존불의 두광과 신광은 너무 커서 보고도 깨닫지 못했던 것이다. 인간의 귀로는 저주파와 고주파를 들을 수 없듯이 인간의 눈으로는 보기 힘든 크기이다. 주실은 동그랗게 응축된 강력한 에너지 덩어리이다.

두광 속으로 들어왔다고 생각하니 몸이 찌릿찌릿해진다. 터질 듯한 본존불의 기운이 전해져 내 머리에도 두광 하나가 돋아날 듯하다. 온몸에 전율이 흘러 소름 돋게 만드니 전굴암電窟庵이라 불러도 능히 감당할 것이다.

두광은 처음엔 본존불의 것이었다. 우리가 어릴 적 썼던 모자를 생각해보면 이해하기 쉽다. 자그마한 모자는 내 것이었지만 지금의 나에겐 맞지 않다. 버리기 아까운 모자는 누군가에게 물려주게 된다. 이를 물려받는 존재가 십일면관음보살인 셈이다. 십일면관음보살이 지금 당장 물려받기엔 본존불의 두광이 너무 크다. 십일면관음보살이 서서히 본존불로 변하면 십일면관음보살의 두광이 그 자리를 대처하게 된다. 본존불과 떨어진 두광이 십일면관음보살의 머리 위에 있는 것도 이와 무관하지 않다.

천상열차분야지도의 설명에 따르면 해는 왕, 달은 여왕이라 했다. 앞서 살펴보았듯이 석굴암에서 해는 천개석이고 달은 두광에 해당한다. 왕에 해당하는 본존불과 달에 해당하는 두광은 서로 어울리지 않는다. 그렇다면 두광은 십일면관음보살의 것이어야 이치에 맞다.

석굴암처럼 영취산에서 『묘법연화경』을 설하는 장면을 그린 그림을 영산회상도靈山會上圖라고 부른다. 입체적인 석굴암은 이처럼 평면적인 그림과 뚜렷한 차이가 있다. 그림은 어느 지점에서 보아도 엇비슷해 보이지만 석굴암은 보는 위치에 따라 확연히 다르게 보인다. 신라인들은 이런 차이점까지 알고선 석굴암을 설계한 것으로 판단된다.

부처와 멀어진 전실에서 보면 두광은 본존불의 것으로 보인다. 사람들이 착각하게 만들고선 본존불에 가까워질수록 두광이 본존불의 것이 아님을 깨닫게 만든다. 본존불의 뒤편으로 가면 두광보다 천개석이 본존불의 두광에 더 가깝다고 일러준다. 조금 깨우친 듯하나 이역시 답은 아니다. 본존불을 뒤에서 바라보면 후광이 아니라 전광前光이 된다. 우린 본존불을 입체로 보지 못하고 평면으로 보고 있었던 것이다. 두광과 천개석이 본존불의 두광이 아니라 석실 전체가 본존불의 두광이자 신광임을 깨닫게 해준다.

지금의 두광은 어디에서 보더라도 온전하지 않다. 두광이 본존불의 것이 아님을 석굴암은 온몸으로 보여주지만 우리는 어떻게든 두광을 본존불의 머리에 맞추려 한다. 하지만 신라인들은 우리와 차원이 달랐다. 두광을 본존불과 떨어뜨린 이유가 오묘해서 자꾸만 되새겨본다.

석굴암에 와보지 않은 사람은 본 것이 없으니 무지의 상태라 할 수 있다. 석굴암과 멀어지면 깨달음과 멀어지는 셈이다. 적어도 석굴암의 전실 앞까지는 와야 깨달음의 기회가 주어진다. 그런데 전실에서는 떨어진 두광을 통해 진리라고 생각한 것이 진리가 아님을 보여준다. 본존불과 가까워지면 두광이 사라지면서 주실이 본존불의 두광이자 신광이 된다. 옆에서 바라보면 본존불과 분리된 두광을 보여주고 뒤에서 바라보면 천개석이 두광인 것처럼 착각하게 만든다. 그러니까 당시의 예법대로 본존불의 발아래에서 예경할 때 진리에 가장 근접한

본존불이 없는 주실의 모습(신라역사과학관) / 석굴암에 본존불이 없으면 십일면관음보살
이 그 역할을 이어받게 된다. 제자상들이 십일면관음보살의 협시불처럼 느껴진다.

모습이 되는 것이다.

본존불의 뒷면으로 가면 장차 십일면관음보살이 두광의 주인이 될
것임을 넌지시 알려주고 천개석이 본존불의 두광처럼 보이게 만든다.

주실을 돌아 나오면 비로소 본존불의 시선으로 세상을 바라보게 만
든다. 이렇게 석굴암은 주실을 돌아보면 자연스레 깨달음을 얻게 만
든다. 전실에서 예를 올리도록 계획한 것이 아니라 주실에서 깨달음
을 얻게끔 설계된 것이다. 주실을 한 바퀴 도는 것으론 이를 깨닫기 어
려우니 적어도 세 번은 돌아볼 일이다.

그동안 서양의 전유물로 여겼던 원근법을 석굴암에서 다시 찾았다.
본존불과 멀어질수록 진리에서 멀어지고 다가갈수록 가까워진다. 원
근법으로 하늘에서 꽃비가 고루 내리게 하더니 이젠 깨달음의 길로

인도한다. 거리에 따라 깨달음의 정도를 달리하여 석굴암을 찾도록
만든다. 차원이 다른 원근법이다.

이쯤 되니 내가 앞서 '석굴암의 3대 신비'라고 칭송했던 것들의 위
상이 흔들린다. 그동안 눈에 보이고 귀에 들리는 것만 보고 들었지 싶
다. 보이지 않는 하얀 그림자, 깨달음을 주는 원근법이 3대 신비를 훌
쩍 뛰어넘을 만큼 신비스럽다. 여기에 더하여 석굴암엔 또 하나의 신
비로운 장면이 있다.

두광의 변신

저녁을 먹고 산책하러 나갔더니 하늘에 보름달이 솟아있다. 한참
석굴암에 몰입해 있던 터라 달처럼 동그란 물체를 보면 절로 두광이
떠오른다.

이처럼 두광이 떠오르면 반가워야 할 텐데 말 못 할 고민이 따라온
다. 광창의 빛이 본존불의 이마가 아니 두광을 비춘다는 사실을 알았
을 때부터 생긴 고민거리이다. 두광은 정원처럼 동그란 반면에 광창
으로 들어온 빛은 위쪽만 약간 둥근 모습이었다. 생김새가 두광을 닮
지 않고 감실에 더 가까워 보였다. 광창의 생김새를 동그랗게 만들지
않았기 때문에 두광과 어울리지 않았던 것이다. 두광에 닿은 빛이 석
굴을 뚫는다고 생각하니 고민이 더 깊어졌다.

'그러면 두광은 어찌하라고?'

그래도 한때는 본존불의 두광이었고 곧이어 십일면관음보살의 두
광으로 변해야 하는데 저기를 뚫어버리면 두광의 안위가 걱정된다.

조선고적도보에 실린 본존불 / 두광 옆의 면석은 끝부분이 괄호 모양이라 두광을 감싸고 있
는 듯하다.

이런 고민은 '리여성'이라는 학자의 눈썰미 덕에 풀 수 있었다. 성낙주
소장이 쓴 『석굴암 그 이념과 미학』이라는 책에는 월북한 미술사가 리
여성이 두광을 관찰하고 쓴 글이 소개되어 있다.

　이 작가의 섬세 주도한 감각은 이 두광 주변에 조각한 연판連瓣에서도 그
것이 잘 나타나고 있다. 정밀하게 보면, 두광의 연판은 상부와 하부의 소밀疏
密의 도가 다른 것을 볼 수 있는 바, 이것은 보는 사람들로 하여금 시선의 원
근을 고려하여 먼 것은 세밀히 새기고 가까운 것은 드물게 새긴 것이다. 이것

은 회화의 원소근대遠小近代의 원근법을 반대로 처리함으로써 시각상 착각을 피하고저 한 것인 만큼 그 용의가 얼마나 주도하였나 하는 것을 능히 엿볼 수 있다.

-리여성, 「석굴암 조각과 사실주의」, 『문화유산』, 1958년.

리여성은 두광의 연판이 위아래로 세밀도가 다르다는 점을 정확히 읽어냈다. 두광의 위쪽 연꽃문양은 세밀하게 새기고 아래는 드물게 새겼는데 이를 보는 이의 착시현상을 막아주는 역할로 보았다. 두광의 지름은 세로가 228cm, 가로가 224cm로 약 4cm 정도 차이가 나는데 전실에서 보면 두광이 정원으로 보인다는 것이다.

대단한 눈썰미라 여겨진다. 이쯤 되면 의심의 여지가 없는 정답처럼 보인다. 그랬는데 이 생각이 흔들린다. 전혀 움직일 것 같지 않은 건축물도 변하고 성장한다는 사실을 깨닫고 난 이후의 일이다. 두광이 가로와 세로의 길이가 다르고 위아래로 새긴 조각의 깊이가 다르다면 변화를 주기 위한 발상일 것이다. 두광의 모습을 조금 과장해서 표현하면 위아래로 길쭉한 타원형인데 위쪽은 도드라지고 아래쪽은 흐릿하다. 아래에서 위로 변화의 기미가 엿보인다.

천장이 하늘이라면 면석은 허공이다. 두광의 좌우에 있는 면석은 다른 면석과 달리 바깥쪽이 둥그스름하다. 그래서 두광을 감싸고 있는 듯하다. 『조선고적도보』에 실린 일제가 석굴암을 수리하기 이전의 사진을 보면 훨씬 더 선명하게 보인다. 그러니까 괄호처럼 두광을 감싼 면석은 옛날부터 존재하고 있던 도상이란 의미가 된다.

석굴암이 건축물이 아닌 그림이었다면 저 두광은 분명 홀로 허공에 뜨게끔 그려졌을 것이다. 그래서 두광을 자유롭게 면석에서 조금 떼어놓아 보았다. 그랬더니 벽에 붙어 있던 두광이 아래에서 위로 솟구치는 듯하다. 속도는 느리지만 조금씩 올라가는 것 같다. 강물을 거슬러 오르는 연어처럼 두광은 면석을 밀어 올리며 조금씩 하늘로 솟구친다. 돌로 만든 동그란 연이 하늘 위로 날아오르는 듯하다. 하늘로 오를수록 두광은 커지고 연꽃 문양은 더 선명해질 것이다. 덩달아 두광을 감싸는 면석도 하나둘 늘어날 것이니 두광이 곧 천개석이 된다. 용문석굴은 광배와 천장의 연화문이 맞닿게 하여 두광의 변신을 알리고 있으나 석굴암은 괄호 같은 곡선으로 간단히 해결하고 있다. 표현이 과하면 과거의 모습을 잃게 되고 모자라면 미래의 모습이 사라질 텐데 적정선을 유지하고 있다. 현재 속에 과거와 미래가 고스란히 담겨있다.

그동안 우리는 신라인들의 사고와 참 동떨어져 있었

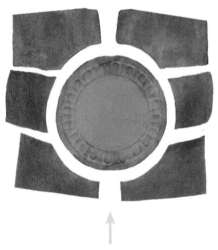

두광과 면석의 변화 / 두광에서 면석을 떼어보면 천개석처럼 면석이 두광을 감싸고 있는 듯하다. 두광이 천개석으로 변하기 때문이다.

천개석으로 변하는 두광 / 달을 닮은 두광이 서서히 해를 닮은 천개석으로 변해간다.

다는 생각이 든다. 우리는 균형과 조화를 중시하는데 신라인들은 변화와 성장을 추구한다. 우리는 착시현상을 바로잡으려는데 신라인들은 착시현상을 역이용한다. 우리는 자와 컴퍼스로 어떻게든 동그랗고 반듯하게 만들어 석굴암을 고정시키는데 신라인들은 약간 어그러지게 만들어 성장하게 만든다.

처음에 나는 두광이 본존불과 떨어진 이유를 석굴의 조명 때문이라 판단했다. 하지만 그것이 주된 이유가 아니었다. 석굴암엔 광창이 없는 줄 알았더니 광창이 있었고 광창으로 들어온 빛이 백호에 닿을 줄 알았더니 두광을 때렸다. 그렇게 두광으로 간접조명을 하는 줄 알았더니 뚫어서 광창을 내고 급기야 두광이 천개석으로 변해간다.

이제야 마음이 좀 놓인다. 갈라진 천개석으로 석굴암을 마무리 지은 신라인들의 의중이 엿보인다. 천개석은 자라는 두광으로 대체될 테니 갈라졌어도 올릴 수 있었을 것이다. 세 부분으로 갈라졌으니 세 개의 석굴이 탄생하길 기원했을 것만 같다.

결과적으로 본존불이 두광과 떨어진 진짜 이유는 간접조명이 아니었다. 본존불과 멀어진 두광은 석실이 곧 부처의 광배임을 알려주는 도상이었다. 나를 깨우는 원근법이었던 것이다.

앞서 용문석굴을 소개하면서 우리나라에선 많이 휘어진 두광을 찾아보기 어렵다고 했으나 석굴암에 두고도 몰랐지 싶다. 석굴암의 본존불 두광은 휘어진 정도가 아니라 아예 동그랗게 변했다. 낮에는 해가, 밤에는 달이 뜨고 지듯이 석굴암엔 이들을 닮은 두광과 천개석이 선순환하고 있다.

"석굴암의 두광은 천개석의 씨앗이자 주실 그 자체이다."

소우주에서 대우주로

불상의 탄생

두광의 비밀이 풀리자 불상 탄생의 비밀까지 보이기 시작한다. 미완의 과제로 남았던 과제가 얽힌 실타래가 풀어지듯 해결되니 무거운 짐을 내려놓은 기분이다. 흔히들 불상의 탄생을 논할 때면 주로 기원에 대해 이야기한다. 그리스와 로마에서 시작된 조각술이 인도와 중국을 거쳐 우리나라로 전해지기까지의 과정을 살핀다. 지금 말하고자 하는 불상의 탄생은 이와는 성격이 조금 다르다.

우리나라는 유달리 돌로 만든 문화유산이 많다. 석굴암뿐만 아니라 석탑, 석등, 승탑 등 대다수의 문화유산이 돌로 이루어져 있다. 불상도 예외는 아니라서 석불이 많다. 돌은 단단해서 다듬기는 어려우나 영원성을 담보해야 할 불상의 특성에 잘 어울린다.

따라서 돌로 만든 것까지는 알겠는데 우리나라 불상에는 도무지 이해가 안 가는 도상이 있다. 대좌 위에 홀로 앉아 있어야 할 석불이 광배라 불리는 넓적한 돌과 붙어 있다. 이는 주로 석불에서 볼 수 있는 독특한 장면이다. 석불 따로 광배 따로 조각되어야 마땅할 법한데 붙어서 한몸이 되어 있다. 경주에서 발견된 것만 봐도 영지의 석불좌상,

장항리사지 석불입상, 감산사 석불입상, 삿갓골 석불입상 등 그 수가 상당하다.

반면에 불상과 광배가 떨어져 있는 석불도 많다. 경주 남산의 열암곡 석불좌상, 보리사 석불좌상, 법당곡 석조여래좌상 등 불상과 광배가 붙은 석불과 그 수가 비슷한 수준이다.

둘의 차이점을 살피다가 그동안 내가 제멋대로 생각했구나 싶다. 석굴암에선 두광이 본존불과 떨어져 있다며 이상하게 여기고 이번엔 붙어 있다고 이상하게 여기니 말이다. 석굴암에서 가졌던 의문을 그대로 적용해보면 불상과 광배가 떨어져 있는 게 이상하지 않은가?

고맙게도 석굴암 본존불의 두광은 이 의문에 대한 답까지 준다. 본

<영지 석불좌상>　　　　　　　<열암곡 석불좌상>

불상과 광배 / 불상의 머리와 등에 붙어있던 광배가 점점 떨어져서 분리된다.

존불의 두광이 변신에 변신을 거듭했듯이 석불의 광배도 변한다는 사실을 알려준다.

열암곡 석불좌상의 광배 끝을 보면 연꽃잎처럼 끝이 뾰족하다. 광배의 좌우는 석불을 감싸듯 안으로 살짝 오므라들었다. 두광은 위로, 신광은 양옆으로 자라며 석굴암의 주실 같은 공간을 만들고 있다. 두광과 신광으로 이루어진 광배는 감실처럼 석굴암의 씨앗이었던 것이다. 이런 광배를 보면 불상의 탄생이 그려진다.

두광에 집중해보면 석굴암의 조각상들은 크게 세 종류로 나눌 수 있다. 두광이 아예 없는 것, 두광만 있는 것, 두광과 신광이 함께 있는 것으로 구분된다. 두광이 아예 없는 예로는 악귀와 팔부신중이 있고

불상의 탄생 / 유마거사처럼 두광과 신광이 없다가 두광이 먼저 나타나고 이어서 신광까지 생긴다. 결국 불상은 두광과 신광이 합쳐진 석굴암 본존불의 모습으로 완성된다.

<석불>   <철불>   <금동불>   <금불>

불상의 탄생 2 / 불상의 재료는 돌에서 철, 금동, 금으로 변화된다.

두광만 존재하는 것은 금강역사와 사천왕을 포함한 주실의 조각상들이 있다. 두광과 신광을 모두 갖춘 경우는 감실보살과 본존불뿐이다.

따라서 우리는 불상 탄생의 과정을 좀 더 세밀하게 따라가 볼 수 있다.

처음엔 없던 두광이 나타나고 이어서 신광이 등장한다. 결국 두광과 신광을 모두 갖춘 부처가 되는 것이다.

불상의 재료에 대해서도 감을 잡을 수 있게 된다.

목탑이 석탑으로 바뀌듯이 목불은 석불로 성장하는 것이다. 재료만 놓고 보면 불상은 목불, 석불, 철불, 금동불, 금불로 변한다. 단순히 주위에서 구하기 쉬운 재료로 불상을 만든 게 아니다. 석불 이후에 철불이 유행한 것은 나라가 그만큼 불국토가 되었거나 되길 희망해서였을 것이다. 금동반가사유상은 금동으로 만들었다고는 하나 보살상이다. 보살상도 머지않아 불상으로 변할 것이란 사실을 강조하고자 일부러 중간에 넣어 보았다.

돌이라도 다 같은 돌이 아니다. 돌마다 색깔이 다르고 단단한 정도가 다르다. 이런 점에서도 석굴암은 단연 돋보인다. 보석처럼 희고 단단한 토함산의 화강암으로 만든 석굴암은 석굴의 핵심이자 꽃이다. 귀한 재료일수록 크기는 작아지게 마련인데 석굴암의 본존불은 크기에서도 밀리지 않는다.

조각상들을 보면 전실의 팔부신중처럼 두광도 신광도 없는 존재가 있는가 하면 판석의 금강역사처럼 두광만 갖춘 게 있다. 또한 감실보살처럼 두광과 신광을 모두 갖춘 조각상도 있다. 모두가 미래의 부처인데 단계를 표현했을 뿐이다. 없던 두광이 생기고 이어서 신광까지 갖추면 우리가 알고 있던 불상이 완성되는 것이다. 아니 완성되는 줄

전국의 석불들 / 우리나라에는 석굴암 같은 석불들이 헤아릴 수 없을 만큼 많다.

알았다. 석굴암의 본존불은 두광과 신광을 갖춘 불상을 뛰어넘는 존재이다. 두광과 신광이 하나 되어 두광도 신광도 없는 것 같은 존재가 되었다.

불상 탄생의 과정을 정리해보면 다음과 같다.

선각에서 마애불로, 마애불에서 입체불로, 목불에서 석불로, 석불에서 철불로, 철불에서 금동불로, 금동불에서 금불로 변한다. 무無에서 두광이, 두광에 이어서 신광이, 두광과 신광이 하나 되어 불상이 완성된다. 불상을 중심으로 석굴이 자랄 것이니 불상의 탄생이 곧 석굴의 탄생이다. 우리나라엔 다 헤아릴 수 없을 만큼 많은 불상이 있으니 석굴이 그만큼 많다는 이야기이다. 인도와 중국뿐만 아니라 한국도 석굴의 씨앗을 방방곡곡에 심어 전국을 불국토로 만들려는 의중이 읽힌다.

불상은 앉아 있으면 좌상坐像, 서 있으면 입상立像, 누워있으면 와상臥像이라고 부른다. 온종일 뒤돌아볼 돌사자가 없듯이 불상도 영원히 앉았거나 서 있지만은 않을 것이다. 깨달음이 약한 인간을 위해 잠시 앉거나 서고 때론 누웠는데 나는 불상의 겉모습만 보았던 것이다.

불상 탄생의 비밀이 보이니 덩달아 비도의 비밀이 보인다. 주실과 전실을 연결하는 통로로만 인식했던 비도는 주실에서 뿜어져 나오는 위신력이 전실로 전해지는 길이다. 세상 대부분의 석굴은 인간이 손으로 파낸 인공석굴이지만 에너지의 흐름은 안에서 밖으로 나오게 된다. 석공의 손을 떠난 석굴은 신의 영역으로 들어선 것이다.

본존불이 뒤로 물러나 앉은 이유는

석굴암의 본존불은 주실의 정중앙이 아닌 뒤로 살짝 물러난 위치에 있다. 그래서 본존불의 앞은 공간이 넓어진 반면에 뒤쪽인 십일면관음보살과의 거리는 좁아졌다. 이를 두고 앞쪽에서 예배를 드리는 사람을 위한 배려라고 한다. 당시엔 탑돌이 하듯이 주실 안을 도는 예법이 성행했다고 하니 이는 사실이 아닐 가능성이 높다.

다른 이유를 찾던 나는 다음과 같은 사실에 주목했다.

본존불은 뒤로 물러나 있으나 천개석은 천장 가운데에 있다. 수직선상에 놓고 보면 천개석이 본존불보다 조금 더 앞쪽에 위치한다. 그래서 처음엔 안전을 위한 조치라 여겼다. 만에 하나 석굴이 무너지더라도 천장에 있는 천개석이 본존불을 덮치는 불상사를 막기 위한 안전장치라고 생각한 것이다. 맨눈으로는 확인이 어렵지만 석굴암의 둥근 천장은 앞쪽은 가파르고 뒤쪽은 완만하다고 한다. 쉽게 말하자면 약간 일그러진 모양을 하고 있다는 것이다. 이 또한 천개석이 본존불을 피해 앞으로 떨어지도록 고안한 안전장치라 여겼다. 천개석을 비롯한 돌들은 앞으로 쏟아지고 본존불은 뒤로 살짝 물러나 앉게 함으로써 이중의 안전장치를 마련했다고 극찬했다.

그런데 이 생각이 얼마나 안일한 판단인지를 깨닫는 데에는 의외로 오랜 시간이 걸렸다. 너무 그럴싸해 보여 정답이라 착각한 나머지 다른 상황은 전혀 고려하지 않았던 것이다. 천장 가운데에 있는 천개석만 피하면 본존불의 안전이 보장될 것 같으나 현실은 전혀 그렇지가 않다. 본존불의 머리 위에는 천개석 못지않게 위험한 동틀돌과 면석들이 있고 바깥에는 수많은 돌덩이와 흙덩이가 둘러싸고 있다. 석굴이 무너지면 이들도 함께 쏟아질 것인데 본존불의 안전을 어찌 보장할 수 있겠는가?

석실이 무너질 것을 대비한다는 발상 자체가 잘못이다. 석실은 무너져서는 안 되는 곳이다. 절대로 무너지지 않도록 당대 최고의 기술력을 집약하여 만든 성전이 석굴암이다. 그동안 석굴의 형태가 찌그러져 있는 이유, 본존불이 석실의 중앙이 아닌 뒤쪽에 앉아 있는 이유

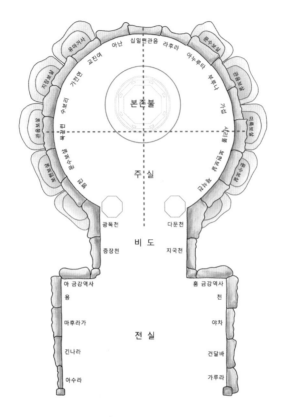

본존불의 위치 / 본존불은 주실의 정중앙보다 조금 뒤쪽에 배치되어 있다.

를 찾지 못해 안전장치라 오해를 했던 것이다.

본존불이 뒤로 물러나 앉은 이유를 찾기 전에 다음 질문에 대한 답부터 알아보자.

"신라가 수도를 경주에서 대구로 옮긴 까닭은?"

어떤 이는 답을 찾아보려 애쓸지 모르겠으나 신라의 역사를 아는 사람들은 황당해할 것이다. 신라는 수도를 한 번도 옮긴 적이 없으니 말이다. 질문부터 잘못되었으니 정답이 나올 리 없다.

본존불이 뒤로 물러나 앉은 이유에 대한 답도 마찬가지이다. 본존불은 처음부터 변함없이 그 자리를 지키고 있었다. 본존불이 뒤로 물러나 앉은 일이 없으니 질문이 잘못된 것이고 질문이 잘못되었으니 오답이 나올 수밖에 없는 상황인 것이다.

이 문제에 대한 답은 선입견 같지 않은 선입견이 존재한다는 사실을 깨닫고 나서야 풀 수 있었다. 놀랍게도 움직인 것은 본존불이 아니라 석굴이었다. 석굴은 건축물이니 움직일 수 없다는 생각이 선입견이었던 것이다. 신라인들은 움직일 것 같은 본존불은 그대로 두고 움직이지 못할 것 같은 석굴을 움직인 것이다.

이성적으로 생각하면 인정하기 어려우나 석굴암을 과학이 아닌 종교적 관점으로 바라보면 충분히 가능해 보인다. 안상문 받침돌의 어색한 배치가 말해주듯 석굴암은 뿌리부터 흔들리면서 자라고 있는 것이다. 석굴암의 해설서답게 『묘법연화경』에는 이와 유사한 내용도 있다.

그러자 온 세계가 여섯 가지로 진동하였습니다.

하늘에서 꽃비가 내린 후에 온 세계가 진동하였다고 한다. 여섯 가지로 진동하였다고 하니 오감에다가 마음의 울림까지 보태어져 여섯이 되었을 듯하다. 물리적으로 생각해보자면 받침돌의 변화, 위치를 맞바꾼 조각상, 천개석으로 변하는 두광 등이 진동과 관련이 있어 보인다. 미세하게 떨리는 가운데 석굴이 움직이며 성장하는 것이다.

그 성장의 밑거름이자 원천은 본존불의 위신력임은 이제 더 이상

강조하지 않아도 되지 싶다.

토함산에 핀 코스모스

예전에 보았던 영화 '슈퍼맨'에는 석굴암의 과거와 미래를 예측해 볼 수 있는 재밌는 장면이 나온다. 슈퍼맨은 사랑하는 로이스가 죽자 빛보다 빠르게 지구를 돌며 시간을 과거로 되돌린다. 영화의 각본대로라면 석굴암도 슈퍼맨만큼 주위를 빠르게 돌면 과거의 모습으로 되돌릴 수 있을 것 같다. 그런데 슈퍼맨처럼 빠르게 돌아야 한다고 생각하니 어지러워 대신에 석굴암을 팽이처럼 뱅뱅 돌려보는 발칙한 상상을 해본다.

맨 앞의 목조건물이 없어지고 금강역사와 팔부신중도 네모난 전실과 함께 사라진다. 사천왕은 그 모습이 흐려지는가 싶더니 주실 안으로 빨려 들어간다. 동시에 비도와 광창이 막히면서 반구형의 석굴암이 만들어진다. 과거로 돌아간 석굴암은 신라왕릉을 닮아있다.

시간을 거스르기 위해 시계 반대 방향으로 석굴암을 빠르게 돌리면 비도와 광창처럼 뚫린 공간은 보이지 않고 사방이 전부 막히게 된다. 이와 같은 모습이 석굴암의 과거라 판단되어 상상해본 것이다. 여기서 더 오랜 과거로 거슬러 가면 밭에 뿌린 씨앗처럼 석굴암의 주실엔 부처의 사리만 남게 된다. 석굴암이 무덤이란 사실을 깨달았기 때문에 가능한 상상이다.

이맛돌

주실의 이맛돌 / 판석의 조각상과 감실 사이에는 길고 둥근 이맛돌이 있다.

이맛돌

비도의 이맛돌 / 주실에 있던 이맛돌은 비도까지 이어져 사천왕상 위에도 놓였다.

아직은 황당하게 들릴지 모르겠으나 이렇게 상상한 데에는 그럴만한 이유가 있다. 현재의 석굴암을 잘 살펴보면 이런 과거를 보여주기라고 하듯 옛 모습을 짐작할 수 있는 도상이 남아있기 때문이다.

주실 맨 안쪽의 십일면관음보살에서 범천과 제석천까지 이어진 판석들 위에는 이맛돌이라 불리는 길고 둥그스름한 돌이 올려져 있다. 그런데 이맛돌은 주실에서 끝나는 게 아니라 사천왕상을 새긴 판석들 위에도 있다. 동그란 주실과 달리 비도에 있는 이맛돌은 반듯하지만 두 겹으로 구분된 생김새나 놓인 위치로 보아 주실의 이맛돌과 같은 유형의 돌임을 알 수 있다. 비도의 이맛돌이 본래 주실의 이맛돌이었을 가능성이 엿보이는 것이다. 비도가 닫히면 신라왕릉의 모습과 더 가깝게 된다. 석굴암의 외부를 돌덩이와 흙덩이로 덮은 것도 봉분처럼 보이기 위해서가 아니라 봉분 그 자체이기 때문일 것이다.

석굴암의 과거가 이러하다면 미래는 어떤 모습일까?

아직 일어나지도 않은 일인지라 과거보다 상상하기가 더 어렵지만 이번에도 석굴암을 돌려서 상상해본다. 시간이 빨리 흐르게 시계 방향으로 돌려본다. 아까는 석굴암이 줄어들었으나 이제는 자라서 큰 원이 만들어진다. 앞쪽으로 뻗어 나온 비도와 전실이 주실과 합쳐져 크기를 가늠하기 어려울 만큼 커다란 석굴암으로 성장한다. 마치 우주가 팽창하듯 석굴암이 팽창한다. 석굴암의 주실은 소우주인 분자나 원자 속으로 들어가는 듯하다. 원자핵과 같은 본존불이 중앙에 있고 부조로 된 조각상들이 전자처럼 주변을 돌고 있다.

이렇게 상상해 보니 석굴암의 크기가 어마어마해 보인다. 원자는 지름이 10^{-10}m의 크기라고 한다. 상상도 하기 힘들 만큼 작은데 인간의 눈으로는 볼 수 없는 크기이다. 원자 같은 석굴암을 지금의 크기로 만들었으니 어찌 작다고 하겠는가?

이런 석굴암에는 주목받지 못하는 것이 있다. 그것은 바로 석굴의 대부분을 차지하고 있는 빈 공간이다. 우주의 대부분이 빈 공간으로 이루어져 있다는 점과 흡사하다. 우주에는 별이 가득하지만 실은 빈 공간으로 가득하다. 빈 공간과 비교하면 별은 무시해도 좋을 만큼 자그마한 존재이다. 눈에는 보이지 않는 석굴암의 빈 공간은 생기 그 자체이자 하나의 소우주이다.

그렇다고 석굴암을 소우주라고만 생각하면 오산이다. 석굴암 속에는 석굴암을 닮은 10곳의 감실이 있다. 감실이 소우주면 석굴암은 대우주가 된다. 소우주 속에 대우주가 있고 대우주 속에 소우주가 있으니 소우주가 대우주이고 대우주가 소우주인 것이다.

이제 주실의 조각상들이 자리가 바뀐 이유까지 보인다. 범천과 제석천, 문수보살과 보현보살은 자리를 바꾸어 석실의 뒤를 보고 있다. 앞쪽에 존재하는 비도처럼 뒤쪽에도 비도가 생기려 하니 그에 맞춰

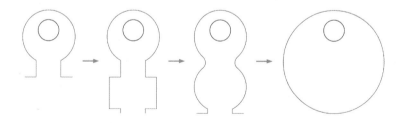

석굴암의 성장 / 첫 번째는 금강역사상까지 조성된 모습이고 두 번째는 굴곡형 전실을 갖춘 석굴암이다. 방형의 전실은 주실처럼 원형으로 바뀌고 결국엔 하나의 커다란 원으로 합쳐지며 확대된다.

자리를 바꾼 것이다. 뒤를 보고 있는 십일면관음보살의 자리에선 범천과 문수보살은 좌협시가 되고 제석천과 보현보살은 우협시가 되어 서열이 맞아떨어진다.

앞서 석굴암을 짓는 순서를 말하면서 주실을 완성하고 본존불을 모셨을 것이라 판단했으나 의미상으론 역순이 된다. 본존불이 먼저 자리를 잡아 그 위신력으로 주실이 생기고 비도가 열리며 전실까지 만들어지는 것이다. 문화재청 홈페이지에 탑재된 동영상은 집을 짓는 순서는 틀렸을지언정 석굴암의 의미는 제대로 전달하고 있는 셈이다.

이렇게 석굴암을 풀어보니 막고굴의 비밀까지 보이는 듯하다. 석굴은 인도에서 중국을 거쳐 우리나라로 전해졌을 것이나 그 비밀을 푸는 과정은 역으로 석굴암에서 막고굴로 이어졌다. 그러던 중에 큰 난관에 부딪혔다. 막고굴을 보자면 저 멀리 중국의 돈황까지 가야하는데 건강상 장시간 비행기와 차를 탈 수 없는 상태가 되고 말았다. 더구나 이젠 코로나19까지 겹쳐 건강을 회복하더라도 언제 갈 수 있을지 모르는 상황이다.

그래서 대안으로 책을 사보기로 했다. 그중엔 『돈황학 대사전』이라는 책이 있었는데 다 읽을 수나 있을지 모를 만큼 두껍고 값도 만만치 않다. 그럼에도 이 책을 구입한 까닭은 눈으로 확인할 수 없는 돈황의 전경을 확인해보고 싶었기 때문이다. 이 책 속에는 막고굴의 전경을 그린 위치도가 들어있었던 것이다.

책이 도착하자마자 부록으로 실린 막고굴의 위치도를 펼쳐보았다. 한 장으로는 막고굴을 다 담을 수 없어 6쪽에 걸쳐 그려져 있는데 이게 전부가 아니다. 6쪽으로도 모자라 그 아래로 한 줄이 더 있다. 막고굴은 종이가 12장은 되어야 다 그릴 수 있을 만큼 동서로 길게 늘어서 있는 석굴이다.

짐작은 하고 있었으나 위치도를 통해 막고굴의 전경을 확인하고 나니 맥박이 빨라진다. 예상한 대로 장경동이라 불리는 17번 굴은 막고굴의 중심부에 있었기 때문이다. 그런 자리에다 당시 돈황에 있는 문서라는 문서는 다 끌어모은 것처럼 많은 양을 쌓아놓았으니 위력이 어마어마할 듯하다. 왼쪽에 있는 수많은 북굴은 좌협시로, 오른쪽에 있는 수많은 남굴은 우협시로 능히 거느릴 것 같다.

이런 발상은 석굴암을 먼저 풀어보았기에 가능한 일이었다.

석굴암이 무덤이듯이 막고굴도 무덤이다. 그러니까 막고굴의 장경동은 무덤 속에 경전을 비롯한 5만여 점의 문헌을 넣었다는 이야기가 된다. 이는 부처의 무덤인 석탑 속에 경전을 넣는 일과 일맥상통한다. 따라서 장경동에서 발견된 문서들은 폐기 처리가 아닌 봉안된 것으로 보아야 한다.

돈황학대사전 / 돈황학대사전 속에 있는 막고굴의 위치도를 펼친 모습이다. 6쪽에 걸쳐 이어진 석굴은 이것으로도 모자라 위아래 두 줄로 그려져 있다.

석굴암이 자라듯이 막고굴도 자란다. 이런 막고굴은 크게 두 부분으로 나누어진다. 관광객들이 즐겨 찾는 남쪽의 석굴은 불상과 보살상, 벽화 등으로 화려하게 장엄되어 있는 반면에 출입이 통제되고 있는 북쪽의 석굴은 승려가 거처해서인지 소박한 모습이다. 그리고 그 중간에 장경동이 있다.

장경동을 중심으로 좌우로 길게 늘어선 석굴이 거대한 하나의 석굴로 변하는 모습이 그려진다. 승려가 거처했다는 소박한 북쪽의 석굴은 점점 남쪽의 석굴을 닮아갈 것이고 결국에는 둘이 하나가 될 것이다. 수많은 석굴로 구성된 대우주 막고굴이 석굴암처럼 하나의 소우주로 바뀌는 것이다.

장경동에서 발견된 문서들을 외부의 침략으로부터 보호하기 위해 감추었거나 쓸모가 없어져서 폐기 처리한 것으로 판단한 것은 입구를 막았다는 사실이 크게 작용한 것으로 보인다. 이처럼 입구를 막았다고 해서 문서를 감추었거나 폐기 처리한 것이 아니라는 사실은 우리나라의 석탑이 입증한다. 석가탑에서 발견된 「무구정광대다라니경」이나 감은사지 삼층석탑에서 발견된 사리장엄구 등은 사방이 꽉 막힌 돌 속에 들어있었다. 만약 장경동의 입구를 봉쇄했다는 이유로 문서를 폐기 처리한 것으로 판단하면 석탑 속의 사리장엄들도 폐기 처리한 것으로 보아야 할 것이다.

장경동의 문서 중에는 글자가 틀렸거나 가치가 많이 떨어져 보이는 문서들도 많다고 한다. 이 또한 문서를 폐기한 것으로 판단하는 이유 중 하나이다. 하지만 우리나라 석탑이나 불상 속에선 서툰 글씨로 쓴 종이 쪼가리 같은 문서도 발견된다. 우리 눈에 하찮게 보이는 물건까지 당시엔 공양물로 넣었던 것이다. 가난한 이들은 그 정도의 물건이나마 겨우 공양할 수 있었지 싶다. 남녀노소, 지위고하, 빈부 차이는 있어도 미래 세상엔 모두가 성불할 수 있는 길을 열어준 것이다.

미국의 건축가인 루이스 설리반은 '형태는 기능을 따른다'라는 유명한 말을 남겼다. 100년이 지난 오늘날까지 회자되는 이 명제는 산업화에 따른 경제 논리에 입각하여 정립된 개념이다. 건축이나 디자인 분야에서 적극 활용되는 만큼 우리의 석굴암에도 적용시켜 해석하려는 경향이 있다. 못처럼 길쭉하게 생긴 동틀돌의 형태는 둥근 천장을 붙잡아 무너지지 않게 하려는 기능에서 탄생했다고 보는 것이다.

그렇다면 석굴을 감싸고 있던 수많은 흙덩이와 돌덩이는 어떻게 이해해야 할까? 특정한 형태도 없는 돌들이니 그저 석굴암을 덮는 기능에 불과했을까? 석굴암을 해석함에 있어 건축, 공학, 과학, 수리, 예술 등의 서양식 잣대로 바라보면 풀리지 않는 의문이 많다. 석굴암은 불교 사원이니 해석을 할 때도 불교의 교리적 측면을 중시해야 한다는 의미이다.

동틀돌은 천장을 지탱해야 한다는 기능적 측면 외에 『묘법연화경』이라는 경전에 입각해서 풀어볼 필요가 있다. 동틀돌은 하늘에서 반짝이는 별이자 꽃이다. 한번 반짝이고 떨어질 별과 꽃이 아니다. 샘물처럼 끝없이 솟아나야 할 별과 꽃이니 그 내면의 형태는 길어야 한다. 형태가 길다 한들 계속해서 돌꽃으로 피어나면 짧아지기 마련이다. 길쭉한 동틀돌로 유지되기 위해선 자양분이 필요하다. 석굴암의 외벽을 감싼 수많은 흙덩이와 돌덩이들은 단순한 흙과 돌이 아니라 동틀돌을 키우는 거름인 것이다. 동틀돌은 뿌리를 내린 나무처럼 흙과 돌

속에 깊숙이 박혀있다. 이런 둥틀돌에서 피어난 꽃은 단순한 꽃이 아니라 석굴암의 일원인 나한과 보살들이다. 이들은 장차 본존불로 탄생할 것이니 석굴을 감싼 흙과 돌이 부처인 셈이다. 흙과 돌로 가득한 토함산을 비롯한 온 세상이 석굴암의 자양분이다. 이처럼 만물이 부처임을 석굴암 하나가 대변하고 있다.

그동안 나는 크기나 예술적 가치 등을 서로 비교하며 석굴의 우열을 따지려 들었다. 인도에서 중국을 거쳐 우리나라로 전해진 석굴이 석굴암에서 꽃을 피웠다고 생각했다. 석굴암은 불국토의 핵심 공간을 가장 크고 아름답게 만들어 놓았으니 세계 석굴의 꽃이라 여긴 것이다. 틀린 생각은 아니지만 정답도 아니란 생각이 든다. 모든 석굴은 소우주에서 대우주로, 대우주에서 소우주로 순환하며 하나가 되기 때문이다. 그럼에도 불구하고 석굴암이 그 중심에 있다는 속마음은 감출 길이 없다.

이제 나의 석굴암 이야기도 끝마칠 시간이다. 기억하기 쉽게 간략히 정리하며 물러간다.

경덕왕은 아버지인 성덕왕과 어머니인 소덕왕후의 극락왕생을 염원하며 석불사를 짓는다. 공사의 총감독관은 김대성이라는 사람이다.

장소는 영취산이라 여기는 토함산 중턱으로 해가 뜨는 동해가 내려다보이고 석굴을 떠받칠 단단한 암반이 자리하며 부처님께 공양할 샘물이 흐르는 곳에 터를 정한다.

그리고선 『묘법연화경』을 사경하듯이 무덤 같은 석굴 속에 재현한다. 금강역사부터 제자들까지 안상문이 새겨진 받침돌로 떠받들고 서열에 따라 완벽하게 좌우대칭으로 둘러 세워 부처의 위신력과 수기가 이어지는 장면을 연출한다. 감실의 좌우에는 무량불탑과 보살들이 석가모니불을 협시하며 시공간을 초월한 부처가 방편으로 설법하고 있음을 보여준다.

일출과 함께 백호와 두광이 반짝이며 석굴을 밝히고 키운다. 항마촉지인을 한 석가모니불이 무량의처삼매에 들어가니 하늘에서 꽃비가 내리고 백호에선 광명이 뿜어져 나와 동방으로 일만 팔천 세계를 비춘다. 그리하여 온 세상을 청정과 광명이 가득한 불국토로 만든다.

석굴암에서 불국사로

도상으로 읽은 석굴암은 내가 기존에 알고 있던 석굴암이 아니었습니다. 아침햇살은 조명 그 이상의 역할을 하고 있었고 두광은 전실에서 예배를 드리게끔 본존불과 떨어져 조성된 것이 아니었습니다. 과학과 숫자로 풀어야 할 석굴암도 아닌 과거와 현재, 미래까지 읽어야할 성전이었던 것입니다.

이제 벽화를 바라보는 우리의 시선도 달리해야 할 듯합니다. 벽에 그렸으니 평면이라 납작하다고 여기면 아니 될 일입니다. 석굴이 뚫리듯 그림 속 인물들도 벽을 뚫고 서서히 밖으로 나오게 될 것입니다. 판석에 부조로 새겨진 석굴암의 조각상들은 예전엔 벽화 속의 인물이었지 싶습니다. 이렇게 상상해 보니 열한 개의 얼굴을 가진 십일면관음보살까지 달리 보입니다. 열 한 개의 얼굴 중 하나가 뒷머리에 붙어서 석굴의 뒤를 보고 있다는 사실이 새롭게 다가옵니다. 석굴의 뒤쪽이 열리는 날이면 십일면관음보살은 성불하여 본존불로 나투게 되지 싶습니다.

여태까지 지금의 이름대로 석굴암이라 불렀지만 예전 이름은 석불사였습니다. 만약 당시의 사람들이 책이 아닌 영화처럼 석굴암을 영상으로 남겼다면 끝에 다음과 같은 자막이 흘렀을 것 같습니다.

제목: 석불사

주연: 석가모니불

조연: 보살과 십대제자, 천신, 사천왕과 금강역사 외 다수

원작: 묘법연화경

제작: 신라 석공

감독: 김대성

주관: 신라 왕실

후원: 신라 백성

석굴암은 왕이 아니고선 지을 엄두조차 낼 수 없고 백성 없이는 완성할 수 없는 규모의 사원입니다. 놀라운 것은 이렇게 완성된 석굴암이 전부가 아니라는 사실입니다. 토함산에는 석굴암과 함께 세계문화유산에 등재된 불국사가 있습니다.

『삼국유사』의 기록에 따르면 김대성은 석굴암뿐만 아니라 불국사까지 지었습니다. 석굴암과 불국사가 김대성이라는 개인의 사찰로 바뀐 것은 반란으로 혜공왕이 시해되었기 때문이라 판단됩니다. 혜공왕의 할아버지인 성덕왕이 전륜성왕임을 입증하는 석굴암과 불국사가 존재하는 한 반란자의 입지는 흔들릴 수밖에 없습니다. 그렇다고 차마 자기들의 사찰로 둔갑시키지는 못하고 석불사와 불국사 창건의 책임

을 맡은 김대성의 업적으로 돌렸지 싶습니다. 김대성 사후에는 그들이 불국사를 완성하여 이전 왕들의 업적을 완전히 지웠던 것입니다.

나는 석굴암에 갈 때면 불국사에도 종종 들렀습니다. 처음엔 석굴암을 풀기 위해 갔고 나중엔 불국사를 풀기 위해 갔습니다. 그렇게 찾아간 불국사 역시 내가 알던 불국사가 아니었습니다. 석굴암이 있어 불국사를 풀 수 있었고 불국사가 있어 석굴암을 풀 수 있었습니다. 본존불의 대좌와 비도의 두 돌기둥은 미완의 과제였고 샘물이 흘렀을 배수구는 대수롭지 않게 여겼으나 불국사가 그 비밀을 알려주었습니다.

석굴암을 지은 사람들은 불국사 건립에도 참여했을 것이니 나는 이제 그들의 발자취를 따라 불국사로 갑니다.

사진 출처

- 국립문화재연구원(한석홍 작가 촬영) 사진

차례, 29, 66, 69, 73, 74, 77, 80, 82, 85, 90, 94, 96, 99, 101, 105, 106, 107, 117, 122, 125, 236(오른쪽), 240(좌, 우), 241(왼쪽), 256(오른쪽 위), 274, 277, 280(왼쪽), 284, 297, 299(왼쪽), 303, 311, 315(위쪽), 323면, 앞표지

※ 고 한석홍 작가님이 사진을 기증해 주신 덕분에 이 책을 완성할 수 있었습니다.
고개 숙여 감사드리며 고인의 명복을 빕니다.

- 문화재청 사진

13, 47, 110, 111, 114, 141, 256쪽(왼쪽 아래), 299(오른쪽), 310면, 뒷표지

- 『조선고적도보』 사진

85(가운데), 147, 240(가운데), 308면

※ 위 출처 외의 사진은 저자가 찍은 것입니다.

참고문헌

유홍준, 『나의 문화유산답사기』, 창비, 1993.

한국문화유산답사회, 『답사여행의 길잡이 2』경주, 돌베개, 1994.

무비 스님, 『법화경 강의』, 불광출판사, 2008.

일연 지음/김원중 옮김, 『삼국유사』, 을유문화사, 2002.

황수영, 『석굴암』, 열화당, 1989.

문명대, 『토함산석굴』, 한·언, 2000.

성낙주, 『석굴암, 법정에 서다』, 불광출판사, 2014.

성낙주, 『석굴암 그 이념과 미학』, 개마고원, 1999.

신영훈, 『석굴사·불국사』, 조선일보사, 1998.

강우방, 『한국 미술의 탄생』, 솔, 2007.

최완수, 『한국 불상의 원류를 찾아서』, 대원사, 2002.

김양동, 『한국 고대문화 원형의 상징과 해석』, 지식산업사, 2015.

존 카터 코벨 지음/김유경 엮어옮김, 『한국문화의 뿌리를 찾아서』, 학고재, 1999.

야나기 무네요시 지음/이길진 옮김, 『조선과 그 예술』, 신구, 2006.

다카다 오사무 지음/이숙희 옮김, 『불상의 탄생』, 예경, 1994.

이구열, 『한국문화재 수난사』, 돌베개, 2013.

배재호, 『세계의 석굴』, 사회평론, 2015.

하진희, 『아잔타 미술로 떠나는 불교여행』, 인문산책, 2014.

칼 세이건 지음/홍승수 옮김, 『코스모스』, 사이언스북스, 2013.

돈황학대사전편집위원회/『돈황학 대사전』, 소명출판, 2016.